COMO EL HIELO

TITANIA

Argentina • Chile • Colombia • España
Estados Unidos • México • Perú • Uruguay

Título original: *Frigid*
First published by Spencer Hill Contemporary, an imprint of Spencer Hill Press
Traducción: Laura Fernández Nogales

1.ª edición Septiembre 2018

ISBN: 978-607-748-157-7
E-ISBN: 978-84-17312-16-9

Fotocomposición: Ediciones Urano, S.A.U.

Impreso por Litográfica Ingramex, S.A. de C.V.
Centeno 162-1. Col. Granjas Esmeralda. Ciudad de México.

Impreso en México – *Printed in Mexico*

Para las amantes de los libros, grandes y pequeñas,
estos libros son para vosotras.

1

Sydney

Estaba enamorada de mi mejor amigo.

E imaginaba que podía ser peor. Podría haber estado enamorada de un estríper o un drogadicto. Kyler Quinn no era ninguna de esas cosas. Aunque podría haber pasado sin problemas por estríper, porque estaba buenísimo, tenía un precioso pelo castaño que llevaba siempre despeinado, y era tan adictivo como cualquier droga.

Lo vi antes de que él supiera siquiera que yo estaba allí. Era imposible no ver a Kyler, ni siquiera en el abarrotadísimo Dry Docks, donde toda la universidad estaba de fiesta celebrando el principio de las vacaciones de invierno. Y todo el mundo se arremolinaba a su alrededor, en especial las chicas.

Siempre estaba rodeado de chicas.

No estoy diciendo que Kyler pareciera un dios, porque las esculturas de dioses griegos y romanos no solían ser muy atractivas. Y, además, la tenían muy pequeña. Dudaba mucho de que él tuviera alguna carencia en ese sentido, porque siempre llevaba detrás una cola infinita de chicas que volvían a por segundos y terceros revolcones. La belleza de Kyler era muy masculina. Tenía una nariz un poco ganchuda que sobresalía entre unos pómulos anchos, la mandíbula muy bien definida y unos labios carnosos muy expresivos. Se había roto la nariz en una pelea el primer año de universidad.

Todavía me sentía mal por su nariz.

¿Y cuando sonreía? Ufff, ese chico tenía los hoyuelos más pronunciados del mundo.

Tenía los ojos de un cálido tono marrón, un color café que se oscurecía cuando se alteraba por algo, y estaba segura de que en ese momento estaba muy excitado.

Me paré en medio del bar y eché la cabeza hacia atrás. Suspiré con fuerza, me dieron ganas de darme una bofetada. Kyler no solo estaba fuera de mi alcance porque hubiéramos sido inseparables desde el día que me tiró de ese tiovivo y me dijo que tenía piojos cuando intenté cogerlo de la mano. Yo me vengué inmovilizándolo y obligándolo a meter la cara en un charco de barro al día siguiente. A la gente le costaba mucho entender por qué nos llevábamos tan bien. Ni siquiera yo lo entendía. Nos complementábamos como un león y una gacela. En realidad, nos complementábamos como un león y una gacela coja que no tenía ninguna posibilidad de escapar de su depredador.

Yo era la gacela coja.

Mientras me acercaba a la mesa donde estaban él y nuestro amigo Tanner, apareció una rubia con las piernas más largas del planeta y se sentó en el regazo de Kyler. Él rodeó la cinturita de avispa de la chica y yo sentí una estúpida e imperdonable punzada en el estómago.

Sí, puede que Kyler no fuera estríper, drogadicto o terrorista, pero *era* un mujeriego.

Me di media vuelta en el último momento para marcharme en dirección a la barra, y casi choco contra la espalda de alguien. Puse los ojos en blanco. Una conmoción cerebral me vendría de muerte. Había miles de lucecitas navideñas colgando del borde de la barra y pensé que era un poco peligroso con tanto borracho derramando bebidas. Encontré un taburete vacío en la barra y esperé a que me viera el camarero. Yo parecía una niña de dieciséis años, y siempre me pedían el DNI. Cuando llegó el camarero, me pidió lo de siempre y yo también pedí lo de siempre: un ron con Coca-Cola *light*.

Escuché una risita por encima del murmullo de conversaciones y música del bar. Era como una especie de baliza. No iba a hacerme ningún bien mirar, y no tenía ningún motivo para fastidiarme la noche tan pronto. Crucé los tobillos. Apoyé las manos en la barra. Tamborileé con los dedos al ritmo de la canción a la que apenas estaba prestando atención. Clavé los ojos en la hilera de botellas de alcohol que tan bien conocía mi otra mejor amiga.

Pero al final miré, porque era una chica y me gustaba hacer tonterías.

La rubia estaba sentada a horcajadas encima de Kyler. La cortísima falda vaquera que llevaba se le había subido hasta la cintura. Viendo cómo iba vestida, nadie habría dicho que estuviéramos en invierno, pero debo admitir que yo también me pondría esa falda si tuviera unas piernas como las suyas.

Él estaba de espaldas a mí, pero debió de decirle algo interesante al oído, porque la chica volvió a reírse. Le clavó sus preciosas uñas rosas en los hombros y le arrugó la tela del jersey negro. Después subió las manos y le apartó el pelo de la frente.

Ya no podía dejar de mirar. Parecía masoquista.

Kyler ladeó la cabeza y la echó para atrás. Ahora podía verle la mitad de la cara, y estaba sonriendo. No era una de las enormes sonrisas con las que le aparecían esos hoyuelos tan apetecibles, pero sabía que estaba luciendo esa media sonrisa, esa sonrisa de medio lado tan exasperante e increíblemente sexy. Le posó las manos en las caderas.

—Aquí tienes.

El camarero me trajo el combinado.

Dejé de mirarlos y me volví hacia él apartándome un mechón de larguísimo pelo negro de la cara.

—Gracias.

Me guiñó el ojo.

—No hay de qué.

El camarero se marchó a servir a otro cliente y yo me quedé allí preguntándome por qué me habría guiñado el ojo. Mientras pensaba que probablemente no debería haber dejado que Kyler me convenciera para salir esa noche, cogí el vaso y tomé un sorbo más largo de lo habitual. Me obligué a tragarme el alcohol a pesar de lo mucho que me quemó la garganta.

Justo cuando dejaba el vaso, alguien me abrazó por detrás. El perfume con olor a vainilla y el gritito agudo delataron a la culpable.

—¡Estás aquí! Te he visto desde la otra parte de la barra y he intentado llamarte —dijo Andrea haciéndome girar sobre el taburete. Llevaba los rizos pelirrojos revueltos en todas direcciones. Mi compañera de habitación parecía una niña pelirroja crecidita con un problema con la bebida. Como dejaban bien claro las dos cervezas que llevaba en las manos.

—¿Cuánto has bebido ya? —le pregunté.

Ella puso los ojos en blanco.

—Esta cerveza es para Tanner, bruja.

—¿Y desde cuándo le llevas cervezas a Tanner?

Andrea se encogió de hombros.

—Esta noche está agradable. Y yo también estoy siendo agradable.

Tanner y Andrea tenían una relación rara. Se habían conocido el año anterior, y lo suyo fue odio a primera vista. Pero, por algún motivo, siempre acababan en los mismos locales y supongo que tropezaban y acababan besándose por accidente. Se habían liado unas cuantas veces, se habían peleado bastantes veces más, y ahora ella le llevaba bebidas. No acababa de entender el rollo que se llevaban.

—¿Cuánto tiempo lleváis aquí? —pregunté.

—Como una hora. —Se metió entre mí y la chica que ocupaba el taburete de al lado—. Ya llevamos un buen rato presenciando el clásico Desfile Oficial de Chicas de Kyler.

Hice una mueca.

—Ya lo veo.

—Sí, ya me he dado cuenta de que lo has visto. Por eso estabas pasando completamente de mí. —Le dio un trago a la cerveza—. ¿Vienes a la mesa?

¿A la mesa donde la rubia estaba prácticamente fornicando con Kyler? Voy corriendo.

—Iré dentro de un rato.

Mi amiga hizo un puchero.

—Date prisa. Kyler pasará de esa tía en cuanto vengas, y así no tendré que preocuparme de pillar ningún herpes.

—El herpes no se contagia por el aire —le expliqué.

—Sí, eso dices ahora, pero después se mezcla con la clamidia y las verrugas genitales y se monta un herpes de la leche. —Arrugó la nariz—. Lo respiras y ¡pam! Te pasas toda la vida tomando antivirales.

Andrea pensaba doctorarse en medicina después de la universidad, y yo pensé que, si de verdad pensaba que todo lo que había dicho era posible, debería repetir algunas de las clases. Pero yo sabía cual era el verdadero problema, y no iba de eso.

Aunque solo había una chica con Kyler, también había dos o tres chicas más por ahí revoloteando. Miré por encima del hombro. Sí. Dos chicas. Andrea no quería que me fuera con ellos para asegurarse de que Kyler se comportaba. A ella se le daba tan bien como a mí esconder sus sentimientos.

Lo que no quería era que ninguna de esas chicas acabara en el regazo de Tanner, cosa que parecía a punto de ocurrir. Una de las chicas estaba hablando con él: siempre iba rapado, tenía un montón de tatuajes y era hijo de un policía. Tanner no parecía muy interesado, y le estaba diciendo algo a Kyler. A la rubia no le hizo gracia que Kyler dejara de prestarle atención. Se dio media vuelta, cogió un cubito de hielo de una de las copas de la mesa y se lo metió en la boca. Con la otra mano se acercó la cabeza de Kyler.

—Vaya, mira eso. —Andrea resopló—. Creo que una vez vi hacer eso en una película de los años ochenta. ¿Esa chica no tiene vergüenza o qué?

Se me encogió el estómago como si estuviera en lo alto de una montaña rusa. Eso no tenía nada que ver con la vergüenza. Se trataba de ir a por lo que una quería. Una parte de mí envidiaba a la rubia, una parte enorme de mí.

—Espero que sus bocas no se estén tocando, porque ahora solo puedo pensar en el herpes.

Andrea se separó de la barra.

—Emm...

Se estaban besando.

Maldita sea.

Kyler se separó un segundo después masticando lo que imaginaba que sería el hielo que la rubia había compartido con él.

—Qué asco —murmuré dándome la vuelta. Andrea hizo una mueca, porque ella lo sabía, era la única que lo sabía—. Ya iré dentro de un rato. Primero me acabaré la copa.

—Vale. —Sonrió, pero tenía una mirada triste—. Sydney...

Ahora me sentía como una mierda coja.

—No pasa nada, en serio. Enseguida voy.

—¿Cuando termines la copa? —Asentí, y ella suspiró—. No te has terminado un combinado en la vida, pero te estaré esperando. No te eternices. —Empezó a darse la vuelta y después se volvió hacia mí; por poco se le cae uno de los botellines de cerveza—. Bueno, mejor tómate el tiempo que necesites.

—¿Qué?

Sonrió de oreja a oreja.

—Mira quién acaba de entrar.

Estiré el cuello para mirar en la misma dirección que ella.

—Oh.

—Exacto. —Andrea se inclinó y me dio un beso en la mejilla—. Olvídate del mujeriego de Kyler. —Asintió en dirección a la puerta—. He ahí un tío bueno que está más que dispuesto a terminar con tu celibato.

Me sonrojé. Antes de que pudiera discutirle eso del celibato, Andrea se había esfumado y yo me quedé mirando a Paul Robertson.

Paul era nuevo en el grupo; lo había conocido en la clase de Proceso Cognitivo. Y era..., estaba muy bueno. Era simpático y divertido. Era perfecto, la verdad, pero...

Se paró justo al borde de la pista de baile y se quitó la gorra. Miró hacia la barra y se pasó la mano por el pelo rubio. Cuando me vio esbozó una sonrisa enorme. Me saludó con la mano y se fue abriendo paso entre las personas que estaban amontonadas alrededor de las mesas.

Paul me vendría perfecto en ese momento de mi vida, y solo por ese motivo necesitaba dejar de pensar en lo inalcanzable y empezar a pensar en lo que tenía delante de las narices.

Respiré hondo y esbocé una sonrisa con la esperanza de que pareciera sexy. Esa noche era el momento perfecto.

Kyler

Estaba empezando a dolerme la cabeza. Por la forma en que la chica se contoneaba encima de mí como si pudiera montármelo con ella allí mismo, iba a ser una noche muy larga. Mordí el trozo de hielo, aunque me dieron ganas de escupirlo.

Pero habría sido una grosería.

Tendría que haber estado de humor para celebrarlo, pero no lo estaba. Solo quedaba un semestre más de universidad, ¿y luego qué? ¿Tendría que ponerme a trabajar en el negocio familiar y toda esa mierda? Era lo último que quería. Bueno, no necesariamente lo *último*. Probablemente, lo último que quería hacer era intentar explicarle a mi madre por qué no me emocionaba hacer carrera en el mundo de la restauración. Nunca quise dedicarme a eso, pero ya habían pasado casi cuatro años de universidad y estaba a punto de graduarme en empresariales.

Alargué la mano por detrás de la chica y cogí el botellín de cerveza. Tanner me miró arqueando las cejas. Sonreí mientras él contestaba a lo que fuera que le había dicho la morena. Algo sobre que se había depilado el día anterior. ¿En serio? Era lo último que ninguno de los dos quería escuchar.

Saber que la cosa estaba despejada antes de meterse en faena tenía sus ventajas, pero Tanner no parecía muy interesado.

—Kyler —me ronroneó la rubia al oído mientras contoneaba el trasero—, no pareces muy contento de verme. Yo me alegro mucho de volver a verte.

Y, por lo visto, yo tampoco estaba muy interesado. Tomé un buen trago de cerveza, consciente de que tenía que ir con cuidado. Se suponía que ya conocía a esa chica —*la conocía* en ese sentido—, pero era incapaz de ubicar su cara o su culo, y eso suponía un problema. ¿Cómo era posible que no la conociera si me había acostado con ella?

Joder.

A veces me daba asco a mí mismo.

La rubia se inclinó hacia delante y me pegó las tetas a la barbilla. Vale. Quizá no me repugnara *tanto*.

—Guapa —dije señalando el botellín—. Vas a tener que dejarme respirar.

Se rio y se echó hacia atrás para que yo pudiera beber. Me pasó las manos por el pelo y me lo apartó de la frente. Reprimí las ganas que tenía de apartarle las manos.

—¿Luego me tocarás la guitarra un rato?

Alcé las cejas.

—¿Te he tocado la guitarra alguna vez?

Tanner se atragantó entre risas.

La chica —esperaba que su amiga dijera su nombre cuanto antes— frunció el ceño.

—¡Sí! —Me dio una palmada juguetona en el pecho—. La tocaste con esos dedos tuyos tan maravillosos y talentosos, y después tocaste más cosas.

Ah.

Tanner se apoyó en el respaldo de la silla.

—Vaya, el chico de los dedos *maravillosos*.

—Maravillosos y talentosos —le corregí.

Negó con la cabeza, y apartó la vista mientras la morena se acercaba a él y deslizaba los dedos por el tatuaje que asomaba por debajo de su manga subida.

—¿No te acuerdas? —Frunció su brillante labio inferior—. Estás hiriendo mis sentimientos.

Resopló y tomé otro sorbo mientras paseaba los ojos por el bar abarrotado. A veces no tenía ni idea de cómo acababa en situaciones como aquella. Vale. Eso era mentira. Lo que tenía entre las piernas era el responsable de que acabara en esas situaciones.

Pero era mucho más que eso.

Siempre había sido más que eso.

—Kyler —gimoteó la chica.

Respiré hondo y me volví hacia ella esbozando mi sonrisa más encantadora.

—¿Sí?

—¿No vas a compartir?

Antes de que pudiera contestar, me quitó el botellín de la mano y se bebió casi la mitad de la cerveza. Alcé las cejas. Vaya. Eso había sido bastante impresionante... y desagradable.

Su amiga se rio.

—Caray, Mindy, tómatelo con calma esta noche. No pienso volver a llevarte, borracha hasta la residencia.

¡Ajá! ¡Se llamaba Mindy! Ya me sentía un poco mejor.

Mindy se encogió de hombros y se volvió hacia mí. Se inclinó hacia delante y cuando habló le olía el aliento a cerveza.

—Eres tan sexy... ¿Te lo han dicho alguna vez?

—Una o dos veces —contesté deseando tener otra cerveza.

Andrea apareció en la mesa con dos cervezas en la mano. Una era para ella y la otra para Tanner, así que no me servía. Me miró y resopló.

—Como si Kyler necesitara que le masajearan el ego.

—Kyler necesita que le masajeen otra cosa —murmuró Mindy apretándome la entrepierna con las caderas.

Andrea puso cara de asco mientras se sentaba al otro lado de Tanner. Su mirada no me afectó. Aunque, si hubiera sido otra persona...

—¿Has visto a Syd? —pregunté.

Andrea me miró por encima del cuello del botellín con los ojos entornados. No me contestó.

Me recosté en la silla y suspiré.

—La he invitado.

Tanner arqueó una ceja.

—Ya sabes que Syd está en la residencia haciendo el equipaje para el viaje. En realidad, lo más probable es que esté repasando las cosas que ha metido en la maleta.

Sonreí. Probablemente estuviera pensando una y otra vez en lo que iba a llevarse.

—¿Y a quién le importa lo que esté haciendo? —Mindy se cruzó de brazos, y al hacerlo pareció que tuviera las tetas todavía más grandes. Imposible. Miró a su amiga—. Necesito otra copa.

—Yo también —dije moviendo las rodillas para que se bajara de encima de mí. No pilló la indirecta. Suspiré—. Ya que te has tomado mi cerveza, ¿por qué no traes otra?

Mindy volvió a hacer pucheros.

—¿No has visto el montón de gente que hay en la barra? Tardaría una eternidad.

—Podrías levantarte *tú* —sugirió Andrea.

Miré la barra por encima del hombro. Estaba llena de gente. Mierda. Parecía que estuviera allí la mitad de la universidad.

El aliento con olor a cerveza de Mindy me rozó la mejilla.

—Deberías ir a buscar bebidas, cielo. Me encantan los chupitos de gelatina.

—No soy tu cielo.

Miré a las personas que estaban en la barra. ¿Ese era Paul? No solía ir mucho por allí, a menos que fuera Syd. Un momento... Me incliné hacia un lado para poder ver a la persona que estaba detrás de un tipo enorme. ¿Era Syd la que estaba en la barra? ¿Con Paul?

Volví a notar el contacto de una mano en el pelo.

—Pues hace un par de semanas sí que eras mi cielo.

—Qué interesante —murmuré.

El tipo se apartó con un par de cervezas en la mano y, vaya, pues sí que era Syd. Llevaba la melena negra suelta y tenía las piernas cruzadas a la altura de los tobillos. Parecía tan diminuta allí sentada que me sorprendía que hubiera conseguido que le sirvieran algo.

También me sorprendió que estuviera en la barra, sin *mí*, y *con* Paul.

¿Qué diantre fallaba en aquella imagen?

Me di la vuelta y fulminé a Andrea con la mirada.

—¿Cuánto hace que está aquí?

Se encogió de hombros.

—No lo sé.

Me enfadé.

—No debería estar sola en la barra.

Mindy dijo algo, pero no la estaba escuchando. En ese momento tenía una maravillosa capacidad auditiva selectiva.

Andrea y Tanner intercambiaron una mirada que ignoré. Por lo tanto, esa mirada nunca existió.

—No está sola —me dijo con dulzura.

—A eso me refiero. —Agarré a Mindy de las caderas. Ella se emocionó. Era una pena que yo estuviera a punto de reventar su burbuja de excitación. Me la quité del regazo y la puse de pie—. Ahora vuelvo.

Mindy se quedó con la boca abierta.

—¡Kyler!

La ignoré. También pasé de la sonrisita de Andrea y de la forma en que Tanner puso los ojos en blanco cuando me levanté y me di la vuelta.

Syd no debería estar sola en la barra. Me daba igual que estuviera con Paul, eso no contaba. Necesitaba a alguien que cuidara de ella, que vigilara, porque Syd..., bueno, tenía esa pinta de chica ingenua que atraía a un montón de imbéciles.

Capullos como Paul y otros chicos como yo, cuyo único interés era llevarse a las chicas a la cama. Pero con Sydney Bell yo era muy diferente. Y siempre había cuidado de ella. Y ese momento era exactamente igual que cualquier otro.

Sí, y ese era el motivo exacto por el que estaba a punto de meterme en su pequeña conversación.

2

Sydney

—Hola —dijo Paul ocupando el taburete que Andrea había dejado libre—. No sabía que salías. No has dicho nada en clase.

—Ha sido una decisión de último minuto. —Tomé un sorbo de ron con Coca-Cola. Ya estaba aguado—. ¿Cómo te ha ido el examen?

—Creo que ha ido bien. ¿Y a ti?

Me encogí de hombros.

—Creo que he aprobado.

—Seguro que lo has bordado. —Dejó de mirarme para pedir una Sam Adams cuando el camarero se acercó—. ¿Ya has hecho la maleta para el viaje de mañana?

Al día siguiente era nuestra salida de esquí anual a Snowshoe Mountain. Para Paul sería la primera vez, pero Kyler y yo llevábamos yendo a la casa de esquí de su madre desde que éramos niños. Era el segundo año que venían Andrea y Tanner, y también vendrían algunos de los otros amigos de Kyler. Normalmente, íbamos un buen grupo.

—La preparé el fin de semana pasado —reconocí entre risas—. Soy muy previsora.

Paul sonrió.

—Yo todavía no la he hecho. Por cierto, gracias por invitarme. Nunca he estado en Snowshoe.

Cosa que era sorprendente, porque había crecido en el pueblo de al lado, y yo siempre había pensado que cualquier persona que viviera en Maryland habría estado en Snowshoe en algún momento.

—No hay de qué. Dijiste que te gustaba esquiar y hacer surf, era lógico que te invitara. Kyler estará esquiando día y noche, así que seguro que tienes a alguien con quien subir a las pistas.

Paul posó sus ojos azules en la mesa que ocupaban los otros.

—No sé yo.

Fruncí el ceño y me negué a mirar lo que estaba ocurriendo en la mesa del pecado y el sexo. Probablemente ya estuvieran haciendo bebés.

—¿A qué te refieres?

—No tengo la sensación de que Kyler sea un gran admirador mío. —Volvió a mirarme y se encogió de hombros—. En fin, ¿volverás a casa cuando bajemos de Snowshoe?

Asentí.

—Sí. Pasaré las Navidades con la familia y me quedaré allí hasta que empiece el semestre de primavera. ¿Y tú?

—Yo pasaré una parte de las Navidades en Bethesda y después me iré a Winchester con mi madre. —Rascó la etiqueta del botellín con el ceño fruncido—. Mis padres se divorciaron hace unos años, así que voy de una casa a otra.

No lo sabía.

—Lo siento.

Esbozó una sonrisita.

—No es para tanto. Así celebro la Navidad dos veces; no me quejo.

Tomé otro sorbo rápido y dejé la copa en la mesa.

—El doble de regalos.

—El doble de diversión. —Clavó los ojos en la cerveza. Ya había arrancado la mitad de la etiqueta—. Mira. He pensado que podríamos...

Unos brazos fuertes me rodearon la cintura por detrás. Alguien me levantó del taburete y dejé de gritar cuando choqué contra una pared de músculo. Me quedé atrapada en un abrazo de oso que olía a aire fresco y a una colonia suave.

Solo había una persona en el mundo que me diera esos abrazos, que estuviera así de firme..., que fuera tan agradable.

La voz grave de Kyler me resonó por todo el cuerpo.

—¿Cuándo has llegado?

Mis pies seguían sin tocar el suelo.

—Hace un ratito —jadeé agarrándome a sus antebrazos por encima de su suéter.

—¿Y qué has estado haciendo? ¿Esconderte de mí?

Paul se apoyó en la barra y sonrió, pero estaba tenso. Tampoco podía culparlo. Kyler siempre aparecía de repente y se adueñaba de todo.

—Paul. Nos está mirando fijamente. No me gusta cómo te mira.

Estuve a *punto* de darme la vuelta.

—No nos está mirando fijamente, idiota. Estábamos hablando antes de que tú llegaras, y probablemente esté esperando a que yo vuelva. Y no es imbécil.

—Pero yo no quiero que vuelvas.

Suspiré. ¿Era de extrañar que no hubiera tenido una cita en años teniendo un amigo como Kyler? Había otros motivos, pero aun así. Kyler actuaba como si fuera una mezcla de padre y hermano mayor.

—Eso es absurdo.

Me miró fijamente.

—No me cae bien. Y puedo hacerte una lista de las razones.

—Paso.

—Te estás perdiendo una estimulante lista de motivos.

Puse los ojos en blanco.

—Pues a mí tampoco me gusta la rubia. Y también tengo una lista muy emocionante de razones.

Alzó una ceja.

—¿La rubia? Ah. ¿Te refieres a mi nueva amiga?

—¿Amiga? —Me reí—. No creo que la palabra «amiga» sea la que mejor la describa.

Kyler suspiró, se inclinó hacia delante y me apoyó la barbilla en el hombro.

—Tienes razón. No es el término adecuado.

—Vale. Debes de estar borracho si estás admitiendo que tengo razón.

—Esta noche estás en plan listilla. —Me deslizó la mano por la espalda y me estremecí—. ¿Tienes frío?

Como no pensaba admitir la verdad, mentí:

—Un poco.

—Mmm... ¿Sabes qué?

Kyler me estaba empujando por la espalda, y yo me eché hacia delante. Le posé la mejilla en el hombro y cerré los ojos. Por un momento me resultó fácil fingir que no estábamos en un bar donde sonaba una música espantosa y, mejor aún, que estábamos juntos.

Juntos, de la forma que yo quería estar con él.

—¿Qué? —pregunté acurrucándome un poco más y dejándome llevar por el momento.

—Esa chica no es mi amiga. —Notaba su aliento cálido contra la oreja, y me encantó sentirlo—. Tú has sido mi mejor amiga de siempre. Llamarla así es un insulto hacia ti.

No dije nada. Y tampoco lo hizo Kyler después de eso. Nos quedamos allí sentados un rato más. Una parte de mí se moría por subirse a una silla y gritarle a todo el bar que Kyler me tenía más consideración que a la rubia. Pero la otra parte quería volver a casa y acurrucarse en una esquina, porque eso no cambiaría el final de la noche. Yo volvería a la residencia sola, y él se llevaría a la rubia a su apartamento.

Ocurría lo mismo cada fin de semana, y sabe Dios cuántas veces a lo largo de la semana.

No había nadie que pudiera sustituirme en su vida. Eso ya lo sabía. Yo era la amiga que lo sabía todo de él, y en quien confiaba más que en nadie.

Era la mejor amiga de Kyler.

Y, por eso, él nunca me querría como yo lo quería a él.

3

Sydney

Las estúpidas ruedas de mi maleta se engancharon en la alfombra marrón que había en la puerta del apartamento de Kyler y me hicieron tropezar. Me balanceé hacia un lado y se me metió el pelo en los ojos. Alargué la mano intentando no perder el equilibrio y, en el último segundo, todas las cosas que me había esforzado tanto por no soltar empezaron a resbalar.

Tenía que tomar una decisión horrible y rápida. O soltaba el lector de libros electrónicos o soltaba el capuchino.

Necesitaba ambas cosas para mi supervivencia, pero el lector de libros electrónicos era como un bebé, muy frágil y de vital importancia para mí.

Agarré con fuerza el lector y dejé que el café cayera al suelo y se derramara, esparciendo su oscuro contenido líquido por la alfombra como si fuera la desagradable escena de algún crimen.

Suspiré.

Por lo visto, quedaba claro que las sesiones de yoga, a las que había estado asistiendo dos noches por semana después de mis clases de psicología y derecho, no me habían servido para mejorar los reflejos. Recogí el vaso de cartón y lo tiré a la basura que había junto al ascensor.

Respiré hondo, llamé a la puerta y me cambié el peso de pie con impaciencia. Pasaron varios segundos y seguía sin escuchar nada, ni siquiera unos pies acercándose. Volví a llamar, y al no recibir ninguna respuesta me di media vuelta y me apoyé en la puerta.

Kyler dormía muy profundamente. Ni siquiera me molesté en intentar llamarlo al móvil. Cualquier cosa que estuviera por debajo del impacto de una bomba nuclear no conseguiría despertarlo.

Miré el lector de libros electrónicos. Mierda, había perdido la página. Y justo cuando se ponía interesante. Hades acababa de entrar en un supermercado. Qué desastre. Toqué la pantalla para pasar algunas...

La puerta que tenía a la espalda se abrió de repente y empecé a caer al vacío. Me di la vuelta y mi mano chocó contra un brazo, piel desnuda. Un cuerpo cálido, *firme* y desnudo. Un brazo muy fuerte me rodeó por la cintura y me cogió antes de que chocara contra un pezón masculino marrón.

Oh, Dios mío.

Me retiré para separarme de él. Me quedé sin aire en los pulmones y abrí los ojos como platos. Tenía la cara pegada a los pectorales más perfectos del mundo, la clase de pectorales que cualquiera querría tocar. Mis ojos resbalaron por su pecho sin mi consentimiento, y había tanta piel dorada al descubierto que parecía que estuviera en un club de estriptis. Lo más curioso es que ya había visto a Kyler medio desnudo un montón de veces, pero nunca dejaba de sorprenderme.

A Kyler le encantaba esquiar y correr, cuando el tiempo lo permitía, y sus aficiones se reflejaban en su cuerpo. Su piel suave se extendía por unos abdominales ridículamente bien definidos. Incluso tenía esas marcas en las caderas. Tenía un pequeño lunar a la izquierda del ombligo. Por algún motivo, ese puntito siempre me había tenido fascinada.

Llevaba unos calzoncillos con dibujitos de gorritos de Papa Noel y regalitos de colores. Ese sí que era un regalo de Navidad que muchas querrían encontrar debajo del árbol.

Y yo me incluía entre ellas.

Me ruboricé. Le iba a dar una buena reprimenda a mi cerebro, pero la verdad era que Kyler estaba buenísimo.

Esbozó una sonrisa de medio lado, como si supiera lo que yo estaba pensando. Estaba muy despeinado. Parecía que hubiera pasado la noche con alguien.

Se me hizo un nudo en el estómago. La noche anterior yo había vuelto a la residencia antes de que él se marchara del bar. Kyler no se habría llevado a la rubia a casa. Un momento. ¿En qué estaba pensando? Claro que se la habría llevado a casa.

—Hueles a... capuchino con vainilla.

Parpadeé. Tenía la voz ronca de recién levantado.

—¿Eh? Ah, es que se me ha caído el café. Perdona.

Esbozó media sonrisa.

—Llegas pronto.

—Claro que no.

—Llegas pronto, como siempre —prosiguió haciéndose a un lado. Miró por encima del hombro cuando escuchó el agua corriendo en el baño. Suspiró—. Esto no te va a gustar.

Me sentí palidecer, cosa que era una estupidez. No podía importarme menos.

—No pasa nada. Puedo esperar en el portal.

Kyler me miró con el ceño fruncido.

—No pienso dejar que esperes en el portal, Syd.

Pasó por mi lado y salió sin importarle que alguien pudiera verlo medio desnudo. Pude verle los músculos de la espalda con todo lujo de detalle. Tenía un tatuaje —unas letras hechas con trazos desiguales— que resbalaban por su espina dorsal. Era una especie de mensaje tribal que se había hecho cuando cumplió los dieciocho. Yo no tenía ni idea de qué significaba. No lo sabía nadie.

Pero no era el único tatuaje que tenía. Sonreí.

Había perdido una apuesta con Tanner por un partido de fútbol y había acabado con un corazón rojo tatuado en la nalga derecha.

Kyler era un hombre de palabra.

Cogió mi maleta y rugió.

—¿Qué llevas aquí? ¿Un montón de piedras?

Habría puesto los ojos en blanco, pero los tenía pegados a los músculos de sus brazos. Dios. Necesitaba una lobotomía.

—No pesa tanto.

—Llevas demasiadas cosas. —Dejó la maleta dentro del apartamento y cerró la puerta—. Solo son cinco días, Syd, no un mes.

—Bueno —murmuré lanzando una mirada por el pasillo estrecho. El agua se había apagado—. Así que...

—Ponte cómoda. —Cuando pasó contoneándose por mi lado me tocó la nariz. Intenté darle una bofetada, pero esquivó el golpe y se rio—. ¿Qué lees?

—No es de tu incumbencia.

Lo seguí hasta la ordenadísima sala de estar. Para ser un chico de veintiún años le gustaba tener las cosas ordenadas, algo que era sorprendente, porque, cuando vivíamos con nuestros padres, en casa de Kyler trabajaba una señora que le recogía las cosas. Pero él siempre había sido así.

—Bonito título.

Me paré detrás del sofá verde aceituna.

—Bonitos calzoncillos. ¿Te los ha comprado tu madre?

—No. Me los compró *la tuya.*

—Muy gracioso.

Me miró por encima del hombro y me guiñó el ojo metiéndose los pulgares por el elástico de los calzoncillos para bajárselos hasta enseñarme un poco el culo.

—Oh, Dios mío.

Me incliné sobre el sofá, agarré un cojín y se lo tiré.

Él lo cogió con unos reflejos sorprendentes y me lo volvió a lanzar. El cojín me rebotó en el pecho y acabó en el suelo.

—Te ha encantado.

Aunque suponía que Kyler tenía un buen culo, empecé a decirle que no era algo que me gustara ver, pero entonces la puerta del baño —donde había colgado un ceda el paso— se abrió.

Contuve la respiración.

¿Quién podía ser? Cuando me había marchado del bar la noche anterior, Kyler estaba rodeado de chicas. ¿Sería la rubia de las piernas largas que debía de apellidarse «chupito»? ¿O aquella morena tan sexy con esa risa ronca de la que yo me había puesto un poco celosa? Yo parecía una hiena cuando intentaba ponerme sexy. ¿Sería la pelirroja que no se decidía entre Tanner y Kyler? Podría ser cualquiera.

Lo primero que vi fueron unas piernas largas y bronceadas, y después el dobladillo de una falda vaquera un poco torcida. Reconocí las piernas inmediatamente, pero la camiseta ajustada de cuello alto lo aclaró todo.

Era la rubia, la reina de los cubitos de hielo.

La noche anterior habíamos estado a −10 ºC y las calles de College Park estaban cubiertas de nieve, pero esa tía iba por ahí vestida como si estuviera en Miami.

Y yo me sentía como una vagabunda con mi jersey gigante y mis vaqueros desgastados. Por no mencionar que parecía que yo llevara mi primer sujetador infantil, comparado con los pechos de aquella chica.

Me miró y frunció el ceño. Tenía un borrón de rímel negro debajo de los ojos.

—¿Quién es esta, cielo?

—La conociste ayer por la noche en el Dry Docks. —Kyler volvió a mi lado y recogió el cojín—. ¿No te acuerdas?

La chica puso cara de confusión e imaginé que tardaría un rato en reaccionar.

Kyler esbozó media sonrisa.

—Le tiraste la copa encima.

—¡Oh! —La rubia se rio—. Lo siento.

—Sí. —Tuve que esforzarme para hablar. Yo *ya lo había* olvidado—. No pasa nada. A los chicos les encantan las chicas que huelen a piruleta.

Kyler frunció el ceño y me miró de reojo.

—¿Ha pasado la noche aquí? —preguntó la rubia ladeando la cabeza.

Alcé una ceja y empecé a abrir la boca. ¿Tan normal era esto que la chica era incapaz de recordar si alguna otra chica se había unido a la fiesta? Si era así, estaba claro que yo necesitaba salir más.

—No. Acaba de llegar. Nos vamos a Snowshoe —comentó Kyler con habilidad frotándose la cara con la mano—. Así que...

La rubia se acercó a él contoneando su esbelta cadera y le pasó la mano por el pecho de una forma familiar e íntima. Me asaltó una punzada irracional de envidia. A ella le resultaba fácil tocarlo. Yo conocía a Kyler de toda la vida y me atragantaría al mínimo contacto.

—¿Os vais los dos solos a Snowshoe? Qué romántico —dijo con cierta ironía.

—No. —Kyler se apartó de ella—. Vamos con un grupo de amigos. Y hemos quedado pronto. Así que tengo que marcharme.

La rubia no pillaba la indirecta y la cosa estaba a punto de ponerse incómoda. Era típico de Kyler. Sería capaz de conseguir que una monja se quitara las bragas, pero no le iba nada el rollo de las mañanas. Y por muy agradable que intentara ser, tenía tanta paciencia como una serpiente de cascabel arrinconada.

—Mujeriego —murmuré cuando pasé por su lado.

Kyler me ignoró.

—Ya nos veremos, Cindy.

La rubia no se había movido.

—Mindy. Me llamo *Mindy*.

Le lancé una mirada asesina a Kyler, pero no mostraba ningún arrepentimiento. Me marché a la cocina negando con la cabeza. Había algunas tazas en el fregadero, pero, como todas las demás habitaciones del apartamento, la estancia estaba más ordenada que cualquier residencia en la que hubiera estado. Sin contar la mía, claro. Yo era tan obsesiva con el orden que volvía loca a Andrea.

Me subí a la encimera, crucé las piernas y encendí el lector de libros electrónicos. Por muy absorta que hubiera estado en la historia antes —tanto, que le iba echando algún vistazo cada vez que me encontraba un semáforo en rojo mientras venía hacia aquí—, ahora estaba demasiado distraída por la conversación amortiguada que venía de la sala de estar.

Miré la botella de whisky que había en la cocina. Era un poco pronto para empezar, pero cuanto más tardaba él más ganas tenía yo de tomarme un chupito.

¿A quién quería engañar? Había mareado mi ron con Coca-Cola de la noche anterior hasta que se había convertido en una copa aguada de Coca-Cola con Coca-Cola. Todos nuestros amigos habían cogido un buen pedo celebrando el principio de las vacaciones de invierno. Andrea había vomitado en el callejón que había detrás del Dry Dock. Iba a estar hecha unas castañuelas esa noche, y Tanner había pillado tal borrachera que le había sujetado la chaqueta en lugar del pelo. Kyler aguantaba muy bien la bebida, pero también se había dejado ir.

¿Y yo? A mí no me gustaba eso de soltarme y perder el control. Tampoco es que fuera una mojigata ni nada de eso, pero... de acuerdo, igual un poco sí.

Cada invierno, desde mi primer año de universidad, me había preguntado por qué aceptaba ir a Snowshoe. Todavía faltaban dos semanas para Navidad. Podría haberme ido directamente a casa. Yo no sabía esquiar, a menos que esquiar fuera deslizarse de culo por una montaña nevada. Sin embargo, Kyler estaba comodísimo deslizándose por las montañas nevadas y era un profesional del descontrol. Pero era una tradición, y era imposible librarse.

—Has llegado muy pronto, Syd.

Me sobresalté al escuchar su voz.

—Me gusta llegar a la hora.

—De forma obsesiva.

Se inclinó sobre la encimera delante de mí.

Puede que hubiera llegado un poco pronto, pero odiaba llegar tarde. Para mí, llegar a una clase cuando ya había empezado era peor que el apocalipsis zombi.

Volví a deslizar los ojos hasta la parte inferior de su estómago. ¿Se le habían bajado los calzoncillos?

—¿Puedes ponerte una camiseta? ¿Y quizá también unos pantalones?

Kyler arqueó una ceja.

—Creo que ya me has visto desnudo, Syd.

Me acaloré muchísimo, cosa que fue muy inapropiada teniendo en cuenta las circunstancias de cómo lo había visto desnudo.

—Tenías unos cinco años y tenías varicela. No parabas de quitarte la ropa. Esto no es lo mismo.

—¿Y qué ha cambiado?

¿De verdad tenía que explicárselo?

Se rio entre dientes, se separó de la encimera y se acercó a mí. Allí sentada, estaba a su altura. Kyler era ridículamente alto, medía casi 1,90 cm. Y yo era superbajita, medía poco más de metro y medio. Cuando estaba con él me sentía como un pitufo.

Kyler alargó la mano y me estiró del pelo.

—Trencitas. Muy sexy.

Me encogí de hombros.

Cogió una de mis trenzas y me dio un golpecito en la mejilla con ella.

—¿Me da tiempo de salir a correr un rato?

Le quité la trenza.

—Si no sales a correr, luego estarás insoportable.

Kyler esbozó una de sus encantadoras sonrisas. Le apareció un hoyuelo en la mejilla derecha y se me cortó la respiración.

—¿Quieres venir conmigo?

Torcí el gesto haciendo ondear el lector de libros electrónicos.

—¿Tengo pinta de querer ir a correr contigo?

Se inclinó hacia delante y me colocó las manos a ambos lados de las piernas: lo tenía demasiado cerca. Me habría afectado su cercanía incluso aunque no hubiera sentido nada por él. Cualquier hembra con ovarios habría sentido algo. Kyler emanaba atracción sexual, una peligrosa mezcla de atractivo e inteligencia envuelta en misterio.

Respiré hondo: Dios, qué bien olía. No parecía que se hubiera pasado toda la noche bebiendo y después hubiera estado practicando sexo salvaje durante horas. Para nada, olía a hombre y a una colonia que yo no conocía.

Madre mía, no podía creerme que lo estuviera olfateando como si fuera una acosadora de pacotilla.

Me aparté un poco y desvié la mirada.

—Te divertirás. Te lo prometo. Venga.

Volvió a tirarme de la trenza.

Negué con la cabeza.

—Hay nieve y hielo por todas partes. Me romperé el cuello. En realidad, es posible que te lo rompas *tú*. Porque no salgas a correr un día no te vas a morir.

—Claro que sí.

Clavé la vista en la fotografía que había colgada en la nevera y entrelacé las manos. Era una foto de nosotros, de cuando íbamos al colegio, disfrazados el día de Halloween. Él había ido de hombre lobo y yo de Caperucita Roja. Había sido idea de mi madre.

—No puedo creer que tengas ganas de salir a correr después de todo lo que bebiste anoche.

Se rio y noté su aliento cálido en la mejilla.

—Podré soportarlo. No olvides que ahora sales con los mayores.

Puse los ojos en blanco.

Se acercó a mí y me dio un beso en la mejilla.

—Ve a sentarte en algún sitio más cómodo. No tardaré.

Cuando vio que no me movía, se le escapó un rugido y me posó las manos en las caderas. Me levantó de la encimera sin ningún esfuerzo y me dejó en el suelo. Después me dio una palmadita en el culo que me hizo salir de la cocina.

Me dejé caer en el sofá mientras lo fulminaba con la mirada.

—¿Contento?

Kyler ladeó la cabeza y pareció que quisiera decir algo, pero al final solo sonrió.

—Esta semana voy a enseñarte a utilizar el *snowboard*. Lo sabes, ¿verdad?

Me reí mientras me reclinaba en los almohadones del sofá.

—Buena suerte.

—Tienes muy poca fe en mí. Soy muy hábil.

—Estoy segura de que sí —contesté con sequedad mirando fijamente el árbol de Navidad raquítico que tenía delante de la ventana.

Kyler se deshizo en carcajadas y me puse tensa.

—¿No te gustaría averiguar hasta dónde llegan mis talentos?

—Si quisiera averiguarlo, no sería muy difícil. Podría preguntárselo al noventa por ciento de las chicas de mi residencia.

Kyler se fue hacia su habitación con una sonrisa descarada en los labios.

—En realidad sería más bien un ochenta y nueve por ciento. No me he acostado con la chica que vive al final del pasillo. Solo me hizo una...

—No quiero saberlo.

—No estarás celosa, ¿no?

—No lo creo —contesté encendiendo el lector de libros electrónicos.

—Claro, claro, tú sigue repitiéndote eso, preciosa. Uno de estos días vas a admitir que estás loca y profundamente enamorada de mí. No hay quien se resista a mi encanto personal.

—Si hubieras dicho que tienes un cuerpo irresistible habría quedado más creíble.

Volvió a reírse mientras se daba la vuelta. Yo observé, con una extraña sensación en la tripa, cómo desaparecía de la sala de estar. Era la dolorosa y vergonzosa verdad que Kyler no descubriría nunca. Puede que bromeara conmigo y me tomara el pelo, pero no tenía ni idea de lo que yo sentía por él, y debía seguir así.

Eché la cabeza hacia atrás y cerré los ojos gruñendo en voz baja.

Para él las chicas eran como sabores de helado, y yo no era ninguno que quisiera probar. Había sido así desde el instituto, y yo lo había aceptado tal como era. Y las cosas debían quedarse como estaban, porque sabía que, si Kyler descubría lo que yo sentía en realidad, dejaríamos de ser amigos.

4

Kyler

Mierda. Mierda. Mierda.

Corría por las partes secas de la acera, que eran pocas, y expulsaba pequeñas nubes blancas de aliento por la boca. La verdad es que podría haber pasado de salir a correr esa mañana, pero necesitaba salir y mover los músculos.

Necesitaba correr.

La quemazón en los músculos y el aire frío me despejaban la cabeza, pero seguía teniendo el estómago revuelto, y no tenía nada que ver con el alcohol que había bebido la noche anterior.

Tendría que haberlo imaginado.

Sydney siempre llegaba obsesivamente pronto. Y ese día no iba a ser diferente. Todo venía de cuando íbamos a cuarto y ella llegó tarde y tuvo que cruzar la clase sola. Todo el mundo la estaba mirando cuando tropezó y se le cayó la fiambrera de arcoíris. El abusón de la clase, Kris Henry, se había reído de ella, y eso había provocado que se riera la mitad de la clase.

Yo le había pegado por reírse. Me llevaron al despacho del director por haberle pegado, pero había valido la pena partirle la cara. Dios, solo de pensarlo me daban ganas de volver a pegarle.

Y también quería darme una buena patada en los testículos por lo de esa mañana.

Lo último que quería era que Sydney viera a la rubia. No era la primera vez, pero siempre que pasaba me prometía que sería la última. Y sin embargo, nunca había una última vez.

Rodeé el bloque de pisos, entré en el pequeño parque y salté al césped. Empecé a pensar cosas muy raras. Cuando conocí a Syd, mi vida era muy diferente. Mi madre y mi padre apenas conseguían llegar a fin de mes con el bar que regentaban. Teníamos que acudir a beneficencia a por comida y me compraban la ropa en Goodwill. Por retorcido que parezca, fue al fallecer mi padre, estando yo ya en secundaria, cuando el bar empezó a funcionar.

Un maldito accidente de coche le quitó la vida, y nunca llegó a ver cumplidos sus sueños.

Mamá invirtió el dinero del seguro de vida en el negocio de la restauración. Ahora tenía dinero y dirigía un negocio que funcionaba muy bien, y a mí me había preparado para tomar el mando, pero por muchas zapatillas de marca que me comprara, los vaqueros de diseño y el coche nuevo, yo seguía siendo el mismo chaval que de pequeño vivía en una casa móvil y que no podía creerse que esa niña tan guapa de su clase quisiera ser su amiga.

Me puse a pensar cosas todavía más raras. Recordé la vez que trepé a un árbol para meterme en su habitación. Ella había tenido mononucleosis y nuestros padres nos habían prohibido vernos por motivos evidentes, pero yo estaba muy preocupado por ella. Syd siempre había sido muy menuda, y yo tenía la sensación de que debía cuidar de ella.

Aquel día me caí del maldito árbol y casi me rompo una pierna.

Nuestros padres dejaron de intentar separarnos después de aquello, porque una semana después yo terminé con mononucleosis de todas formas. Pero ella se había puesto muy contenta cuando yo conseguí, al fin, meter mi estúpido culo en su habitación. A pesar de lo enferma que estaba, cuando me vio esbozó una sonrisa que le iluminó toda la cara, le brillaron los ojos y todo eso.

Siempre me habían encantado sus ojos.

Y siempre había sido así. Año tras año, cuando me veía, siempre sonreía y se le iluminaban los ojos, y se le ponían tan azules que no podía evitar pensar en lo preciosos que eran. Por eso me mataba ver esa expresión de decepción cada vez que alguna chica salía de mi apartamento.

Tío, la había cagado esa mañana. Una cagada entre cientos, incluso miles, y cada vez que pasaba me prometía que sería la última vez. Pensaba que se cansaría de mí —de las chicas, de las fiestas, de lo que fuera—, descubriría que estaba mil veces mejor sin mí y desaparecería de mi vida.

Y al final iba a ocurrir. Y yo lo sabía.

Rodeé el parque y apreté el paso vigilando para no pisar los parches de hielo. Sydney era perfecta: encarnaba a la mujer perfecta. Era prácticamente inmaculada y fresca. Era intocable.

Lo era todo para mí.

Había pasado la mayor parte de mi vida intentando no cagarla por Syd, y no sabía cómo pero no dejaba de hacerlo. Había visto la mirada en los ojos de Syd cuando Mindy salió del baño esa mañana, y supe que ella había imaginado que me había acostado con ella. Cosa que no era tan descabellada, pero hasta yo tenía mis límites y leyes morales.

Estaba bastante convencido de que no había invitado a Mindy a mi casa, pero la chica había terminado allí de todas formas. La había dejado borracha en el sofá y yo me había encerrado en mi habitación, y fin de la historia. No culpaba a Syd por pensar lo peor, y tampoco tenía sentido que corrigiera su suposición.

Eso no cambiaría nada.

Sydney Bell siempre había estado, y siempre estaría, unos cuantos pedestales por encima de mí.

Sydney

Una hora después, Kyler estaba recién duchado y vestido. Era una pena tapar ese cuerpo, pero seguía estando fabuloso con unos vaqueros desgastados, una sudadera con capucha y el pelo húmedo en la frente.

Se colgó una funda de guitarra negra al hombro y no pude evitar emocionarme: había que reconocer que tocaba muy bien. ¿Y esos dedos? Su forma de deslizarlos por las cuerdas hacía volar mi imaginación cada vez que tocaba.

No había nada más sexy que un chico tocando la guitarra. Bueno, vale. Quizá un chico subido a una moto. Eso también era bastante excitante.

Suspiré y lo seguí hacia la puerta, poniéndome los guantes. Necesitaba echar un polvo, porque empezaba a ser molesta mi inclinación a pensar continuamente en sexo. Cosa que era desternillante, teniendo en cuenta que no contaba para ello con la primera —y única— vez que había mantenido relaciones sexuales. Y la verdad es que no entendía a qué venía tanto alboroto. Sabía que tenía que haber algo, porque era lo único de lo que hablaba todo el mundo y, teniendo en cuenta el montón de chicas que iban detrás de Kyler, tenía que haber algo más que empujones, dolor y ruidos raros. Me olvidé del tema mientras salíamos y me concentré en algo menos embarazoso.

—¿Crees que la tormenta pasará de largo?

Había estado viendo las noticias mientras él corría y habían ofrecido una actualización del parte meteorológico. A principios de semana habían dicho que la tormenta pasaría de largo por Virginia Occidental, pero parecía que la ventisca se estaba desplazando más al sur de lo que esperaban.

Kyler se paró detrás de su Durango con su maleta y la mía.

—Vamos a unas pistas de esquí, Syd, y allí hay nieve. No pasará nada por un poco más.

Hice ademán de coger mi maleta, pero Kyler me apartó. Me mordí la uña mirando al cielo.

—Pero dicen que podría ser la tormenta del siglo, o algo así.

Se rio y alargó el brazo para quitarme la mano de la boca.

—¿Como el fin del mundo?

Sonreí.

—Sí, eso. ¿Crees que tendríamos que llamar a Andrea para ver si prefieren esperar a ver si la tormenta pasa de largo por esa parte de Virginia Occidental? Ella viene con Tanner y los demás. Paul viene con su coche.

A Kyler se le borró la sonrisa mientras cerraba el maletero y rodeaba el coche hasta el asiento del pasajero. Mantuvo la puerta abierta.

—¿Y quién ha invitado a ese imbécil?

Me subí al coche.

—Paul no es imbécil.

—Es gilipollas. —Kyler cerró la puerta. Miré cómo rodeaba el coche y se subía al volante; entonces retomó la conversación—. ¿Quién lo ha invitado? ¿Andrea?

Me había figurado que la antipatía de Kyler por Paul había sido cosa de una noche de borrachera.

—¿A qué vienen tantos insultos? Paul es bastante guay, y siempre ha sido simpático contigo. ¿De qué va todo esto?

Kyler arrancó el coche. Estaba apretando tanto los dientes que pensaba que iba a escuchar cómo le rechinaban.

—No me cae bien y punto.

Fruncí el ceño y negué con la cabeza.

—Vale. Bueno, pues lo invité yo, así que espero que no seas desagradable con él.

—¿Lo invitaste *tú*? —Me fulminó con la mirada antes de volver a clavar los ojos en la carretera—. ¿Lo invitaste a casa de mi madre sin preguntármelo?

Me lo quedé mirando. No tenía ni idea de dónde salía esa actitud. Aunque ya sabía que a veces Kyler se ponía de mal humor. Y, por lo visto, esa era una de las veces.

—Ya hace algunas *semanas* que te dije que lo iba a invitar y no me dijiste nada.

—Debía de estar borracho cuando me lo dijiste —murmuró tomando el desvío hacia la circunvalación—. ¿Paul? ¿Es que te gusta o algo?

—¿Qué? —Lo miré con la boca abierta—. Es simpático.

Dio unos golpecitos en el volante con sus dedos largos.

—No te he preguntado eso.

Tardé un par de segundos en contestar. Paul era simpático y divertido, y probablemente no lo echaría de la cama por comer galletitas.

—No —contesté por fin—. No me *gusta* en ese plan.

Kyler no contestó nada y tampoco añadió nada más hasta que cogimos la circunvalación.

—Creo que a él le gustas tú.

Alcé una ceja mientras recordaba cómo Kyler había acusado a Paul de mirarnos la noche anterior.

—¿Crees que le gusto?

Asintió con sequedad.

Andrea me había dicho lo mismo un montón de veces, pero yo siempre había pensado que era su forma de intentar que me obsesionara con otro que no fuera Kyler.

—¿Cómo vas a saberlo, teniendo en cuenta que es evidente que no es tu mejor amigo?

—¿Por qué? —Se situó en el carril de aceleración y me miró—. ¿Acaso saber que le pones cambia la opinión que tienes de él?

—¿Qué? —Levanté las manos con frustración—. Esta conversación es absurda.

Kyler sonrió, pero tenía los ojos tan oscuros que parecían prácticamente negros.

—Soy un tío. Y sé cuándo a otro tío le gusta una chica. Es por cómo la mira. Lo dice todo.

Me mordí la uña del pulgar. Quizá tuviera posibilidades, porque pasarme la vida sufriendo por Kyler era absurdo, y si Paul estaba dispuesto...

—Estás de coña.

—Se te queda mirando siempre que salimos. —Dejó de hablar un momento y alargó el brazo para estirarme de la manga hasta que bajé la mano—. Y si quieres saber cómo te mira, es casi como si te estuviera follando con los ojos.

—Oh. Vaya. Qué romántico.

Me recorrió una ráfaga secreta de placer, porque era agradable saber que alguien me consideraba deseable, aunque no fuera el chico que yo quería.

Kyler se rio.

—Es la verdad. Aunque no sé en qué está pensando ese tío.

Me volví hacia él muy despacio.

—¿Y eso qué significa exactamente?

—Intentando ligar contigo —concluyó entornando los ojos al mirar los carteles verdes que indicaban las salidas—. Está loco. Tú no eres...

Me empezó a arder el estómago y el calor se desplazó por mis venas como si fuera ácido. Ya sabía que no era la clase de chica por la que los tíos hacían cola, pero tampoco estaba tan mal como para que un chico tuviera que estar loco como para querer estar conmigo.

Mi rabia empezó a borbotar como si fuera agua hirviendo, pero por debajo ocultaba un profundo dolor que alimentó mis palabras.

—¿No soy qué? ¿Una chica que no se va liando con tíos que conoce en los bares? ¿Una persona con evidente gusto y autoestima?

Kyler alzó las cejas.

—Guau. Eso es...

—Esas son las chicas con las que te lías tú —lo interrumpí apretando los puños—. ¿Y solo porque yo no soy así ya significa que ningún otro chico puede querer estar conmigo? Quizá Paul tenga gusto y no le vayan las chicas con nombres como *Mindy*.

—Vale —dijo muy despacio. Apretó los dientes mirando hacia delante—. Primero, resulta que yo tengo muy buen gusto. Segundo, soy adulto. Y también lo son las chicas con las que me lío. Tercero... —*¿Cuántos puntos va a enumerar?*—. No pasa nada por pasarlo bien, Sydney. Diversión. Es algo que existe, aparte de leer libros y asistir a clase.

Me quedé con la boca abierta.

—Yo sé divertirme, imbécil.

Kyler sonrió.

—Y una mierda. Eres la persona más estirada que conozco. Eres...

—Como digas que soy fría, te daré una patada en el culo y destrozaré el coche. —El corazón me latía con tanta fuerza que me dolía—. En serio.

Entonces se me quedó mirando como si se hubiera quedado de piedra.

—No iba a decir eso, Syd. Yo *nunca* diría eso.

—Lo que tú digas —murmuré.

—Bueno, me has interrumpido y no he podido terminar.

—Por favor, continúa.

Volvía a tener esa exasperante sonrisa en los labios.

—Las *amigas* que me llevo a casa no tienen nada de malo.

—¿Pero yo sí?

Sentí unas ganas terribles de darme una bofetada en cuanto terminé de decir esa frase. No podía ser más patética.

—¿Aparte de que deberías llevar colgado un cartel en el que pusiera «si interactúas conmigo lo haces por tu cuenta y riesgo»? No. No tienes nada de malo, preciosa.

—Oh, vete a la mierda.

Kyler respiró hondo y soltó el aire muy despacio, una señal inequívoca de que estaba a punto de perder la paciencia.

—A veces no entiendo cómo podemos ser amigos —dijo pasándose la mano por la cabeza—. La verdad.

Se me saltaron las lágrimas y volví la cabeza hacia la ventana. Sentí una fuerte presión en el pecho, me dolía tanto que me costaba respirar. Realmente, éramos un león y una gacela coja.

—Yo tampoco —susurré.

* * *

El camino fue dolorosamente incómodo, tanto que empezó a parecerme atractiva la idea de saltar de un vehículo en marcha. Nos topamos con un embotellamiento cuando íbamos por la mitad del trayecto que le sumó una hora al viaje, y al poco se puso a nevar. Después de nuestra pequeña discusión, Kyler había puesto la radio y la había dejado en la emisora de rock duro durante el resto del camino. Sí. No estaba de mejor humor.

A veces no entiendo cómo podemos ser amigos.

Au.

No era la primera vez que Kyler y yo discutíamos, pero normalmente no nos quedábamos atrapados en un coche al terminar. Ni siquiera podía lamerme las heridas en privado.

Cuando estábamos más o menos a una hora de Snowshoe, paramos en una gasolinera a repostar. Cuando Kyler entró en la tienda para comprar algo de picar, yo aproveché para llamar a Andrea.

—¿Dónde estáis? —pregunté mirándome la uña mordida.

La voz de Andrea sonaba amortiguada, pero entonces entendí:

—Nos hemos quedado atrapados en Frederick. Nos ha pillado una nevada impresionante. Estamos *anevados*. Ja. ¿Lo has pillado? ¡Ey! Cállate, Tanner. Ha sido gracioso. Dile que ha sido gracioso, Sydney.

—Ha sido gracioso —contesté—. Pero, volviendo a la nieve..., ¿es por la tormenta? ¿Ha cambiado de dirección?

—Eso parece. —Hizo una pausa—. Es posible que tengamos que parar pronto y esperar a que pase, o sea que llegaremos tarde.

¿Tarde? Más tiempo a solas con Kyler. Genial. Me dieron ganas de darme de cabezazos contra el salpicadero.

—¿Y a ti qué te pasa? —preguntó Andrea—. Acaban de empezar las vacaciones de invierno, es nuestro último año, y parece que alguien haya atropellado a tu gato y te lo haya dejado encima de la cama.

Qué asco. Torcí el gesto. Tenía unos amigos muy raros.

—No sé. Kyler y yo hemos discutido hace un rato, o sea que el camino no está siendo muy divertido.

Andrea se rio.

—Siempre estáis discutiendo.

—Esta vez ha sido diferente.

Se hizo una pausa, y entonces escuché su voz muy flojito.

—¿Cuando fuiste esta mañana a su casa estaba con esa chica?

Hice una mueca de dolor sabiendo que Tanner —y quienquiera que estuviera con ellos en el coche— podría escuchar la conversación.

—¡Lo sabía! —exclamó—. A veces parece un depravado. Tú...

—No pasa nada, Andrea. —Miré por la ventana—. Oye, ya vuelve. Llámame cuando estéis llegando. Id con cuidado.

—Vosotros también.

Kyler subió al coche y se sacudió los copos de nieve del pelo. Después metió la mano en la bolsa de plástico, sacó un ginger ale —mi bebida preferida— y me lo dio.

—Gracias —le dije.

Él gruñó algo incomprensible.

Respiré hondo y me atreví a mirarlo. Abrió una bolsa de patatas mientras tiraba de la manguera de la gasolina.

—Acabo de hablar con Andrea. Están atrapados en Frederick por la nieve. Van a llegar tarde. Quizá deberíamos...

—Todo irá bien.

Y eso fue todo lo que nos dijimos. Hicimos el resto del trayecto en silencio. Por muchas ganas que tuviera de quitarme el cinturón y azotarle varias veces con él en el estómago, no quería empezar así las vacaciones de invierno. Todavía teníamos que hacer el trayecto de vuelta juntos hasta casa.

Pareció pasar una eternidad hasta que vimos la señal de Snowshoe después de Marlinton. Las rachas de viento habían aflojado y tuve la esperanza de que solo nos atacara la gran tormenta y nada más.

Snowshoe Mountain era realmente precioso. Era como un país de las maravillas de invierno cubierto de nieve con un hotel de varias plantas que se alzaba majestuoso entre los altos olmos y las laderas cubiertas de nieve. Recorrimos las callejuelas que zigzagueaban entre los apartamentos y las tiendas, las farolas alineadas en las calles y esos grupitos de chalés tan monos siempre me hacían pensar en el Polo Norte. El cielo estaba encapotado y se estaba haciendo de noche, y ya habían encendido las luces de las farolas y las lucecitas de los abetos.

Pasamos por delante del Starbucks justo cuando encendían las luces de Navidad, y del establecimiento salía un grupo de personas riendo con tazas de café caliente.

Dios, cómo añoraba mi capuchino.

Cuando llegamos a lo alto de la colina vi los remontes de la estación a lo lejos. Esas cosas me aterrorizaban. ¿Tenías que ir con los pies colgando hasta que llegabas para saltar después? A mí no me parecía nada divertido. Yo era más de acurrucarme junto al fuego con un buen libro.

Miré a Kyler a escondidas. Ya no se lo veía tan tenso y tenía una mirada más relajada, ya se estaba emocionando. Él adoraba Shay's Revenge, la pista más difícil de Snowshoe. Solo de mirar la caída de 150 metros me daban ganas de vomitar.

Quinn Lodge estaba a pie de pistas y era una de las casas privadas más grandes de la zona. Tenía dos pisos, un montón de habitaciones y un sótano equipado con un televisor enorme, mesa de billar y otros juguetes que adoraría cualquier chico. La tendríamos para nosotros toda la semana.

Kyler frenó el coche, salió y marcó el código de seguridad del garaje. La puerta se abrió haciendo mucho ruido. Me desabroché el cinturón y me senté al volante. Kyler desapareció dentro del garaje y, un segundo después, se encendió la luz.

Apenas llegaba a los pedales, pero conseguí aparcar el SUV en su sitio, entre las tres motos de nieve, y las luces del coche iluminaron la hilera de esquís que había al fondo. Apagué el motor y empecé a bajar del coche, pero Kyler apareció de pronto delante de mí.

Antes de que pudiera decir una palabra, me agarró de las caderas. Me quedé sin aliento al notar el contacto, tan íntimo. Era la segunda vez ese día que me agarraba de las caderas. No es que quisiera quejarme, pero se me calentó la sangre, se me encogieron los dedos de los pies y mi pobre cuerpo no lo soportaba.

—Ven —dijo en voz baja—. Eres tan pequeña como un chihuahua. Te vas a hacer daño.

Kyler me sacó del Durango y yo me agarré a sus brazos. Sus durísimos músculos se flexionaron bajo mis manos y reprimí la contestación ingeniosa que me vino a la mente. Me estaba tocando, cosa que significaba que probablemente ya no estuviera enfadado conmigo y, teniendo en cuenta que me estaba agarrando de las caderas, yo ya ni me acordaba de por qué me había enfadado con él.

—Eso es, sana y salva.

Murmuré algo, aunque no tengo ni idea de qué. Sabía que si lo miraba, con lo cerca que estaban nuestro labios, era muy probable que le diera un beso y me pusiera en ridículo. Me quedé mirando fijamente sus botas. ¿Un beso? Ni siquiera debería estar pensando en eso, por muchos motivos. Él solo me veía como a una amiga, y solo Dios sabía dónde había tenido la boca en las últimas veinticuatro horas. Pensar eso tendría que haber sofocado mi excitación, pero no fue así. Empecé a imaginar que me deslizaba las manos por las caderas hasta agarrarme del culo. Sentí un hormigueo en la piel al imaginar eso. Me sonrojé y respiré hondo.

—¿En qué estás pensando?

Cuando escuché su voz grave levanté la cabeza y él me soltó las caderas. Añoré su contacto inmediatamente.

—Emm, en nada.

Arqueó una ceja, pero no dijo nada.

—¿Quieres ir entrando y encender las luces mientras yo me ocupo de las maletas?

Asentí encantada de poder escapar y me fui a la puerta prácticamente corriendo. ¿Qué narices me estaba pasando? Cuando abrí la puerta del pequeño pasillo que conducía al sótano me temblaron las manos. Deslicé una mano por la pared mientras me repetía mentalmente que debía controlarme. No podía pasarme todo el fin de semana deseando algo que no podía conseguir.

Encontré el interruptor, encendí la luz y rodeé las mesas de billar tapadas. El aire olía a canela y a pino. Subí las escaleras hasta el primer piso. El interior de la casa era tan bonito como el paisaje. Tenía un vestíbulo cuadrado enorme que daba a una sala de estar gigante, con una cocina espaciosa y un comedor formal justo detrás.

La madre de Kyler debía de haber estado por allí hacía poco. Había un árbol de Navidad en el vestíbulo. Y debajo vi dos regalos.

Me acerqué con curiosidad sin hacer ruido. Me agaché, cogí el que estaba envuelto con papel rojo y verde y leí la notita que había pegada al lazo brillante:

Sydney, abre este regalo cuando estés en casa y sea Navidad. ¡No vale hacer trampas! Te quiero, Mary.

Sonreí y volví a dejar el paquete debajo del árbol. También había uno para Kyler, y colgados del alfeizar de la ventana detrás del árbol había varios calcetines, uno para cada uno de nuestros amigos. La madre de Kyler era genial. Además de haberse hecho millonaria montando una empresa propia, era una de las mujeres más buenas que conocía.

—¿Qué es eso? —preguntó Kyler dejando el estuche de la guitarra en la puerta de la sala de estar.

Me puse en pie y me levanté emocionada al averiguar que no me había puesto a babear inmediatamente al verlo ni me había quedado pillada pensando en lo mucho que me apetecía apartarle el mechón de pelo que le caía por la frente.

—Tu madre nos ha dejado regalos, pero no podemos abrirlos hasta que estemos en casa y sea Navidad.

Se rio mientras se dirigía a las escaleras que conducían a la segunda planta.

—Seguro que es un jersey navideño de esos tan cursis.

Lo seguí escaleras arriba.

—Tu madre nunca haría un regalo cursi.

—No. Esa es *tu* madre.

—Es verdad —contesté deslizando la mano por la barandilla pulida. Mi madre se ponía supercursi en Navidad—. Puedo llevarme las cosas yo solita, ¿sabes?

—Las chicas no deberían llevarse las maletas. —Me miró por encima del hombro—. Y menos alguien que pesa 40 kilos.

Puse los ojos en blanco.

—No sé de qué chica hablas, porque estoy bastante convencida de que solo mi culo ya pesa 40 kilos.

—Ya. —Se detuvo cuando llegó a lo alto de la escalera. Había cinco habitaciones, cada una con su baño correspondiente—. ¿Qué habitación prefieres? Andrea se instalará con Tanner, ¿no?

Eso dependía de si estaban a punto de matarse cuando llegaran, pero asentí.

—Me va bien cualquiera.

—¿Qué te parece esta?

Cruzó el pasillo y se paró entre las dos últimas. La habitación que solía ocupar él estaba justo enfrente. No pude evitar pensar que Kyler escucharía a cualquiera que entrara y saliera de esa habitación. Aunque tampoco es que tuviera planeado recibir muchas visitas.

Pero ¿y él? Suspiré. Sería como la parada del autobús.

Cuando asentí de nuevo, Kyler abrió la puerta y yo entré y dejé la maleta sobre el cubrecama marrón.

—Estaba pensando en ir al hotel a comer. ¿Quieres venir?

Probablemente sería buena idea que me quedara en casa y le diera un poco de espacio, pero tenía hambre y yo..., bueno, quería estar con él.

—Claro. ¿Cuándo quieres salir?

—Dentro de una hora o así.

Kyler se marchó hacia la puerta y se paró un momento para mirarme. Me dio la sensación de que iba a decir algo, pero entonces esbozó media sonrisa mientras agarraba las asas de su petate enorme.

—Pues nos vemos en un rato.

Esperé a que cerrara la puerta para dejarme caer en la cama y quedarme allí tirada mirando las vigas de madera del techo. Tenía que acabar con ese rollo. Había llegado hasta allí sin que se notara lo que sentía por él. Esa semana no podía ser diferente, no podía arriesgarme a arruinar nuestra amistad. Si seguía deseando a Kyler solo podía acabar de una forma: con el corazón roto.

Y con una enorme frustración sexual.

5

Sydney

Levanté mi estúpido culo de la cama, abrí la maleta y saqué mis artículos de higiene personal. Entré en el baño, que era tan grande como la habitación de la residencia, y me refresqué lo mejor que pude. Quería darme una ducha, pero tenía una melena demasiado larga y espesa como para volver a secarme el pelo.

Mientras me deshacía las trenzas me di cuenta de que no tenía por qué ponerme colorete. Ya tenía las mejillas sonrosadas y las pupilas dilatadas. Me deshice una trenza y me incliné hacia delante cogiendo la otra. Me miré al espejo. ¿Tenía un grano en la barbilla?

Suspiré. ¿Por qué no? Genial.

Tenía la nariz salpicada de pecas y llevaba los labios sin pintar. Necesitaban un poco de color. Mi mejor rasgo —o por lo menos eso decía mi madre— eran mis ojos. Los tenía de un tono muy claro de azul que contrastaba con mis pestañas y mi pelo oscuro.

Cuando terminé de deshacerme las trenzas, sacudí la cabeza y me alegré de descubrir que la melena se me descolgaba por la espalda en ondas despeinadas, y que no parecía que me lo hubiera hecho con un rizador. Rebusqué en el neceser y saqué un frasco de rímel y un pintalabios. Una vez maquillada, volví a la habitación y empecé a quitarme las botas. Si no podía ducharme, por lo menos me pondría ropa limpia.

Cuando saqué toda la ropa que había traído, que era demasiada para una semana, me di cuenta de que no había cogido nada remotamente sexy. Solo unos cuantos vaqueros y jerséis. Tenía una camisola que me podía poner debajo de una chaqueta de punto, pero si me ponía eso me iba a congelar. Aunque la verdad es que no tenía ropa sexy. Y, al pensarlo bien, ¿a quién creía que iba a impresionar?

A Kyler, susurró una voz malvada.

La voz traviesa no estaba ayudando.

Me quité los vaqueros y los dejé en el suelo, me quité el jersey enorme y lo dejé encima de los pantalones. Me puse de puntillas y cogí un par de vaqueros negros brillantes. Podían quedarme bien con algo de cuello alto. No es que la voz traviesa de mi cabeza tuviera razón ni nada por el estilo. Podía haber algún monitor de esquí atractivo en el hotel, y quizá mi habitación se convirtiera en una estación de tren en lugar de en la parada del autobús y yo...

Se abrió de golpe la puerta de la habitación.

—Acaba de llamar Tanner. Ha dicho...

Se me paró el corazón y se me cayeron los vaqueros de los dedos, que de repente eran de mantequilla. Oh, Dios mío..., ni siquiera podía pensar. Me quedé mirando a Kyler. Allí estaba yo, en bragas y sujetador. Ah, y no quiero olvidarme de los calcetines de nieve hasta las rodillas, que me tapaban un montón.

Los dos nos quedamos de piedra, inmovilizados por mi desnudez. El tiempo se detuvo, y Kyler no dejaba de mirarme. No recordaba cuándo había sido la última vez que me había visto desnuda o, por lo menos, medio desnuda. Probablemente hubiera sido antes de que yo hiciera el cambio y me salieran los pechos, y tampoco había mucho que mirar. Había quien decía que los pechos no debían ser muy grandes, pero yo pensaba que eso se lo habría inventado un grupo de chicas con los pechos pequeños como yo para hacernos sentir bien. Oh, Dios, tenía que hacer callar a mi cerebro.

Me ardieron las mejillas y el calor me resbaló por el cuello, y después siguió bajando hasta los contornos de mi sujetador de encaje blanco, porque, Dios, no podía llevar nada más sexy que un sujetador blanco y unos calzoncillos de chico a rayas.

No. Jodas.

Y eran las dos peores palabras en las que podía haber pensado, porque ahora estaba pensando en eso, y Kyler me estaba mirando como si no hubiera visto a una chica en sujetador y bragas en su vida, y ya sabía que no era precisamente el caso. Pero me estaba mirando de una forma que debía de ser fruto de mi imaginación después de tantos años de esperanzas inútiles, porque vi calor en sus ojos, una intensidad que sentí como si fuera una caricia resbalando por mi piel acalorada. Se me separaron los labios y se me aceleró el corazón; me palpitaba en cada poro de la piel.

Me estaba mirando como había dicho que lo hacía Paul.

Kyler nunca me había mirado así.

Se me tensó la tripa y un escalofrío me recorrió la espalda. Me flaquearon las rodillas.

—Dios.

Su voz fue como una explosión que me devolvió el sentido común. Reculé hasta la cama, cogí un jersey gigante y lo utilicé para taparme.

—¿No sabes llamar a la puerta?

Se pasó los dedos por el pelo.

—Mierda.

Me lo quedé mirando, me ardía todo el cuerpo por dos motivos muy distintos. ¿Mierda? ¿Eso es lo único que iba a decir? Nada de «Nena, quiero lamerte de pies a cabeza» o «Mierda, tápate un poco». Por lo menos, en esa frase la palabra «mierda» tendría algún sentido.

Y entonces Kyler se rio, se rio con tantas ganas que pensé que iba a hacerse daño.

—Lo siento —jadeó—. Pero deberías verte la cara.

Me quedé con la boca abierta.

—Sal de aquí.

Se rio más fuerte, sus carcajadas me provocaron escalofríos. Cogí lo primero que encontré en la cama y se lo tiré.

Kyler alargó la mano e interceptó mi proyectil en el aire. Alzó las cejas y se me hizo un nudo en el estómago. De sus dedos colgaba algo rojo, de encaje y mullido.

Oh, cielo santo.

Era mi sujetador: mi sujetador con relleno de Victoria's Secret. Tenía tanto relleno que cuando me lo ponía parecía que las tuviera dos tallas más grandes.

Me tapé la boca con la mano para reprimir el grito que me trepaba por la garganta.

Kyler miró el sujetador, y después me miró a mí y de nuevo al sujetador.

—¿Tú te *pones* esto?

Como era incapaz de contestar porque estaba segura de que solo sería capaz de tartamudear, decidí no decir nada.

Kyler se acercó a la cama y lo dejó encima como si fuera una especie de animal salvaje que estuviera a punto de abalanzarse sobre él. Levantó la cabeza y me miró a los ojos. Tenía una mirada divertida.

—No me extraña que tu maleta pese tanto.

—¡Márchate! —grité.

Kyler reculó muy despacio riéndose entre dientes.

—¿No quieres saber por qué ha llamado Tanner?

Me cambié el peso de pierna.

—¿Y si digo que no?

—Te lo diré de todas formas. —Sonrió—. Se han reunido con el resto del grupo, pero van a pasar la noche en Frederick. Allí está nevando muchísimo.

Tal como estaban las cosas, esperaba que todo fuera un desastre.

—Vaya. ¿Crees que las cosas se pondrán feas aquí también?

—No lo sé. Iré a ver las noticias mientras tú te vistes. —Kyler se marchó hacia la puerta y añadió—: Fulanilla.

—Cállate y llama a la puerta la próxima vez, mirón.

—Bonita ropa interior, por cierto —comentó volviendo a asomar la cabeza en la habitación—. Me gusta el color. ¿Pone los días de la semana?

Chillé.

Kyler

Cerré la puerta, apoyé la cabeza en ella y me quedé mirando las vigas del techo. A mamá le encantaba el rollo rústico. A mí me parecía que así daba la impresión de que la casa no estuviera acabada.

Me concentré en las oscuras vigas de roble intentando, desesperado, quitarme la imagen de Syd medio desnuda de la cabeza. No estaba funcionando. Las vigas no dejaban de transformarse en caderas y pechos.

Dios santo.

Madre mía, eso no es lo que esperaba encontrarme cuando abrí la puerta. Tampoco esperaba que Syd fuera tan... *voluptuosa* bajo la ropa. Era diminuta, apenas me llegaba al pecho, y había dado por hecho que sería bastante recta y poco más, dado que la última vez que la había visto casi desnuda íbamos a secundaria. Desde entonces, no la había visto ni en traje de baño.

Qué presunción más absurda.

La chica tenía unas caderas preciosas y una cintura de avispa. Y, para ser tan bajita, parecía que tuviera unas piernas larguísimas al verlas desnudas. ¿Y esos pechos?

Me froté la mandíbula con la mano y cerré los ojos.

Eran pequeños, pero tenían el tamaño perfecto para ella, y estaba seguro de que eran de lo más respingones debajo de ese casto sujetador blanco, y que los pezones serían de un precioso color rosa..., ufff. ¿Qué diantre estaba haciendo? Tenía que dejar de pensar en sus pechos. No estaban a mi alcance.

Pero yo era un tío, y no pude evitar imaginármelos entre las manos y en cómo a ella se le arquearía la espalda al sentir mi caricia...

—Mierda —rugí.

Me embargó la lujuria, esa clase de sensación caliente que nunca conllevaba nada bueno.

¿Y su forma de mirarme? No. Imposible. Tenía que estar imaginándomelo, porque se trataba de Syd, por Dios santo. Era *mi* Syd, pero nunca en *ese* sentido. Y era imposible que me hubiera mirado con esos preciosos ojos azules rebosantes de deseo. Como si hubiera querido que yo hiciera algo aprovechando que ella estaba allí casi desnuda.

Como si hubiera querido que la viera.

Bueno, *ya lo creo* que la había visto.

Y tenía muchas probabilidades de estar perdiendo la cabeza, porque Syd nunca me había mirado de esa forma. Ella no pensaba en mí de esa forma, ni —por lo que yo sabía— en ningún chico. Aunque es verdad que ese imbécil de Nate la había puteado bien. Desde entonces, ella no había vuelto a salir con nadie. Y a mí me parecía muy bien, porque yo no había conocido ni un solo tío que me pareciera lo bastante bueno para ella, especialmente yo, y menos después de lo que me había dicho en el coche cuando veníamos de camino.

Abrí la puerta de mi habitación y entré. Me quité la sudadera y la tiré encima de la cama junto a la camiseta.

Me metí en la ducha, no porque la necesitara, sino porque tenía que hacer cualquier cosa que me impidiera hacer alguna estupidez.

Y yo era muy dado a hacer estupideces, muchísimo.

Cuando me metí debajo del agua caliente seguía teniendo la erección más imponente de mi vida, aunque me dije que no tenía nada que ver con Syd. Probablemente tuviera más que ver con el hecho de que no había practicado sexo la noche anterior. Sí, eso tenía más sentido. Solo había una forma de arreglar aquello sin necesidad de una ducha fría. Apoyé la cabeza en las baldosas resbaladizas, bajé la mano y cerré los ojos.

Lo hice rápido. Con fuerza. Y estuve pensando en la persona equivocada todo el tiempo.

Sydney

Me quedé mirando la pared del bar y contemplé las botellas de licor como si fueran lo único capaz de aliviar la humillación que sentía. Y quizá pudieran, porque si bebía lo suficiente, probablemente dejaría de importarme que Kyler me hubiera visto en ropa interior y se hubiera reído.

Se había *reído*.

El bar estaba lleno de gente y todo el mundo hablaba de la tormenta de nieve que, por lo visto, estaba a punto de cebarse con Virginia Occidental. Solo podíamos esperar que no fuera tan terrible como aseguraban las predicciones.

Vi un hueco y me metí entre una chica con mucho pelo rubio y un tipo con una chaqueta de franela. Miré por encima del hombro y suspiré. Kyler estaba donde lo había dejado, con los ojos clavados en la morena escultural que por lo visto conocía desde hacía mucho tiempo. Se llamaba Sasha. Parecía una Sasha.

Vaya, escuchadme. Parecía una bruja amargada.

Vi cómo ella le apoyaba la mano en el hombro y se inclinaba de forma que sus pechos —mucho más grandes que los míos— se le pegaban al brazo. Le dijo algo y Kyler sonrió. No era esa sonrisa generosa que dejaba ver sus hoyuelos, más bien parecía un gato que estuviera a punto de comerse una jaula llena de canarios.

Kyler me miró justo en ese momento y me clavó los ojos por encima de las mesas abarrotadas. Yo me di la vuelta y me encontré de frente con la estrecha corbata del camarero. Muy elegante.

Sonrió.

—¿Qué te pongo, guapa?

Como no podía pedirle un cerebro, opté por la segunda mejor opción.

—Un chupito de José Cuervo.

El camarero alzó un poco las cejas.

—¿Me enseñas alguna identificación?

Saqué el carné de conducir y se lo enseñé.

Lo comprobó y me lo devolvió.

—Veintiún años recién cumplidos. —La sorpresa le tiñó la voz—. Habría dicho que tenías dieciocho.

—Es la historia de mi vida.

Me apoyé en la barra y le tendí la tarjeta de crédito para pagar.

El camarero se rio mientras se daba la vuelta para coger una botella del estante. Yo nunca sabía qué hacer en los bares. Me sentía muy incómoda allí plantada intentando que no se notara que no estaba en mi ambiente. Tampoco me ayudaba parecer una menor.

—¿Tequila? —dijo una voz por detrás de mí—. Vaya, una chica a mi medida.

Me di la vuelta y miré hacia arriba, y un poco más arriba. Detrás de mí había un tío guapísimo, *y no* llevaba chaqueta de leñador. Tenía el pelo castaño y se le descolgaba por la frente y las sienes. No tenía nada que ver con Kyler, era más fornido y corpulento.

Perfecto.

—¿Te gusta el tequila? —pregunté cuando por fin encontré la voz.

Sonrió.

—No hay nada que te caliente más rápido que el tequila. Y por aquí es algo muy necesario.

—¿Eres de por aquí?

Asintió.

—Trabajo aquí durante los inviernos.

—¿Eres monitor de esquí?

—¿Cómo lo has adivinado?

Cuando recordé que había deseado poder conocer un monitor de esquí, casi me echo a reír. El chupito de tequila apareció en la barra y lo cogí. Quizá no fuera una borracha como todo el mundo, pero sabía cómo tomarme un chupito. Eché la cabeza hacia atrás y me llevé el vasito a los labios. Lo que no esperaba era que se me incendiara la garganta.

El tequila me resbaló por el gaznate como si fuera gasolina y se me internó en el cuerpo. Me volví hacia la barra con lágrimas en los ojos, intentando tomar aire mientras me esforzaba todo lo que podía por evitar las arcadas.

—Joder...

El señor monitor de esquí se rio mientras me daba unas palmaditas en la espalda.

—¿Estás bien? El primer chupito suele ser brutal.

—Sí —jadeé parpadeando para hacer desaparecer las lágrimas. Cuando estuve convencida de que no iba a vomitarle encima, me di la vuelta—. Vaya.

Sonrió.

—No está tan mal.

—Oh no, para nada.

Creo que ya me había convertido en una persona inflamable.

—No me he presentado —dijo tendiéndome una mano. Tenía un botellín de cerveza en la otra—. Me llamo Zach.

—Sydney.

Le estreché la mano. Tenía algunos callos en las palmas.

Me siguió estrechando la mano durante más tiempo del necesario. Cuando por fin me soltó, apoyó una cadera en la barra.

—Así que, evidentemente, tú no eres de aquí.

—No.

Me puse el pelo detrás de la oreja y sonreí.

—¿Estás con él? —Gesticuló por encima del hombro en dirección a Kyler señalando con la barbilla. Cuando asentí, ladeó la cabeza—. ¿Amigos, o...?

—Amigos —contesté automáticamente, y el ardor del tequila pareció suavizar el dolor que me provocó confesarlo.

Zach alzó las cejas.

—Creo que nunca había visto que Kyler fuera amigo de una chica guapa.

Su cumplido se perdió en la realidad de la afirmación.

—Bueno, Kyler y yo nos conocemos de toda la vida. —Cogí aire y lo solté muy despacio—. Entonces, ¿conoces a Kyler?

Asintió.

—No lo conozco muy bien, solo de las veces que viene por aquí. ¿Y habéis venido los dos solos?

—Hemos venido a pasar unos días con unos amigos. Aunque la mayoría todavía no han conseguido llegar. Yo soy de Hagerstown.

—Vaya. Una ciudad muy guay. —Tomó un sorbo de cerveza—. ¿Y dónde están tus amigos?

—En las afueras de Frederick —le dije mirando por encima del hombro. No podía ver a Kyler entre tanta gente. Aunque tampoco es que lo estuviera buscando—. Los ha sorprendido la nieve e intentarán venir mañana.

Zach negó con la cabeza.

—Uff, no sé si lo conseguirán. Se supone que la tormenta viene hacia aquí esta noche, y dicen que va a ser enorme.

Yo me estaba esforzando *mucho* para no pensar en eso.

Sonrió de oreja a oreja, y me di cuenta de que era muy guapo.

—Creo que ha llegado la hora del segundo chupito. Yo invito.

Miré por encima del hombro de Zach, hacia donde estaba Kyler, que seguía hablando con la sexy Sasha. Aunque ahora no le estaba prestando ninguna atención. En ese momento me estaba mirando como si estuviera a punto de levantarse, cruzar el bar y decirme que ya debería estar en la cama.

No se atrevería.

Kyler entornó los ojos.

Si que se atrevería.

Hacía una par de meses, habíamos salido por ahí a celebrar mi cumpleaños y era uno de esos días raros en los que yo había bebido, y él me había obligado a marcharme a casa antes de que hubiera llegado al segundo Sex on the Beach, alegando que la gente del local estaba empezando a alborotarse demasiado.

Sentí una punzada de ira y frustración que se mezcló con el chupito de tequila. Kyler había dicho que yo no sabía divertirme. Por lo visto, yo era tan interesante como una fórmula de estadística un lunes por la mañana. Quizá fuera verdad, en parte. En ese momento, una parte de mí quería volver a casa y coger el libro que estaba leyendo. Quizá comer algunas palomitas con mantequilla, también. Ah, y además me había traído un par de calcetines supercalentitos y...

—¿Sydney?

De pronto me vino Nathan Balers a la cabeza. Justo en ese momento. Hacía casi un año que no pensaba en él. Había sido el único novio de verdad que había tenido, el chico con el que había salido durante dos años cuando iba al instituto y la mayor parte de mi primer año de universidad.

Al mirar atrás, era incapaz de afirmar si había estado enamorada de él o no. En aquel momento, me lo parecía. El único chico que me había interesado aparte de Nate había estado fuera de mi alcance —seguía estándolo—, y Nate había estado allí para mí. Paciente. Divertido. Listo. Guapo. Aunque habíamos hecho otras cosas —y eso significa que yo había hecho esas cosas para no sentirme la peor novia del mundo—, habíamos esperado hasta el primer año de universidad para hacerlo hasta el final.

No había sido nada memorable. Y por lo visto tampoco lo había sido para él. Me dolió mucho, y cuando dejó de dolerme y empezó a resultar *un poco* agradable, se terminó. Nate había roto conmigo una semana después.

Con un mensaje de texto.

Unos días después del mensaje, Kyler había escuchado a Nate hablando más de la cuenta en una fiesta de la fraternidad. Por lo visto, le estaba diciendo a unos tíos que yo era tan fría que le había costado horrores que se le pusiera dura.

Y eso fue lo que provocó la pelea que acabó con la nariz rota de Kyler y la mandíbula desencajada de Nate, que además se ganó una cojera aguda que arrastró varias semanas.

Nathan Balers podía irse a la mierda.

Yo sabía muy bien cómo divertirme. Sabía perder el control. Y no era fría.

Sonreí, me volví hacia Zach y dije:

—Me encantaría tomar otro chupito.

6

Sydney

El siguiente chupito dio paso a unos cuantos más, y la verdad es que al final perdí la cuenta. En algún momento descubrí que Zach era la persona más divertida de la faz de la Tierra, o por lo menos a mí me lo parecía, porque no podía parar de reír. Aunque también es verdad que me habría reído de un accidente múltiple en la interestatal.

Cuando alguien puso la canción «County Roads» en la máquina de discos empecé a cantar, y eso que no me sabía la letra. Y cuando el bueno de Zach me cogió de la mano y tiró de mí hacia la pista de baile que había cerca del vestíbulo junto a los baños, no me opuse.

Aunque el camarero sí que lo hizo.

—Quizá prefieras quedarte sentada, guapa.

—Estoy bien.

No podía dejar de sonreír.

Zach me tiró de la mano.

—Ya la has oído. Está bien.

El camarero dejó de mirarme y le clavó los ojos.

—No es de por aquí, Zach.

—Ya lo sabe —le dije.

—Recuérdalo, Zach.

Las palabras parecían una advertencia hacia mí, pero eso no tenía sentido, y Zach tiró de mí hacia la pista de baile de todas formas.

Empezamos a bailar y nuestras piernas se rozaron. Cuando me di la vuelta, él me agarró de las caderas. No me importó. Creo que no me importaba nada. La música me palpitaba en las venas. O quizá fuera el tequila. Me daba igual. A los pocos minutos, el sudor empezó a salpicarme la frente y me recogí el pelo con las manos. Al hacerlo, se me levantó la camisa y se me vio la piel.

Unos dedos se deslizaron por mi estómago y me sobresalté.

—Estás superbuena —dijo Zach posándome la palma de la mano en la tripa para después subirla hasta mi estómago—. En serio.

Alcé las cejas al escucharlo decir eso. Aunque lo cierto era que, aparte de Sasha, tampoco había mucho donde elegir, pero yo me sentía atractiva mientras balanceaba las caderas al ritmo de la música.

Zach agachó la cabeza y me frotó la barbilla por la mejilla. El roce de su barba me hizo estremecer.

—Deberíamos...

Entonces me vibró el culo y me distraje.

—Espera un momento —dije apartándome mientras me sacaba el teléfono del bolsillo. Había recibido un mensaje de Andrea. Levanté la vista—. Ahora vuelvo. Es mi amiga.

A Zach le flaqueó un poco la sonrisa, pero asintió.

—Te espero aquí.

Salí al pasillo, estaba un poco más fresco y más tranquilo. Su mensaje decía: «Estoy aburrida. ¿Y tú?»

«En un bar. Bailando con un monitor de esquí.» Se lo envié con una enorme sonrisa de boba en la cara.

«¿En serio? ¿Dónde está Kyler?»

Eso me borró la sonrisa.

«Con una tal Sasha.»

Nos intercambiamos un par de mensajes mientras yo aprovechaba para ir al baño, y me alegré de advertir que solo me había tambaleado un par de veces. Cuando volví al vestíbulo, Andrea quería saber qué más pensaba hacer con Zach.

«Ni idea. ¿Bailar más?»

«Enséñale las setas.»

—¿Que le enseñe las setas? —dije en voz alta.

No podía estar tan borracha. Le contesté a toda prisa negando con la cabeza.

«¿Setas?»

Un segundo después recibí:

«¡Tetas! ¡Puto corrector!»

—Ah. Tetas. Eso tiene sentido —murmuré metiéndome el teléfono en el bolsillo de atrás. Andrea daba muy buenos consejos.

—¿Estás hablando sola sobre tetas? —me preguntó Kyler por detrás.

Se me escapó un gritito y me di media vuelta.

—Dios...

Esbozó media sonrisa supersexy.

—Voy a tener que vigilarte mejor, si de eso es de lo que hablas cuando estás sola.

Quería meterme debajo de uno de los taburetes del bar y morirme.

—Es Andrea.

Ladeó la cabeza.

—¿Estás hablando de las tetas de Andrea?

—No. De mis tetas.

El interés le oscureció la mirada.

—Esto se pone interesante.

Cerré la boca, me dieron ganas de autolesionarme.

—No, no importa. Tengo que irme.

—¿Adónde? —Me cogió del brazo cuando pasaba por su lado y me obligó a parar en seco. Había tanta gente que nuestros muslos se rozaron. Kyler agachó la cabeza y entornó los ojos. Sonrió y se le separaron los labios—. Estás borracha.

—Solo estoy un poco alegre. —Intenté soltarme, pero Kyler no me soltaba—. Tengo que volver con Zach. Estábamos bailando. Me ha dicho que estoy muy buena y quiero seguir bailando con él.

—¿Cómo? —preguntó abriendo los ojos como platos.

—Me ha dicho que estoy buena. —Me lo quedé mirando—. ¿Qué? ¿Tan difícil parece de creer?

Kyler me bajó el jersey con la mano que tenía libre. Yo me aparté.

—No estoy diciendo eso. Sasha lo conoce. Dice que es un calavera, y yo pienso lo mismo.

—Ah. —Me puse a reír—. ¿Así que Sasha lo conoce? ¿De qué?

Kyler frunció el ceño.

—Porque Sasha vive aquí y sí, por lo visto salían juntos o algo así, Syd. Ya te he dicho que la conozco.

—Estoy segura de que la conoces *muy bien*.

Frunció los labios y tardó un momento en contestar.

—No es eso, Syd. Sasha y yo no vamos de ese rollo.

¿No se lo había montado con Sasha? Vaya, debíamos de ser las dos únicas mujeres de la faz de la Tierra.

—Bueno, pues deberías volver con Sasha. Y yo volveré con el calavera.

Kyler suspiró y echó la cabeza hacia atrás. Con el pelo de esa forma, parecía un ángel mirando a los cielos.

Vale. Es muy posible que estuviera muy borracha.

—¿Por qué no vienes a sentarte conmigo?

Tiró de mí y, por un momento, dejé de intentar escapar. Mis muslos rebotaron en sus piernas y me quedé otra vez con la cara pegada a su pecho. Por desgracia, esta vez llevaba la sudadera puesta.

Me incliné hacia delante y apoyé la mejilla en su pecho. Olía *superbien*. Cerré los ojos y respiré hondo.

Kyler se rio un poco.

—¿Cuánto has bebido, nena?

—No lo sé —murmuré—. Un par.

Me soltó el brazo y me posó el suyo sobre los hombros.

—¿De qué eran los chupitos?

—De tequila —confesé en un susurro.

Soltó una risotada.

—¿Tequila? Joder.

Se me escapó una risita tonta.

—No está tan mal. Quemaba un poco, pero ya sabes, ahora ya no siento nada de nada.

Kyler volvió a reírse.

—Ya imagino.

—Mmmm...

Metió la mano entre su pecho y mi cara y me posó los dedos en la barbilla. Me levantó la cabeza.

—¿Vas a venir a sentarte conmigo y con Sasha?

Me aparté y di un paso atrás. Me tenía hasta que dijo eso de «conmigo y Sasha». Sentí una gran decepción que amenazó con destruir mi borrachera. Sabía que no tenía por qué sentirme mal —ni sentir nada en absoluto—, pero no podía evitarlo.

—Voy a bailar un rato más. Nos vemos.

Las palpitaciones de mi corazón eran tan fuertes que sofocaron las palabrotas de Kyler. En cuanto salí del vestíbulo me encontré con Zach, que me cogió de la mano.

—Pensaba que te habías perdido.

—No —contesté dejando que me llevara a la pista de baile—. Estaba...

Un brazo me rodeó por la cintura y me obligó a parar. Por primera vez en mi vida me quedé literalmente atrapada entre dos chicos. Vaya. Y yo que pensaba que no podía divertirme más.

—Un momento. —El aliento de Kyler me erizó el vello de la sien—. ¿Adónde crees que vas?

Buena pregunta.

Zach se dio media vuelta y frunció el ceño cuando vio a Kyler.

—Y yo que me lo estaba pasando tan bien. ¿Qué crees que estás haciendo?

—No es asunto tuyo.

Kyler me agarró con más fuerza.

Oh, cielos.

Zach me agarraba la mano con firmeza.

—Pues me alegro de volver a verte, pero íbamos a bailar.

—Yo creo que necesita sentarse. —Kyler me rodeó hasta que me bloqueó parcialmente—. ¿Vale?

Me indigné.

—No necesito sentarme.

—Ya has escuchado a tu *amiga* —contestó Zach tirando de mí—. No necesita sentarse, así que creo que deberías dejar que haga lo que le apetezca.

Kyler se rio; era una risa fría y desagradable, que más que una risa era una advertencia, y entretanto, me agarraba del otro brazo para inmovilizarme.

—Bueno, me importa una mierda lo que pienses tú, pero puedo afirmar desde ya que lo que estás pensando *no* va a ocurrir.

Guau. La situación se estaba poniendo incómoda. Para ser dos personas que apenas se conocían, allí había mucha hostilidad.

—¿Disculpa? —contestó Zach entornando los ojos.

—Me has escuchado perfectamente.

No sé qué ocurrió a continuación. Zach me cogió con más fuerza y yo grité sorprendida. Y lo siguiente que recuerdo es que Kyler me soltó el brazo y le pegó un empujón a Zach que lo hizo recular varios pasos.

—No la toques —rugió Kyler—. ¿Lo entiendes? Ni ahora. Ni nunca.

Yo estaba convencida de que Kyler estaba reaccionando de forma exagerada.

—No tienes ni idea de con quién estás hablando —le advirtió Zach dando un paso adelante.

—Es monitor de esquí —dije sintiendo la necesidad de explicarme.

Exacto. La mismísima fuente del conocimiento.

Kyler se plantó delante de Zach. Era mucho más alto, y tenía que agacharse para mirarlo.

—Sé muy bien con quién estoy hablando, *colega*.

—¿Ah, sí?

Zach se abalanzó hacia delante, pero Kyler era muy rápido. Agarró al monitor de esquí por el hombro y lo empujó contra los paneles de la pared. La diana tembló colgada del tornillo.

—Más vale que tengas cuidado —le advirtió Kyler—. No me importaría limpiar todo el suelo con tu cara.

Le tiré del suéter.

—Venga, Kyler. Vamos.

Kyler me ignoró.

—Putos niños ricos, ¿os creéis que podéis venir aquí a reíros de la gente? Pues las cosas no van así. —Zach miró por encima del hombro de Kyler—. Y eso también va por las calientapollas. Ya veo que te siguen gustando las mismas tías.

—¿Qué? —Ahora estaba enfadada por un motivo completamente diferente, e intenté rodear a Kyler—. Yo no soy ninguna calientapollas, capullo.

—Lo que tú digas.

Zach se apartó la mano de Kyler de un manotazo y pasó de largo por su lado, dispuesto a largarse con el rabo entre las piernas, pero antes soltó:

—Espero que os lo paséis muy bien.

Kyler parecía a punto de perseguirlo por el bar, pero las caras poco amistosas que habían empezado a prestarnos atención —probablemente, gente que vivía por allí— le hicieron cambiar de idea.

—Dios, ¿de dónde sacas a estos imbéciles, Syd?

—¡Ey! —le di una palmada en la espalda—. No era imbécil hasta que te has metido tú.

—Lo que tú digas. No lo conoces. —Alargó el brazo y me cogió de la mano. El contacto me hizo sentir distinta y mil cosas más que no comprendía—. Venga. Volvamos a casa.

Me habló con un tono que no daba lugar a discusiones. Se detuvo en la mesa a despedirse de la sexy Sasha, que se conformó haciendo pucheros, y nos fuimos hacia la puerta. Había un grupo de tíos enormes lanzándonos miradas de odio desde una esquina, entre ellos, Zach, pero Kyler no se dio cuenta. Y las miradas de odio de un grupo de tipos enormes nacidos y criados en la salvaje Virginia Occidental daban mucho miedo. Evocaban imágenes de pueblos remotos y tumbas cavadas en los campos.

Me estremecí y pensé que me estaba aterrorizando a mí misma con aquellos pensamientos.

En cuanto salimos me golpeó una ráfaga de viento frío en la cara. Jadeé.

—Joder, ¡aquí hace un frío que pela!

—¿No te había dicho que cogieras el abrigo?

—¡Bah! —Me solté y empecé a caminar por la nieve que había caído desde que habíamos entrado. Solo eran unos cinco centímetros, pero estaba empezando a cuajar por todas partes.

—Tendríamos que haber venido en coche.

—*Tú* querías pasear. —Se quitó la sudadera—. Toma, ponte esto.

Negué con la cabeza y empecé a bajar por la colina, pero Kyler se plantó delante de mí suspirando y apretó los dientes.

—Levanta los brazos.

—¿Y qué pasa si no quiero?

Apretó los labios mientras me tendía la sudadera.

—Te inmovilizaré y te vestiré yo mismo.

Eso me pareció divertido. En realidad, me gustaba más la idea de que me inmovilizara y me *desnudara*. Suspiré, completamente perdida en la fantasía. Podríamos ser como dos conejitos liándose en la nieve.

Kyler se acercó a mí y agachó la cabeza.

—¿En qué estás pensando?

—En conejitos —contesté.

Soltó una risotada.

—Venga, levanta los brazos y dime por qué has bebido tanto. Por favor

—Si lo pides por favor... —Levanté los brazos y noté cómo se me acercaba. Me pasó la sudadera por la cabeza y después se concentró en los brazos—. Solo quería divertirme.

—Eso no es malo. —Me puso la manga izquierda y empezó a ponerme la derecha frunciendo el ceño, concentrado—. Pero ya te has divertido otras veces sin beber tanto.

—¿Y? —Apreté el puño y Kyler suspiró mientras intentaba pasar la manga. Me reí y estiré la mano—. ¿Cuál es el problema?

—No hay ningún problema. —Tiró de la sudadera y me cubrió por completo, la prenda me llegaba casi hasta las rodillas—. Ya está.

Cuando levanté la cabeza, vi que Kyler se había retirado un poco y tenía una expresión extraña en la cara, como de aprobación.

—¿No tienes frío? —le pregunté.

Se encogió de hombros y tiró de la tela de la camiseta térmica que se había puesto debajo de la sudadera.

—Estoy bien.

Abrí la boca para contestar «vale», pero me salió algo completamente diferente.

—No quiero seguir siendo aburrida.

—¿Qué? Joder. —Kyler se pasó los dedos por el pelo—. Nena, tú no eres aburrida.

—Claro que sí.

Se le arrugaron un poco los ojos.

—Sydney, no eres nada aburrida. No tendría que haber dicho todas esas gilipolleces en el coche. Eres perfecta...

—¿Tal como soy? —concluí por él—. ¿Esa frase no es de *Bridget Jones*?

—Puede ser.

Esbozó una sonrisa de medio lado.

—Eres un blandengue.

Kyler me dio un codazo.

—En serio, Syd...

—No quiero hablar. —De pronto me sentí superincómoda. Empecé a caminar otra vez y escuché cómo me seguía—. Hablar. Hablar. Hablar —murmuré.

La nieve seguía cayendo con suavidad, pero sin descanso, y se me posaba en la cabeza y los hombros. Me dieron ganas de echar la cabeza para atrás y sacar la lengua para capturar algunos copos de nieve, pero acabé estirando los brazos, echando la cabeza para atrás y aullando:

—*If you want a woman with a tight little kitty, then find one with itty bitty titties!*

Kyler me cogió por la cintura y se rio.

—Dios, estás muy borracha.

—¿No has escuchado esta canción? —Me apoyé en él y le rodeé la cintura con los brazos, pero acabé cogiéndolo de las caderas. Un poco raro—. Es de Haven Palen Pole.

Me levantó un poco.

—Querrás decir David Allen Coe, nena.

Fruncí el ceño.

—Es lo que he dicho.

—Si tú lo dices...

Anduvimos, o nos arrastramos juntos, como un metro y después choqué contra un buzón.

—¡Ese puto buzón se ha abalanzado sobre mí!

Kyler se paró y negó con la cabeza.

—Ahora mismo eres un peligro para tu propia integridad.

—Estoy bien. —Lo aparté y rodeé el objeto inanimado mirándolo mal—. Te estoy vigilando.

—Deja que te ayude —se ofreció—. ¿Vale? Así podré asegurarme de que los dos llegamos a casa de una pieza y nos mantendré a salvo de los buzones ninja.

Parecía un buen plan, pero cuando Kyler me cogió de la cintura y me levantó, tumbándome prácticamente sobre su hombro, no me lo esperaba. Se me escapó un grito y empecé a retorcerme automáticamente.

—Compórtate.

Me dio un cachete en el culo.

—¡Oye!

Me dio otro cachete y yo le di un puñetazo en los riñones. Yo tenía el culo demasiado frío como para que me ardiera, pero el rugido que se le escapó a él me hizo sonreír. Aunque la postura en la que estaba no me convenía, teniendo en cuenta la cantidad de alcohol que llevaba en el estómago.

Kyler dio tres pasos y yo decidí que *necesitaba* bajarme. Me eché hacia atrás de golpe y él se tambaleó hacia un lado. Acabó pateando una montaña de nieve. Yo me deslicé por su cuerpo y se nos enroscaron las piernas.

—¿Qué estás haciendo? —preguntó intentando agarrarme.

—Bajar.

Me caí hacia atrás y nos desequilibré a los dos. Kyler se giró en el último segundo y se llevó la peor parte de la caída sobre la montaña de nieve, yo aterricé encima de él.

Ninguno de los dos se movió durante un segundo, y entonces me posó las manos en las caderas. Noté cómo a él se le movía el pecho, primero despacio, luego más deprisa. Se le escapó una carcajada sonora que me arrancó una sonrisa.

Le planté las manos en el pecho y levanté la cabeza.

Se me quedó mirando con una sonrisa en los labios. Me quedé sin aliento y me mareé un poco.

—Eres muy guapo.

Kyler alargó la mano, me apartó el pelo de la cara y me lo puso detrás de la oreja.

—Creo que esa frase es mía.

—¿Crees que soy guapa?

Me estudió la cara como si estuviera memorizando hasta la última de mis pecas. Noté una especie de vértigo, como si estuviera atrapada en una burbuja.

—Siempre he pensado que eres guapa, Syd.

El mundo brillaba como nunca.

—¿En serio?

—Sí —contestó apartándome la mano del pelo para volver a posármela en la cadera—. Sí, siempre.

Ya no podía hacer nada más. Solo me quedaba una opción. Kyler había dicho que yo era guapa y llevaba toda la vida esperando escuchar eso.

Así que lo besé.

7

Sydney

O, por lo menos, lo intenté.

Apunté muy mal y mis labios chocaron con su mejilla helada.

—Syd —dijo, y la forma en que dijo mi nombre, a medio camino entre una maldición y una plegaria, me hizo un nudo en el estómago.

Me deslizó las manos hasta la cintura por debajo de la sudadera y el suéter. Me rozó la piel desnuda con los dedos y el contacto me provocó una intensa y deliciosa punzada de placer. Se me arqueó la espalda y todo pareció descontrolarse. Me contoneé encima de él y respiré hondo cuando noté cómo se pegaba a mis partes más íntimas. Kyler dejó escapar un rugido grave y me clavó los dedos en los costados, y yo empecé a arder de pies a cabeza.

Kyler se movía muy deprisa. El mundo se puso del revés, y de pronto yo estaba tendida en el suelo y él estaba encima de mí y el pelo le caía por delante de la frente muy despeinado. ¡Vaya! Me encantaba la dirección que estaba tomando aquello.

Tenía la cabeza cubierta de minúsculos copos de nieve que brillaban bajo la tenue luz de las farolas. La nieve helada se estaba empezando a colar por debajo de mi ropa, pero yo apenas lo percibía. Estaba ardiendo. Notaba un calor que se extendía por todo mi cuerpo, tenía los sentidos a flor de piel y era la mejor sensación que había experimentado en mi vida. Alargué la mano y le acaricié el pelo, era muy suave. Él pareció reaccionar por instinto. Cerró los ojos y buscó la palma de mi mano con la mejilla. Noté una oleada de calidez en el pecho.

—No tienes ni idea de lo que estás haciendo —dijo Kyler agarrándome una mano e inmovilizándomela sobre la nieve al lado de la cabeza. Me apretó la muñeca con fuerza.

Me contoneé debajo de él.

—Claro que sí.

Volvió a cerrar los ojos, y cuando los volvió a abrir eran como dos piscinas negras.

—Estás muy borracha, Syd.

—Qué va. —Conseguí sacar una pierna de debajo de las suyas, pero entonces se sentó y tiró de mí. Un segundo después, yo estaba de pie y el cielo dio un pequeño respingo—. Guau.

—Sí, guau, exacto —dijo con la voz más grave que nunca—. Vámonos a casa.

—Pero...

—Sydney —espetó, y yo me estremecí—. Estás borracha. Lo único que voy a hacer es llevarte a casa.

Ahí estaba otra vez ese tono, ese que decía: «cállate y haz lo que te diga». Normalmente me rebelaba, pero estaba conmocionada. Me cogió de la mano otra vez y empezó a caminar hacia la casa. Yo me tambaleé a su lado, carcomida por la confusión y el tequila. No entendía nada. Se sentía atraído por mí. Me había dicho que era guapa y que siempre lo había pensado, y lo había notado. Había notado lo atraído que se sentía *contra* mi pierna. Era imposible esconder eso, pero me había rechazado.

Kyler me había rechazado.

Y él no rechazaba a *ninguna* chica.

Quería llorar, sentarme en la nieve y echarme a llorar. Me sentía humillada y confusa y todavía estaba bastante caliente, así que me obligué a guardar silencio y seguir caminando. Ambas cosas me resultaron igual de difíciles. Se me agolpaban las palabras en la boca. Y eso no podía traer nada nuevo. Tardamos una eternidad en llegar a la casa, y cuando lo conseguimos ya no me sentía las manos ni las piernas, y no creía que tuviera nada que ver con la nieve.

Kyler me soltó la mano para encender las luces. La claridad me deslumbró y tuve la sensación de que la habitación se tambaleaba un poco. Kyler me cogió a tiempo, y menos mal, porque estaba convencida de que habían dejado de funcionarme las piernas.

Me cogió en brazos y me estrechó dirigiéndose hacia la escalera.

—No tendrías que haber bebido tanto, Syd. No tenías por qué.

Enterré la cara en su hombro. Que Kyler Quinn te diera el sermón por beber demasiado era el colmo de la vergüenza, pero tenía razón. Estaba tan borracha que podía admitir que estaba borracha.

Kyler no dijo nada más mientras me subía al piso de arriba y me metía en mi habitación. Dijo algo cuando me dejó en la cama, pero en cuanto posé la cabeza sobre la almohada se me quitó el frío de golpe.

Kyler

¿Qué narices acababa de pasar?

En serio. Estaba esperando a que alguna intervención divina me diera alguna explicación.

Me quedé mirando a Syd, completamente convencido de que cuando llegué a Snowshoe había entrado en alguna especie de realidad retorcida en la que era completamente normal ver a Syd medio desnuda, presenciar cómo se emborrachaba y conseguir que intentara besarme.

Me sentía como un absoluto imbécil, y también estaba bastante enfadado. Si no hubiera estado con ella esa noche, se habría liado con el primer monitor de esquí que hubiera conocido. ¿Y encima tenía que ser Zach? Me ardía el estómago. Eso no me había sentado nada bien.

Y además estaba excitado, pero la verdad es que Syd se había estado contoneando encima de mí como lo habían hecho tantas chicas en la escuela. Y me había encantado sentirla encima de mí, demasiado, y me había resultado muy difícil rechazarla.

Joder, ni siquiera tenía derecho a pensar en eso. Claro que me sentía atraído por ella, pero no podía permitirme pensar en eso, porque, si aceptaba eso, entonces tendría que plantearme muchas otras cosas.

Me froté la cara con la mano. Syd estaba borracha, muy borracha. Esa chica tenía que aprender a pasar del tequila.

Se movió y frunció el ceño, se le escapó un quejido.

Me acerqué a ella antes de darme cuenta siquiera de que me había movido.

—¿Syd?

No me contestó, pero yo sabía que no estaba bien. Me puse derecho y reprimí una palabrota. No podía dejarla así. ¿Y si vomitaba? Cogí una almohada de la cama, le pasé la mano por debajo de la cabeza y le coloqué la almohada debajo. No se despertó, pero se puso boca arriba.

Sonreí y me pregunté si sabría siquiera que se había tumbado al revés. Habría apostado a que no. Me acerqué al cabezal de la cama y le quité las botas con cuidado. Eran de ante o algo así, y le llegaban a la rodilla. Tenía las suelas de las cuñas mojadas de la nieve.

Las dejé al lado de la silla de la habitación y me volví justo cuando vi que intentaba levantarse.

—¿Syd?

Murmuró algo y lo único que entendí fue «calor», y entonces empezó a tirar de la sudadera que yo le había obligado a ponerse. En cuestión de segundos la tenía encallada en la cabeza.

Me reí cuando la vi dejar caer los brazos.

Tenía la voz amortiguada, pero no parecía que hubiera dicho nada agradable. Entonces se agachó e intentó quitársela de esa forma. Cielo santo, iba a asfixiarse ella sola.

—Espera —dije sentándome a su lado—. Deja que te la quite yo.

Me golpeó las manos, pero conseguí sacarle la cabeza y entonces empezó a quitarse el suéter.

Suspiré y la agarré de las muñecas.

—Syd, deja que lo haga yo.

Tenía los ojos completamente vidriosos, y dudaba mucho que supiera siquiera lo que estaba pasando, pero se tranquilizó lo suficiente como para que pudiera quitarle el suéter y la dejé con la camiseta de tirantes y los vaqueros.

—Necesito... —murmuró inclinándose hacia delante y apoyándome la cabeza en el hombro—. Necesito desnudarme.

Me reí rodeándole la espalda con el brazo para aguantarla.

—Nena, acabas de quitarte dos jerséis.

—Pantalones.

Se contoneó sobre mi regazo hasta que tuvo una pierna a cada lado de las mías y suspiró.

—Voy a dormir.

Me di media vuelta para que no resbalara de mi regazo y se cayera al suelo. Sonreí contra su cabeza agachada.

—¿Vas a dormir así?

—Ajá.

Volví a reírme.

—No puedes dormir encima de mí.

Se acercó un poco más haciéndose un ovillo. Se me puso la piel de gallina en los brazos.

—¿Por qué no? —preguntó con un quejido lastimero.

—Porque es incómodo. —Le aparté el pelo de la cara inclinándome hacia atrás para mirarla. Once pecas. Tenía once pecas que le salpicaban la nariz y las mejillas. Tenía las pestañas espesas pegadas a las mejillas. ¿Estaba dormida?—. ¿Syd?

—Mmm..., pantalones.

Alcé las cejas.

—¿Quieres quitarte los vaqueros?

Me pegó la mejilla al pecho y me dio un golpecito en la pierna. Supuse que eso sería código Morse ebrio para decir *sí*. Maldije entre dientes, porque sabía lo que tendría que hacer. Algo que jamás pensé que haría con ella.

Tumbé a Syd boca arriba y vi cómo abría los ojos. Los tenía del mismo color que un claro cielo de verano.

—Eres tan... hermoso.

—¿Cómo? —pregunté atragantándome con la risa—. ¿Me acabas de llamar *hermoso*?

Empezó a ponerse de lado, pero yo la detuve.

—Pantalones —repitió alargando las manos hacia abajo y peleándose con el botón de los vaqueros—. Fuera.

Me quedé de piedra un momento, sin saber si debía reírme de sus respuestas de una sola palabra o si saltar por la ventana más cercana. Jamás pensé que algún día desnudaría a Syd, especialmente estando ella borracha. Pero no quería que se despertara todavía ebria y se abriera la cabeza intentando quitarse la ropa. Con Syd, todo era posible.

Mierda.

Podía hacerlo. Podía hacerlo y no sería incómodo, y no me excitaría, porque se trataba de Syd y estaba borracha y no era para tanto. Habíamos crecido juntos. Estaba convencido de que había meado delante de ella más de una vez. Qué diantre, creía haberlo hecho hacía como un mes, después de una noche de borrachera. Podía quitarle los pantalones sin sentirme como un pervertido total.

Tendría que haber bebido más esa noche.

Respiré hondo, desabroché rápidamente los vaqueros y le bajé la cremallera. Las braguitas a rayas asomaron en cuanto se separó la tela. Mierda al cuadrado. Cerré los ojos y le bajé los pantalones. Syd no ayudaba. En absoluto. Estaba inconsciente. Le pasé la mano por debajo de la espalda y la levanté lo suficiente como para pasarle los vaqueros por debajo del culo. Mantuve los ojos cerrados mientras se los bajaba por los muslos. Le rocé las piernas con los nudillos y no pensé en lo suave que tenía la piel, porque era completamente inapropiado.

Mierda al cubo.

Tuve la sensación de que había tardado una eternidad en quitarle los malditos vaqueros, y entonces me di cuenta de que volvía a estar del revés. Maldije entre dientes, me acerqué a la silla y cogí la manta que colgaba del respaldo. Se la puse por encima, la remetí por los lados y le volví a poner la almohada debajo de la cabeza.

Cuando recogí sus vaqueros noté que llevaba el móvil en el bolsillo. Tenía toda la parte de atrás de los pantalones mojada. Saqué el teléfono y toqué la pantalla. Nada. Joder.

Bajé al salón, tratando de encenderle el teléfono, y comprobé que la puerta principal estuviera cerrada. Encendí la calefacción y fui a la cocina. El teléfono seguía sin reaccionar. Recordé algo que Tanner había dicho sobre un truco con arroz, cogí un destornillador pequeño y le quité la tapa al móvil. Metí las dos partes en el arroz y recé para que funcionara. Si no, tenía varios móviles en casa que Syd podía utilizar.

Luego volví a la habitación para ver cómo estaba. En cuanto la vi me quedé clavado al suelo. No pude evitarlo y me la quedé mirando. Se me había desbocado el corazón sin motivo aparente.

Al final, me senté a su lado y le subí la manta por el hombro desnudo. No quería que cogiera frío. Empecé a levantarme, pero ¿y si vomitaba o necesitaba algo en plena noche? Syd nunca bebía de esa forma. Solo Dios sabía lo que podía pasar.

Era muy posible que estuviera exagerando, pero me tumbé a su lado. Un segundo después, Syd, completamente dormida, se puso de lado, se acurrucó contra mí y me apoyó la cabeza en el pecho posándose las manos por debajo de la barbilla. Vaya. Podría haberme levantado y haberme ido a mi habitación. Podría haber puesto la alarma del despertador para entrar a ver cómo estaba a intervalos. Podría haberle dejado una papelera al lado de la cama.

Pero no lo hice.

Me quedé.

Sydney

Me palpitaba la cabeza como si mi cerebro estuviera dando un concierto de rock junto a mis sienes. Tenía la sensación de tener la boca y la garganta de papel de lija. Y estaba congelada. No quería abrir los ojos, pero estaba escuchando un ruido extraño, una especie de murmullo. Tardé un par de segundos en reconocer la canción.

«Tripping Billies» de Dave Matthews.

Kyler.

Me obligué a abrir los ojos y me encontré mirando el techo... desde los pies de la cama. Qué raro. Y la habitación estaba a oscuras, como si todavía fuera de noche. Y todavía era más raro que llevara puesta la camiseta de tirantes y las bragas. Nada más.

Oh, Dios...

No recordaba haberme metido en la cama ni haberme desnudado. Había fragmentos enteros de la noche anterior que en mi cabeza no eran más que un borrón. Y esperaba que lo que recordaba no fuera más que un sueño extraño.

—Mira quién ha decidido honrar al mundo con su presencia.

Cuando escuché su voz, volví la cabeza. Kyler estaba sentado a mi lado, de cara a los enormes ventanales. Llevaba un suéter de manga larga y parecía estar muchísimo mejor que yo.

—Hola —grazné.

Se volvió hacia el cabezal de la cama y cogió algo de la mesita de noche. Me dio un vaso de agua y un par de aspirinas.

—Tómatelas y bebe un poco de agua. Vas a necesitarlas.

Retiré la manta, las cogí y me estremecí.

—¿Por qué hace tanto frío aquí?

Kyler se apoyó en un codo y me miró.

—Tengo malas noticias, peores y malérrimas.

—La palabra «malérrima» no existe.

Me tomé todo el vaso de agua, se lo devolví y después me tapé con las mantas al mismo tiempo que encogía las piernas para estar más calentita.

—Me alegro de saber que el tequila no te ha destrozado las neuronas.

Torcí el gesto.

—Yo no estaría tan segura.

Esbozó una sonrisa cariñosa.

—Bueno, ahí van las malas noticias: ayer por la noche, cuando decidiste tirarnos a la nieve... —*Ufff, qué horror, eso no lo había soñado*— y te revolcaste por el suelo, se te mojó el móvil.

Cerré los ojos.

—Mierda.

—Lo abrí y lo metí dentro de un montón de arroz ayer por la noche. Con suerte, resucitará. —Me dio un golpecito en el brazo que yo tenía escondido debajo de la manta—. Tengo muchas esperanzas de que se arregle.

—Gracias —murmuré, abriendo los ojos—. ¿Cuáles son las peores noticias?

—Bueno, es una noticia que consta de dos partes e incluye las noticias malérrimas. ¿Te acuerdas de esa tormenta de nieve tan molesta? Le han puesto nombre: La Santa Nevada.

—¿Qué? —Torcí el gesto—. Qué nombre más absurdo.

—Estoy de acuerdo. —Se sentó—. Pero resulta que La Santa ha estado tomando esteroides. Si miras por la ventana podrás comprobar que está nevando bastante; de momento no es para tanto, pero dicen que se supone que la cosa se va a poner fea muy pronto. Y aquí viene la peor parte: los demás se dieron la vuelta esta mañana. Nadie puede llegar hasta aquí.

Suspiré.

—Bueno, es la decisión más segura e inteligente. ¿Nosotros también nos iremos pronto?

Se apartó el pelo de la frente.

—Y aquí viene la parte malérrima. Aunque no es que fuera se esté desatando ya el apocalipsis, si nos marchamos no podremos llegar a casa. Nosotros vamos hacia el este, y la tormenta viene del norte y del este. Estaremos atrapados varios días antes de que podamos siquiera intentar marcharnos.

—¿Aquí?

—Aquí —repitió asintiendo—. La tormenta se está moviendo muy despacio. Dicen que descargará la mayor parte de la nieve entre mañana y el miércoles.

—Joder. —Se me revolvió el estómago—. ¿Cuánto creen que va a nevar?

—Entre un montón y una barbaridad.

Me tumbé boca arriba y miré al techo.

—¿Podríamos quedarnos atrapados toda la semana en medio de una ventisca?

—Podría ser. Imagino que podremos marcharnos antes de una semana, pero eso depende de lo rápido que limpien las carreteras. —Me dio un golpecito en la pierna—. He subido la calefacción, así que espero que aumente la temperatura. Con un poco de suerte, cuando la tormenta llegue aquí, no perderemos la corriente eléctrica.

Abrí los ojos como platos.

—Tenemos un generador de emergencia que nos ayudará a mantener encendido lo esencial en caso de que ocurra, pero no pensemos en eso ahora.

—Claro.

Todavía no había asimilado que me había quedado atrapada allí con Kyler. Normalmente me daría bastante igual y, a decir verdad, me habría encantado que pasara algo así, pero en ese momento tenía una especie de sensación extraña en la boca del estómago.

Fruncí el ceño mientras intentaba conectar todos mis recuerdos. Recordaba los chupitos de tequila y al señor monitor de esquí.

—¿Ayer por la noche te peleaste con el tío con el que yo estaba bailando?

Kyler apretó los labios.

—¿Te refieres al imbécil con el que bailabas? No fue una pelea propiamente dicha, pero no nos despedimos de una forma muy amistosa.

Saqué un brazo de debajo de la manta y me froté la frente. Me notaba la piel pegajosa. Ese podía ser el motivo por el que me sentía tan incómoda. Había más. Tenía que haber algo más. Recuerdo que salí y Kyler me obligó a ponerme su sudadera. Y hablando de eso...

—Por favor, dime que ayer por la noche me desnudé yo sola.

Kyler esbozó media sonrisa.

—¿Eso es lo que quieres escuchar?

Me llevé la mano a la cara.

—Oh, Dios...

Se rio por lo bajo.

—Te ayudé a desnudarte, y no miré. Además, ya había visto tus vergüenzas antes, así que...

Rugí.

—Gracias por recordármelo.

—De nada. —Guardó silencio un momento y respiró hondo. Me puse tensa—. ¿Cómo te encuentras?

Esa pregunta tan inocente no encajaba con el tono que había empleado. Había ocurrido algo la noche anterior. *La noche anterior.* Qué diantre había pasado..., y entonces me vino todo de golpe. Prácticamente, lo había acosado cuando estaba completamente borracha.

—Oh, Dios mío. Oh, Dios mío. Intenté... tú...

Estaba tan avergonzada que no podía ni decirlo.

Kyler se recostó apretando los dientes.

—Esperaba que no te acordaras.

¿Esperaba que no me acordara? Me tapé la cara con las dos manos y gemí. ¿Tan horrible había sido? ¿Tan mal lo había pasado?

—Oye. —Había suavizado la voz y me agarró de las muñecas para apartarme las manos de la cara con delicadeza—. No pasa nada, Syd.

—Claro que sí —gemí agachándome—. Te acosé.

Kyler se rio.

—Tú no me acosaste. Vale. Puede que un poco, pero no eres la primera chica que se pone...

—¡No tiene gracia! —grité.

Me posó dos dedos bajo la barbilla y me levantó la cabeza.

—No pasa nada, Syd. La gente hace muchas cosas que no harían cuando están sobrios, y estabas muy borracha.

El problema era que yo había querido hacer eso mismo cuando estaba sobria y, por lo visto, para él lo que había pasado no era más que un chiste. Clavé los ojos en la manta.

—Lo siento.

—No tienes por qué disculparte, nena. Tampoco fue una mala experiencia —añadió con sequedad.

Lo miré a los ojos y entonces recordé el mejor momento de la noche anterior, cuando me dijo que era guapa, y que siempre lo había pensado. Me sentí un poco menos incómoda.

—¿No?

Esbozó una de esas sonrisas suyas tan adorables.

—Nunca me parecerá mal que una chica se me suba encima.

Vale, no era una declaración de atracción mutua, pero me servía.

—Y entonces..., ¿por qué me paraste?

Parpadeó una vez y luego lo hizo una segunda vez, como si no pudiera creerse que le estuviera haciendo esa pregunta.

—Ayer por la noche había bebido, Syd, pero no iba tan borracho.

Una punzada me recorrió el estómago y me quedé de piedra mientras lo miraba.

—No..., ¿no ibas tan borracho?

—No.

Parecía confuso.

Tragué saliva, pero no conseguí que desapareciera el nudo que se me había hecho en la garganta. Durante todos los años que había conocido a Kyler y él había sido sexualmente activo, lo había visto llevarse a casa chicas estando sobrio, contentillo, completamente borracho y en todos los estados intermedios. Nunca desaprovechaba la oportunidad de practicar sexo. Bajitas. Altas. Delgadas. Gorditas. Blancas. Negras. Bronceadas. Pálidas. Con la piel del color de los Oompa Loompas.

—Eso nunca ha sido un impedimento para ti.

Y yo no podía dejar de hablar.

Kyler se pasó los dedos por el pelo y se posó la mano en la nuca. Los mechones más cortos se le descolgaron por la frente. Al principio no contestó, y cuanto más se alargaba el silencio más deseaba haber cerrado la boca.

—Tú eres diferente, Syd.

Así que yo era diferente y, por lo visto, él tenía que estar superborracho para estar conmigo. Se me llenaron los ojos de lágrimas y tuve que apartarme de él. Estábamos demasiado cerca. Necesitaba espacio o acabaría perdiendo todos los papeles y me humillaría más todavía. Empecé a deslizarme por la cama agarrando la colcha para taparme. Necesitaba salir de allí.

—Ey. —Kyler se levantó—. Sydney, ¿qué haces?

—Necesito ir al baño.

Saqué las piernas por debajo de la manta. Respiré un poco temblorosa mientras me rodeaba los hombros con la colcha. Toqué el suelo frío con los pies y empecé a caminar con cierta inestabilidad, y me golpeé el dedo del pie con la maleta. Siseé y se me escapó una lágrima que me resbaló por la mejilla.

Kyler empezó a rodear la cama.

—Deja que te ayude.

—Estoy bien.

Tenía el maldito nudo en la garganta. Llegué a la puerta del baño. Quizá fuera a vomitar en lugar de llorar. No sabía qué sería mejor.

—No parece que estés bien.

Abrí la puerta, entré y la cerré lo más rápido que pude. Ni siquiera podía mirarme al espejo. Cerré los ojos con fuerza, pero no pude remediarlo. Se me escaparon las lágrimas y se me descolgaron por las mejillas.

—¿Syd? —Kyler estaba al otro lado de la puerta—. ¿Qué pasa?

—Vete, Kyler.

Me senté en el borde de la bañera y me subí la colcha hasta la barbilla. Tenía el estómago revuelto. Levanté la tapa del retrete.

El pomo de la puerta se sacudió y yo me puse de rodillas. Ni siquiera veía el retrete, pero esperaba acertar.

—¡Sydney!

Se me escapó la colcha y me agarré a los laterales del retrete.

—¡Márchate!

El silencio se alargó varios minutos. Entonces, todos esos estúpidos chupitos reaparecieron y abandonaron mi estómago revuelto, y el corazón..., bueno, estaba roto por un motivo completamente diferente.

8

Kyler

Hice una mueca al escuchar los sonidos que procedían del interior del baño y me aparté de la puerta. Después volví e intenté girar de nuevo el pomo. Se había encerrado. Sabía que podía ayudarla, sujetarle el pelo y todas esas cosas, pero ella se había encerrado y me había dejado fuera.

Estaba tan enfadado que tenía ganas de tirar la puerta abajo de una patada.

Pero no lo hice. Había visto la cara que había puesto, como si yo la hubiera destrozado. No entendía por qué.

Me quedé mirando la puerta y respiré hondo. «¿Por qué me paraste?» ¿De verdad me había preguntado eso? ¿Seguiría borracha? A mí me parecía evidente. Syd había estado demasiado borracha como para plantearse siquiera la masturbación, ya no hablemos de sexo.

Me alejé de la puerta y bajé por la escalera. Comprobé su teléfono —seguía sin funcionar— y después puse las noticias. Seguían esperando que llegara la tormenta del siglo, y fuera estaba empezando a nevar con bastantes ganas.

Hice todo lo que pude para no ir a ver cómo estaba Syd, o para no pensar en lo que me había preguntado. Incluso llamé a mi madre.

Contestó al segundo tono, parecía nerviosa.

—Cariño, por favor, dime que no estás de camino a casa. No quiero que intentes conducir con esta tormenta ni que subas a Sydney al coche.

Sonreí.

—Vamos a esperar a que pase, mamá.

—Bien. —Pareció aliviada—. A Tony y a mí nos preocupaba mucho que intentarais salir y os pillara la tormenta de camino.

Me paseé por las habitaciones y me paré en la galería.

—¿Cómo está el tiempo por ahí?

—Nieva un montón, cariño —contestó—. ¿Los demás consiguieron llegar?

—No. —Moví una maceta y la puse en otro sitio—. La tormenta los sorprendió por el camino.

—Entonces, ¿estáis Sydney y tú solos?

—Sí.

Se hizo una pausa.

—Qué interesante.

Fruncí el ceño.

—¿Qué se supone que significa eso?

—Nada —contestó, pero lo dijo con demasiada inocencia—. ¿Estás cuidando de Sydney?

Recordé la noche anterior.

—Sí, siempre lo hago.

—Eso es verdad. —Se hizo otra pausa y agaché las cejas. No confiaba nada en sus silencios—. Ya sabes que ella te trata muy bien, cariño.

Abrí la boca, pero no salió nada.

—Es una buena chica, con mucha cabeza. Seríais...

—Vale —la corté.

No pensaba tener esa conversación con mi madre. Solo había una conversación a la que le tenía más miedo que hablar de chicas con mi madre.

Mi madre se rio y entonces dijo:

—Ah. Antes de que se me olvide, Tony quiere llevarte al club de Bethesda que queremos reformar. Quiere saber qué te parece.

Me quedé de piedra. Ahí estaba la otra conversación.

—¿Por qué?

—Porque probablemente no hagamos ninguna inversión hasta primavera —me explicó, y pude escuchar la televisión de fondo. Debía de estar en el despacho de su casa—. El dueño puede esperar y cree que tienen el dinero suficiente para darnos cuatro meses más, pero ya veremos. En cualquier caso, será el momento perfecto. Puede ser tu primera remodelación.

—¿Eh?

—Te gradúas en primavera, ¿o ya lo habías olvidado? —Su voz rebosaba emoción, y a mí se me encogió el estómago—. Será perfecto. Así podrás enseñarnos lo que sabes en el club de Bethesda. Tony quiere llevarte a verlo durante las vacaciones.

Abrí los ojos como platos mientras daba la espalda a los ventanales.

—No sé, mamá. Igual no tengo tiempo.

—Oh, venga ya. Claro que tendrás tiempo.

No dije nada.

Mamá volvió a hablar del tiempo, pero yo casi no la escuchaba. Desde que había despegado el negocio de la restauración, todos habían asumido que yo también me dedicaría a eso. Al principio, no tenía nada en contra. Se ganaba un buen sueldo —en realidad se ganaba muchísimo dinero—, sería dueño de mi tiempo y podría viajar, pero no me gustaba el trabajo.

No era lo que yo quería hacer, lo que me emocionaba.

Pero mi madre me había matriculado en la universidad para eso. Decirle que yo quería hacer otra cosa con mi vida era como tirarle a la cara todo el dinero que había invertido en mis estudios, un dinero que había nacido del seguro de vida de mi padre.

Después de aquello colgué bastante rápido y acabé en el sótano, con la guitarra en las manos y mirando al vacío. Otra vez pensando en Syd, siempre era Syd.

Una gran parte de mí estaba confuso. Me sentía completa y absolutamente confundido por lo que me había preguntado, pero ¿y la otra parte? La otra parte estaba enfadada. ¿Syd pensaba que yo solía acostarme con chicas que estaban tan borrachas que ni siquiera podían caminar en línea recta? Había una enorme diferencia entre eso y haber bebido. ¿Eso era lo que pensaba de mí?

Sentí asco y apreté con fuerza el mástil de la guitarra.

Yo nunca me había acostado con una chica que no supiera lo que estaba haciendo. Si me parecía, aunque solo fuera por un segundo, que la chica estaba demasiado borracha, no pasaba nada. Como había ocurrido con Mindy. Aunque estaba claro que las apariencias eran lo único que importaba. Lo único que veía Syd es que me marchaba a casa acompañado de chicas después de haber estado bebiendo. Me había acostado con muchas chicas, así que para ella no era nada ilógico pensar que lo había hecho con todas esas tías, y que ella no sería distinta.

—Joder —murmuré sentándome en el sofá que había al otro lado de la mesa de billar.

Se me encogió el estómago. ¿Cómo era posible que Syd pensara que yo podía tratarla como si fuera una borracha con la que pudiera acostarme una noche cualquiera? Sentí nauseas solo de pensarlo. Yo no era perfecto, pero, joder, se trataba de Syd.

Syd siempre se merecería algo mucho mejor que eso, y alguien mucho mejor que yo, por mucha consideración que yo le tuviera.

Sydney

Me quedé escondida en la habitación hasta que empecé a sentir ganas de comerme el brazo. Para entonces ya era bien entrada la tarde. Ya hacía varias horas que había dejado de vomitar y llorar y, por lo que podía ver por la ventana de la habitación, la nieve caía a oleadas y el viento cada vez soplaba con más fuerza.

Bajé, me quedé un momento al pie de la escalera y estiré el cuello tratando de escuchar dónde podría estar Kyler. Escuché un murmullo lejano procedente del televisor del sótano: despejado. Crucé el vestíbulo a toda prisa y entré en la cocina.

Esa estancia estaba más fría debido a los enormes ventanales de la parte delantera. Me rodeé con los brazos y me acerqué al cristal. Miré por la ventana y vi cómo el viento se apoderaba de los copos de nieve y los hacía girar en pequeños torbellinos para después lanzarlos hacia la carretera cubierta de nieve. Debían de haberse acumulado varios centímetros más desde la noche anterior. ¿Y se suponía que iba a empeorar?

Vaya, habíamos elegido el peor momento del mundo para subir allí.

Me separé de la ventana para ir hasta la nevera y la abrí. Por lo menos, la madre de Kyler nos había salvado. Tanto la nevera como el congelador estaban llenos de comida y bebidas. Pasé de las cosas complicadas y decidí prepararme un sándwich de mortadela y queso. Pero cuando iba a meterlo todo de nuevo en la nevera, suspiré y le preparé uno a Kyler: jamón, queso y mucha mayonesa. No sabía si ya habría comido o no. Ni siquiera sé por qué lo hice —quizá fuera por costumbre—, o quizá fuera solo porque, aunque Kyler se me hubiera quedado mirando como si yo estuviera loca por preguntarle por qué no se había liado conmigo, seguía queriéndolo.

Dios, era patética.

Envolví su sándwich en una servilleta de papel y me comí el mío de cuatro bocados acompañado de una lata de refresco. La comida no me sentó muy bien y supuse que sería el resultado de haberme tomado la mitad de mi peso en tequila. No podía creer que hubiera bebido tanto y no hubiera muerto, teniendo en cuenta la poca tolerancia que tenía al alcohol.

Cuando terminé, no sabía qué hacer. No quería volver arriba, y no estaba preparada para enfrentarme a Kyler todavía. ¿Volvería a sentirme cómoda con él después de haber intentado besarlo y de que él, el mismo tío que metía la polla casi en cualquier parte, me hubiera rechazado? ¿El mismo que había tenido la polla dentro de otra chica hacía solo dos noches?

Eso tendría que haberme asqueado, pero en realidad solo me hizo sentir más patética.

Mientras merodeaba por el piso de arriba, escuché un par de acordes abajo. Me acerqué en silencio a las escaleras que llevaban al sótano.

Kyler estaba tocando la guitarra.

Me apoyé en la pared y cerré los ojos. Tenía mucho talento para la música. Ya desde niño, podía coger casi cualquier instrumento y aprender a tocarlo en un tiempo record. Yo, por otra parte, era completamente negada.

Estaba tocando una canción de Dave Matthews, y no fallaba ni una sola nota. Sonreí mientras escuchaba. Cada nota era perfecta, y aceleraba el tempo a medida que avanzaba la canción. No sé cuánto tiempo estuve allí plantada escuchando, pero cuando paró de tocar me quedé como perdida.

Como no tenía nada más que hacer, me puse las botas, la chaqueta y el gorro. Salí por la puerta delantera, saqué los guantes del bolsillo y me los puse. La nieve siempre me hacía sentir mejor. Me gustaba quitar la nieve de la puerta con la pala. Ya sé que es raro, pero me ayudaba a pensar.

Aunque fuera hacía un tiempo brutal. El viento estaba arrasando el valle. La casa estaba bastante aislada y, aparte de los pinos del bosque, por allí no había absolutamente nada.

Bajé las escaleras con cuidado y llegué al suelo. La noche anterior la nieve había estado firme, pero ahora me quedé enterrada hasta las pantorrillas y la noté húmeda y pesada. Rodeé la escalera hasta el garaje. Busqué un poco hasta que encontré la pala apoyada contra la pared debajo de la escalera.

Genial.

Volví a subir la pendiente del garaje, cogí la pala, me di la vuelta y me vino una ráfaga de nieve a la cara. Picaba de mala manera.

—Vaya —murmuré negando con la cabeza.

Arrastré la pala por el camino y empecé a despejarlo. No tenía ningún sentido. El viento volvía a arrastrar la nieve y la depositaba en la minúscula porción que yo había limpiado, y cuando la absurda tormenta, La Santa, o como fuera que se llamara, llegara hasta allí, quedaría todo cubierto de nieve, pero me gustaba sentir el ardor debido al esfuerzo en los brazos y lo distinto que parecía todo allí fuera, mientras me congelaba el culo y sudaba al mismo tiempo.

Quizá no fuera tan malo que hubiera intentado besar a Kyler y que él me hubiera rechazado. Podía aprender de aquella experiencia. Ganar cierta perspectiva o algo, porque probablemente ya iba siendo hora de que superara ese estúpido amor no correspondido.

Él no me deseaba.

Yo lo deseaba a él.

La única forma de arreglar aquello era encontrar a otro. Y estaba Paul. No estaba nada mal y, antes de que Kyler me saboteara en el bar, sé que habría sido muy probable que me invitara a salir. Por lo menos, eso había parecido y, según Kyler y Andrea, Paul se sentía atraído por mí. Y además no tenía que haber bebido un montón para desearme, y eso le hacía ganar puntos.

Era una pena que Paul no se hubiera quedado atrapado allí.

Pero, bueno, ¿a quién quería engañar? Aunque Paul estuviera allí, tampoco es que yo fuera a pasar todo el día en su cama ni nada, pero habría sido la distracción perfecta.

Paré un momento y me limpié la nieve de la cara. Utilizar a Paul como distracción era una mierda, pero si conseguía olvidar a Kyler, podría enamorarme de Paul. ¿De verdad? Era simpático, guapo y divertido. Y por lo que sabía, no iba por ahí acostándose con cualquiera. Y teníamos metas profesionales en común.

Pero a mi corazón no le gustaba la idea. Era como si estuviera traicionando a Kyler o algo: menuda estupidez. Pero me sentía sucia solo de pensarlo.

Todo iba bien en mi vida. Me graduaría en primavera, empezaría a cursar el posgrado y, en su mayor parte, lo tenía todo controlado, pero ¿el tema de las relaciones? Ese barco lo había perdido. Era lo único que me sentía incapaz de arreglar o solucionar. Ya tenía veintiún años, pero, en lo que se refería a mi vida sexual, parecía que me hubiera quedado atascada en los dieciséis.

En realidad, me había quedado encallada en una palabra: *fría*.

Parecía una tontería que me hubiera afectado tanto que un tío hubiera dicho eso de mí, en especial con mis conocimientos psicológicos, pero esa palabra resumía mi única relación de pareja y mi situación sexual actual.

Y no conseguía superarlo, igual que no conseguía olvidar a Kyler.

Sentí una gran tentación de lanzarme de cabeza a la nieve, pero lo que hice fue ponerme a recogerla con más energía. Cuando ya tenía la mitad de la nieve colocada en uno de los laterales del camino, escuché algo que retumbaba a lo lejos. Di media vuelta, me aparté el pelo de la cara e intenté ver a través de la nieve.

¿Qué diantre era ese ruido? Por allí no había nada. Estábamos demasiado lejos de la calle como para escuchar nada, y dudaba mucho que hubiera alguien paseando por la montaña un día como ese. Solté la pala cuando el ruido aumentó; era el rugido de un motor o algo así, pero no conseguía ver nada. Mientras pensaba que quizá todavía me quedara un poco de tequila en las venas, me di media vuelta, y entonces lo vi.

Eran las dos luces de una moto de nieve. Estaba a unos veinte metros de mí y se acercaba a toda prisa, deslizándose por la nieve y levantando copos en todas direcciones.

Al principio mi cerebro se negó a entender lo que estaba pasando, pero el instinto tomó el mando. Me quedé sin aire en los pulmones. Se acercaba rápido, demasiado rápido. Empecé a retroceder, el pánico entorpecía mis movimientos.

—¡Oye! —grité agitando los brazos, pero el viento se llevó mi voz.

¡La moto de nieve venía directa hacia mí! ¿Es que no me veía? Se me encogió el corazón.

Me di media vuelta y tropecé con el mango de la pala. Me quedé enterrada en la nieve hasta las rodillas y me levanté a toda prisa, aterrorizada, mirando hacia atrás. Ya la tenía encima, estaba tan cerca que podía ver el casco blanco con la franja roja y amarilla en el centro y el protector oscuro que ocultaba el rostro del conductor. No podía apartarme. Iba a atropellarme.

Una minúscula parte de mi cerebro, que no estaba paralizada por el miedo, no podía creerse que así fuera como iba a morir. ¿Atropellada por una moto de nieve durante una ventisca? La vida era muy cruel.

Algo me golpeó en la cintura y salí disparada por los aires. Aterricé en la parte del camino que acababa de limpiar sin ningún motivo. Vi un montón de estrellitas negras, y lo último que recuerdo fue escuchar mi nombre, y después nada.

9

Sydney

Solo debí de estar inconsciente unos segundos, lo bastante como para sentirme desorientada cuando abrí los ojos.

Kyler me estaba agarrando de las mejillas, y sus ojos marrones eran prácticamente negros.

—¡Sydney! Di algo, nena. Háblame.

Mi lengua parecía un ovillo de lana.

—Au.

Se me quedó mirando un momento y después se rio. A continuación me sentó y me pegó a su pecho. Estaba tan calentito que quise acurrucarme contra él.

—Joder, me has dado un susto de muerte.

¿Qué había hecho, aparte de haber estado a punto de morir atropellada? Enterré la cabeza en su suéter agarrándome a sus costados.

—Creo que he visto cómo pasaba mi vida ante mis ojos. Era bastante aburrida.

Me estrechó un poco más fuerte, tanto que pensé que me iba a aplastar alguna costilla.

—No creí que pudiera llegar a tiempo, ese... —Se le apagaron las palabras y me pegó los labios a la frente congelada—. Ya sé que tendría que haber salido cuando te he visto coger la pala, pero sé que te gusta hacer ese rollo. —Se hizo una pausa y entonces maldijo de nuevo—. Syd...

—Estoy bien. —Y lo estaba, aparte de un poco conmocionada y tener el culo empapado y congelado—. No me ha visto. Ha faltado poco.

—¿Que no te ha visto? —Kyler se apartó hecho una furia—. Es imposible que ese imbécil no te haya visto.

—¿Qué?

Kyler se levantó y me ayudó. Me tambaleé un poco y él aguardó un momento, mientras el viento nos azotaba y nos lanzaba ráfagas de nieve gélida.

—El muy idiota ha tenido que verte. ¡Yo te veía desde el porche!

Se me aceleró el corazón.

—Pero...

—Te ha visto. —La rabia le endureció la voz, tanto que daba un poco de miedo—. Venga. Vamos dentro, tienes que entrar en calor.

Antes de que pudiera procesar lo que estaba diciendo, me cogió en brazos y empezó a caminar hacia los escalones del porche.

—Puedo caminar —protesté.

—Esto me hace sentir mejor, así que no discutas conmigo.

Abrí la boca con la intención de discutírselo, pero cuando lo hice me entró un montón de nieve dentro y me dio un ataque de tos. Muy atractivo. Cuando entramos, Kyler no me soltó hasta que estuvimos en la sala de estar y delante de la chimenea.

—¿A qué te refieres con eso de que el conductor de la moto de nieve me ha visto? —le pregunté mientras metía los troncos en la chimenea—. Eso significa que lo ha hecho a propósito.

—Eso es lo que he dicho —rugió. Apareció una llama muy brillante cuando encendió el fuego, y el frío empezó a desaparecer—. Te ha visto. No sé por qué querría hacer algo así, pero es lo que ha pasado.

Volví a abrir la boca, pero no salió nada. No sabía qué decir. No podía creer que alguien hubiera intentado atropellarme a propósito. No era propio de Kyler ser tan paranoico, pero yo no conocía a nadie por allí, por lo que no podía haber cabreado tanto a nadie como para que quisiera atropellarme.

—No quiero que vuelvas a salir sola —dijo todavía de espaldas a mí mientras se ocupaba del fuego.

—Vale —contesté, pero solo lo hice porque no quería discutir.

Se puso en pie y se sacudió los copos de nieve del pelo.

—Deberías quitarte esa ropa mojada antes de resfriarte.

Me marché a hacer lo que me había dicho sin saber muy bien por qué y sintiéndome como una niña que se había portado mal. Como era tarde y dudaba mucho que fuéramos a ir a ninguna parte, me puse unos pantalones de pijama de franela y una camiseta de manga larga. Cuando bajé, vi que Kyler se había puesto unos pantalones de chándal secos y que el fuego ardía con fuerza.

Me dio una manta y yo me envolví con ella, agradecida. Me sentía como si la nieve se me hubiera colado dentro. Me senté junto a la chimenea y me quedé mirando cómo las llamas lamían los troncos. Fuera, el viento empezaba a soplar con mucha fuerza y agitaba la casa. Parecía que el viento estuviera encontrando todas las grietas de la vivienda para colarse dentro.

Me ceñí un poco más la manta y me acerqué al fuego, temblando. Kyler se me quedó mirando un momento y luego se levantó del sofá. Cogió otra manta, se acercó a mí y se sentó detrás de mí. Me puse tensa.

—Tranquila —dijo—. Tengo una idea. —Extendió las piernas a ambos costados de mi cuerpo y después me rodeó con un brazo. Me echó hacia atrás y nos envolvió a los dos con la manta—. ¿Ves? Somos como un burrito.

Me quedé quieta sin apoyarme en él, pero enseguida empecé a notar su calor. Estar tan cerca de él me ponía más nerviosa que nunca, y tardé algunos minutos en encontrar la voz.

—Un burrito bastante guay.

—Exacto. —Pasaron unos minutos—. ¿Qué crees que estarán haciendo los demás?

Me concentré en las llamas.

—Probablemente estén con sus familias. Creo que Andrea iba a casa de los padres de Tanner.

—¿Están juntos? —preguntó confuso—. Nunca sé de qué van esos dos.

Me reí y empecé a relajarme, dejé de apretar tanto la manta.

—La verdad es que yo tampoco lo sé. Es un misterio.

—Están locos. No creo que hayan salido juntos por ahí ni una sola vez.

—No han salido. No creo que hayan hecho nada, pero sigo pensando que acabarán casados y tendrán un montón de hijos.

Kyler se rio y apoyó la espalda en el sillón que tenía detrás.

—¿Sabes en qué estaba pensando?

Lo miré por encima del hombro. Tenía la cabeza echada hacia atrás y se le veía todo el cuello. Tenía un cuello muy sexy. Bueno, ese chico era sexy de pies a cabeza. Sonreí y noté cómo se me calentaba el pecho.

—¿En qué?

—Estaba pensando en cambiar de carrera.

—¿Cómo? —Me reí—. Te gradúas en primavera, Kyler.

Bajó la cabeza y sonrió. Tenía los ojos de un marrón muy cálido.

—¿Es demasiado tarde?

—Probablemente. —Me di un poco la vuelta para poder verlo. Él estiró una pierna para dejarme más espacio—. ¿No quieres hacer empresariales? ¿Como tu madre y tu padrastro?

Frunció sus labios carnosos.

—¿Sinceramente?

—Sí.

Hay quien puede pensar que estudiar empresariales es un rollo, pero tiene muchas salidas estables y se puede ganar mucho dinero. En especial para alguien como Kyler, que tenía los contactos necesarios para montar su propio negocio, el cual, según la última conversación que mantuve con su madre, sería el que ya llevaba ella. La verdad es que intentaba no pensar en eso, porque significaba que cuando nos graduáramos yo me quedaría en Maryland para estudiar el doctorado y Kyler empezaría a viajar, como su madre. Y, después de haber pasado toda mi vida pegada a él, no estaba muy segura de cómo llevaría la separación.

Y entonces pensé en ello, en mi repentina incapacidad para ignorar lo mucho que lo deseaba y lo que sentía por él, que iba mucho más allá de una simple amistad. Pronto nos separaríamos. Se me hizo un nudo en el estómago.

Me miró a los ojos, se había puesto serio de repente.

—No lo sé.

Lo cierto era que Kyler podía darse el lujo de cambiar de opinión a esas alturas del partido. Su familia tenía tanto dinero que podía retrasar la graduación. Podía volver a empezar y elegir otra carrera. Podía hacer lo que quisiera. Mis padres no tenían tanto dinero como los suyos. Mi padre llevaba un negocio de seguros y mi madre era profesora en una escuela privada, y por eso habían conseguido ahorrar lo suficiente para enviarme a la universidad, pero si yo decidiera cambiar de opinión ahora o tomarme algunos años libres antes de graduarme, mis padres me matarían.

—¿Y qué quieres hacer? —pregunté, pero ya me lo imaginaba.

—¿Ser un *playboy* millonario que viaja por el mundo?

—Ja. Muy divertido.

Sonrió.

—¿En serio?

Asentí.

—¿Restaurar bares viejos y esa mierda? No sé. No me malinterpretes. No es un mal trabajo.

—No lo es. ¿Pero?

El viento sopló y la luz del techo parpadeó. Kyler sonrió y yo solté el aire que no me había dado cuenta que estaba conteniendo.

—Ya sabes que he estado estudiando biología, ¿verdad? Y también he estudiado algunas asignaturas de mates.

—Sí —dije relajándome contra él. No pareció importarle, porque se cambió de postura para que pudiera apoyarle la cabeza en el pecho y me rodeó con los brazos—. Pensaba que tenías alguna lesión cerebral que te empujaba a asistir a esas clases.

Se rio.

—No, mi cerebro funciona bien, la mayor parte del tiempo. —Se hizo una pausa, y entonces añadió—: Estaba pensando en estudiar veterinaria después de graduarme.

Se me cerraron los ojos y noté un aleteo en el corazón. Kyler siempre había tenido debilidad por los animales. Una vez, cuando íbamos a tercero, había encontrado una paloma en el patio. Tenía el ala rota y, si la hubiera dejado sola, lo más probable es que hubiera muerto. Montó un escándalo en clase, se negó a sentarse en su sitio hasta que el profesor le dio una cajita.

Kyler había salido al patio a recoger el pajarillo. También había hecho que su madre llevara la paloma al veterinario. A una paloma, un animal por el que nadie se preocuparía ni un segundo. Se convirtió en mi héroe automáticamente.

—¿Syd?

Su voz destilaba incertidumbre, como si creyera que yo pudiera pensar que era una locura dejar una carrera con la que podía ganar millones por otra en la que la mayor recompensa sería ayudar a los animales.

Respiré hondo y me pegué más a él. No podía tener a Kyler de la forma que yo quería. Ya lo sabía, y lo aceptaba. La versión borracha de mí no lo aceptaba, claro, pero por lo menos me sentía muy orgullosa de que fuera mi amigo.

—Creo que es una idea genial.

—¿Sí?

Parecía sorprendido.

Sonreí.

—Creo que es maravilloso. La veterinaria te apasiona. Deberías hacerlo.

Kyler no contestó, pero noté cómo se relajaba un poco. Algo que no había notado hasta entonces. Quizá fuera lo que necesitaba: reafirmación.

Mientras estábamos allí sentados en silencio, viendo cómo las llamas proyectaban sombras danzarinas en las paredes de madera, me di cuenta de otra cosa. Aunque sabía que lo único que iba a haber entre nosotros era amistad, lo quería.

Oh, Dios...

Siempre iba a amar a Kyler Quinn.

Estaba bien jodida.

10

Sydney

Se iba a ir la luz. El viento soplaba con muchísima fuera y azotaba la casa y sacudía los cables de la electricidad. Era incapaz de entender por qué no los habían soterrado.

Las luces se estuvieron encendiendo y apagando toda la tarde. Sobre las nueve, empezó a nevar tanto, y la nieve era tan espesa, que ya no se veía nada por la ventana. Cubría todas las ramas de los pinos, que empezaban a ceder a su peso. Ya hacía varias horas que me había ido a la cama, pero no podía dormir. No dejaba de darle vueltas a todo: a cómo había acosado a Kyler, a la moto de nieve asesina, al tiempo que pasaríamos allí atrapados. El viento tampoco ayudaba. Parecía que la casa se fuera a desplomar encima de mí.

Me alejé de la ventana muy frustrada y me ceñí la colcha que me había puesto sobre los hombros. Salí al pasillo muy despacio, no quería despertar a Kyler.

Cuando ya había recorrido medio pasillo, escuché cómo se abría una puerta.

—¿Syd?

Suspiré y me di la vuelta: por poco me pongo a babear. Kyler estaba en la puerta de su habitación, y solo llevaba el pantalón del pijama. Su estómago..., ¿por qué tenía que tener ese estómago? Tan duro y ondulado y esas cosas.

—¿Syd? —Salió y cerró la puerta a su espalda—. ¿Estás bien?

—¿No tienes frío?

Me dieron ganas de abofetearme por decir eso.

Sonrió.

—Hasta que me he levantado de la cama, no.

—Normal. —Me cambié el peso de pierna, sintiéndome como una idiota—. Lo siento. No quería despertarte.

—No pasa nada. —Se acercó a mí con esa imagen suya tan masculina, y lo odié un poco solo por eso—. ¿No puedes dormir?

Negué con la cabeza reprimiendo un bostezo.

—Es el viento, parece que vaya a destrozar toda la...

Se oyó un crujido muy fuerte y me sobresalté. Por la ventana que había al otro lado del pasillo vi que el cielo se iluminaba debido a una lluvia de chispas, y después toda la casa rugió unos segundos. La luz del pasillo parpadeó un par de veces sobre nuestras cabezas y después se apagó, dejando el pasillo completamente a oscuras.

—Mierda —dijo Kyler, y noté que me apoyaba las manos en la espalda—. Me parece que se ha ido la luz. Debería encenderse el generador de emergencia.

Parpadeé tratando de conseguir que mis ojos se acostumbraran a la oscuridad, pero solo podía ver su silueta. No había vuelto la luz, pero escuché algo que se encendía, como un zumbido. Salía aire de los respiraderos del pasillo, aunque no tenía nada que ver con la energía de hacía un rato, y tampoco impedía que el frío se colara en la casa.

Kyler maldijo de nuevo.

—Quédate aquí.

—No pienso moverme.

Lo escuché volver hacia la ventana.

—Vaya mierda. Se acaba de desplomar un pino y ha tirado los cables de la luz. —Se dio media vuelta, enfadado—. El generador solo se pondrá en marcha en modo emergencia: calentará lo mínimo, lo suficiente como para evitar que se congelen las tuberías y hacer que siga funcionando la nevera, esas cosas. —Volvía a estar delante de mí y notaba su aliento cálido pegado a la frente—. Vuelve a la habitación mientras yo voy abajo a comprobar que todo va bien.

—Vale. —Me ceñí la colcha con nerviosismo. El corazón me palpitaba muy deprisa—. ¿Tienes..., tienes que irte?

Me volvió a posar las manos en la espalda.

—Solo serán unos minutos.

—Lo siento, es que solo puedo pensar en esa gente que se quedó atrapada en la nieve y acabaron comiéndose los unos a los otros.

Kyler se echó a reír.

—Nena, eso fue en los años ochenta o así. No pasa nada. Vuelvo enseguida.

—Ya verás cómo cambias de opinión cuando empiece a morderte la pierna como si fuera un zombi.

Pero apoyé la mano en la pared para guiarme hasta la habitación mientras él se desplazaba en la oscuridad como si fuera un maldito gato.

Cuando llegué a la habitación, corrí hasta la ventana. La nieve caía en ráfagas y lo estaba cubriendo todo; la montaña brillaba bajo la luz tenue de la luna. Un pino gigante se había partido por la mitad, era una silueta negra recortada contra la nieve. Me estremecí. Quedarse aislado por la nieve ya era lo bastante horrible, pero lo de poder contar solo con la energía de emergencia mientras fuera se desataba la tormenta del siglo... Creo que Dios quería acabar con nosotros.

Volví a la cama y me subí las colchas hasta la barbilla. Me tumbé de lado y miré hacia la puerta. Cuando escuché sus pasos algunos minutos después, me puse tensa.

Llevaba una vela y la luz suave que desprendía le proyectaba sombras en las mejillas. La dejó en la mesita de noche y se sentó a mi lado.

—Siento mucho todo esto.

—¿El qué?

—Lo de venir fue idea mía. Podrías estar en casa, pero ahora estás aquí atrapada, preocupada por si tenemos que acabar comiéndonos el uno al otro.

Me reí un poco.

—No creo que vayamos a comernos el uno al otro.

—Bueno, espero que, si me comes, no empieces por la cara. Me han dicho que es lo mejor que tengo. —Percibí la risa en su voz y sonreí—. Pero vamos a pasar frío, Syd.

—Ya lo sé, pero no es culpa tuya. Me encanta venir aquí.

Guardó silencio un momento.

—¿Sabes? Nunca he entendido por qué te gusta venir. No te gusta esquiar ni nada de eso.

Me mordí el labio inferior.

—Me gusta estar contigo; con todos. —Me sonrojé—. Me gusta venir con todos.

Kyler alargó la mano y, a oscuras, encontró el mechón de pelo que tenía junto a la mejilla y me lo puso detrás de la oreja.

—Me alegro de que hayas venido.

Sentí una gran calidez al escucharle decir eso.

—Pero solo porque, si no hubiera venido, ahora estarías solo.

Se echó a reír y después miró hacia la ventana mientras el viento aullaba.

—No, ese no es el único motivo.

Se me desbocó el corazón.

Kyler cogió el extremo de la manta.

—Échate a un lado.

Abrí los ojos como platos.

—¿Qué?

—La casa se va a enfriar y sé que no duermes por culpa del viento. Me quedaré contigo hasta que te duermas. —Guardó silencio un momento—. Además, me estoy congelando sin camisa.

—Vale.

Contesté tartamudeando como si fuera idiota mientras me hacía a un lado. Después me volví hacia el otro lado, porque estaba convencida de que sería incapaz de mirarlo estando en la misma cama.

Se metió debajo de las sábanas y, aunque estábamos separados por algunos centímetros, podía sentirlo. Fue muy raro, pero se me calentó toda la espalda y me costó muchísimo ignorar la necesidad de echarme hacia atrás y pegarme a él.

—¿Te parece bien? —Parecía que me estuviera hablando al oído—. Supongo que debería habértelo preguntado antes de decirte que te hicieras a un lado, ¿no?

—Sí —susurré—. Me parece bien.

—Bien. —Se puso de lado y supe que estaba de cara a mí. ¡Estábamos haciendo la cucharilla! Pero no nos estábamos tocando, así que supuse que no contaba—. Porque me parece que esta cama es mucho más cómoda que la mía, y no me quiero marchar.

Yo no quería que se fuera. Aquello era el paraíso para mí. Cerré los ojos y me empapé de su cercanía como si fuera mi sol personal.

—¿Te acuerdas de cuando hicimos esto mismo de niños? —preguntó.

—Sí.

Pero ahora era muy distinto. En aquella época había sido muy casto y solo éramos dos niños divirtiéndose la noche que pasaban juntos. Antes de que yo hubiera empezado a desearlo y sintiera ganas de hacerle un montón de obscenidades.

Y ahora estaba pensando en esas obscenidades, como en darme la vuelta y pegarme a él, besarlo. Tocarlo. En dejar que me tocara. En desnudarme.

Tenía que dejar de pensar en esas cosas.

—¿Syd?

—¿Sí?

Se hizo una pausa.

—Te prometo que esta vez no acapararé las sábanas.

Sonreí a pesar del dolor que sentía en el pecho.

—No pienso dejarte.

* * *

No sé cómo pude quedarme dormida sabiendo que tenía a mi objeto de deseo pegado a la espalda, pero debí de hacerlo, porque cuando me despertó el aullido del viento supe que habían pasado horas. Hice ademán de incorporarme, pero no podía. Cuando me di cuenta de qué era lo que me lo impedía, abrí los ojos como platos y me quedé sin aire en los pulmones.

Kyler me estaba rodeando la cintura con el brazo; más aún, tenía todo el cuerpo pegado al mío. Cada una de las bocanadas de aire acompasadas que él tomaba resonaba en mi cuerpo. Su aliento cálido se me paseaba por la nuca y me provocaba escalofríos por la espalda. Era imposible que pudiera dormirme mientras hacía la cucharilla con Kyler, y esta vez iba en serio. Dudaba que ni siquiera una monja tuviera la fuerza de voluntad necesaria. Me aparté un poco y dejé algunos centímetros entre nosotros, pero tensó el brazo con el que me rodeaba la cintura.

Aguanté la respiración.

Kyler me arrastró hacia él, pegó mi espalda a su pecho y —oh, Dios mío— estaba excitado. Lo noté por encima del pijama, largo y grueso, pegado a mi trasero.

Mi cuerpo respondió automáticamente y pasó de estar soñoliento a sentirse muy despierto en cuestión de segundos. No importaba que le dijera a mi cuerpo que se reprimiera, y que tampoco tenía ni idea de qué hacer con lo que estaba pasando. Fue inútil, una oleada de calidez se extendió por mis venas y sentí una punzada de placer en el sexo.

Aquello no tenía *nada* que ver con las veces que habíamos dormido juntos de niños.

—¿Kyler?

Murmuró algo y se pegó todavía más a mí, me posó la barbilla en la sensible zona que se extendía entre mi cuello y el hombro. Me estremecí. Creo que es posible que dejara de respirar. El brazo que tenía en la cintura se movió y me deslizó la mano por el estómago. El movimiento me había subido la camiseta y había dejado al descubierto un palmo de piel. Con el corazón desbocado, me mordí el labio inferior hasta hacerme sangre.

Los dedos de Kyler me rozaron la piel desnuda y me sacudí hacia atrás. Kyler hizo un ruidito grave muy sexy y empujó las caderas hacia delante, pegándose a mí mientras extendía los dedos de las manos y los deslizaba por debajo del elástico de mi pijama. Yo nunca había sido amiga de ponerme ropa interior para dormir y estaba desnuda debajo del pijama; tenía sus dedos muy cerca.

Debía de estar soñando, porque eso no podía estar pasando, y no quería despertar nunca.

Sus labios cálidos me rozaron el cuello. Al principio pensé que había sido un accidente, pero entonces noté su boca pegada al cuello, y me besó. Siguió cubriéndome el cuello de besos. Yo me moví de forma inconsciente y expuse el cuello mientras me arqueaba contra él, y entonces sus caderas empezaron a moverse dibujando lentas y sensuales embestidas y me empezó a dar vueltas la cabeza. Si así es como se lo montaba estando medio dormido, no quería ni imaginarme lo que sería capaz de hacer estando completamente despierto.

Era probable que aquello me cambiara para siempre.

Y entonces bajó un poco más la mano y me rozó el sexo. Noté un pálpito de intensas y exquisitas sensaciones que me robaron la capacidad de formar pensamientos coherentes o de darme cuenta de lo que estaba pasando. Mi cuerpo puso el piloto automático y expulsó a mi cerebro de la ecuación. Me arqueé hacia atrás y separé las piernas mientras él paseaba los dedos por mi zona más sensible. Parecía muy sencillo para él saber lo que debía hacer. Deslizó un dedo por la humedad que tenía entre las piernas y lo internó lenta y profundamente. Dentro. Fuera. Oh, Dios. Me palpitaba todo el cuerpo. Tenía los ojos abiertos de par en par, pero no veía nada. Intenté guardar silencio, pero se me escapó un gemido.

Aquella mano maravillosa se paró y el pecho que tenía pegado a la espalda se hinchó de golpe.

—¿Syd?

—¿Sí?

No me moví.

Kyler se echó para atrás y la cama se hundió cuando se puso en pie.

Vaya, nunca había visto a nadie moverse tan deprisa. Me puse de lado y empecé a levantarme, pero su mirada me inmovilizó.

—Mierda. Lo siento mucho. —Tenía la voz apelmazada, grave y ronca—. Estaba dormido. Pensaba que estaba soñando... *Mierda.*

La decepción se apoderó tan rápido de mí que arrasó con el deseo. Kyler había estado dormido, completamente. No estaba medio dormido, como si eso fuera mejor, pero por lo menos habría sido medio consciente de lo que estaba haciendo.

¿Qué creía que estaba pasando? ¿Que se había despertado en plena noche y había decidido que ya no podía seguir resistiéndose a mí y a mi cuerpazo? Probablemente estaba soñando con Sasha, la sexy del hotel.

—Di algo, Sydney, *por favor.*

Cuando percibí el tono nervioso de su voz, me di cuenta de lo idiota que había sido, de lo idiota que seguía siendo. Cerré los ojos con fuerza.

—No pasa nada. No es para tanto. Todo va bien.

No hubo respuesta, y algunos segundos después abrí los ojos y busqué a Kyler por toda la habitación. Pero estaba vacía. Me había quedado sola con el vendaval.

Kyler

Maldita sea, no había palabras para describir lo que acababa de hacer.

No me lo podía creer.

Cuando cerré la puerta de mi habitación y me aparté, tenía el corazón desbocado. Me senté en la cama, pero más bien fue como si me dejara caer, porque me fallaron las piernas.

Aquello *no estaba* bien. Y sí que era para tanto. Y sí que pasaba algo.

Estaba muy excitado y la tenía dura, y al mismo tiempo estaba asqueado. ¿Cómo podía haber hecho aquello estando dormido? Había una respuesta muy sencilla, pero aun así. Estaba soñando con ella, con Sydney. Después de haberla visto en sujetador y braguitas el día anterior, no me extrañaba que apareciera en todos mis sueños pornográficos. Mierda. No era la primera vez que soñaba esas cosas con ella, pero ¿lo de actuar?

La estaba tocando y le estaba haciendo un dedo... *a Syd*.

—Oh, mierda.

¿Y si no me hubiera despertado? ¿Hasta dónde habría llegado? Un tío como yo no tendría que ponerle las manos encima.

Empecé a levantarme con la intención de volver con ella y disculparme de nuevo, pero me obligué a quedarme donde estaba, porque, cuando me relajé un poco, recordé lo que me había despertado de uno de los mejores sueños que había tenido en mucho tiempo, que había resultado no ser un sueño.

Syd había hecho un ruidito.

Y el sonido que había emitido no parecía producto del miedo o del desagrado. Todas las células de mi cuerpo reconocían ese gemido. Estaba disfrutando. Mejor aún, parecía que Syd llevaba un rato despierta. Ella debía de haber sabido lo que yo estaba haciendo, y no me había parado.

Madre mía, *no* me había parado.

No solo no me había parado, estaba empapada. Y yo sabía muy bien qué significaba eso. Pero por primera vez en mi vida no tenía ni idea de *qué* hacer al respecto. Mi cerebro no conseguía digerirlo a pesar de que mi cuerpo sabía exactamente qué hacer.

Me tumbé en la cama, rugí y el sonido resonó por toda la habitación. Me quedé mirando el techo, sabiendo que era mucho más probable que me salieran alas y me pusiera a volar que consiguiera dormir. Especialmente, cuando hasta la última parte de mí quería volver a su cama y continuar con lo que había estado haciendo.

11

Sydney

Al día siguiente Kyler me estuvo evitando como si yo fuera una tía fea que se hubiera ligado estando borracho en un bar y de la que no pudiera deshacerse. La situación era muy incómoda.

Mientras yo preparaba un par de sándwiches fríos por segundo día consecutivo, él se quedó en la otra punta de la cocina, y cuando le di el plato y nuestros dedos se rozaron, se echó para atrás y me tiró el mío. El jamón y el queso salieron volando. La mayonesa salpicó las preciosas baldosas del suelo.

—Mierda —dijo, y ya lo había dicho muchas veces últimamente. Se arrodilló y empezó a recogerlo—. Lo siento.

Yo me quedé allí plantada con las manos temblorosas. Tenía ganas de llorar. Tanto como si fuera un bebé rechoncho con mucha hambre. Murmuré algo que no comprendí ni yo misma, me acerqué a la encimera y cogí algunas servilletas de papel. Con la intención de ayudar —y quizá de arreglar el auténtico desastre—, me acerqué adonde estaba Kyler y me agaché.

Justo en ese momento, Kyler se levantó y su cabeza impactó contra mi barbilla. Me tambaleé hacia atrás, muy dolorida, y se me cayeron las servilletas de papel mientras Kyler decía todo su repertorio de palabrotas. Se levantó e intentó cogerme, pero las leyes de la gravedad la habían tomado conmigo. Choqué contra la durísima mesa de roble de la cocina y la hice temblar. En la mesa descansaba un jarrón que su madre había comprado hacía más de cinco años, y empezó a bambolearse de un lado a otro.

Me di media vuelta y alargué los brazos hacia ese estúpido jarrón de diseño violeta y rosa. Era como una de esas películas malas en las que una serie de accidentes acaba provocando que se rompa algo muy valioso. Prácticamente, me abalancé sobre la mesa para coger el jarrón un segundo antes de que se suicidara lanzándose por el borde.

—Oh, Dios mío —susurré sin aliento.

Kyler apareció a mi lado y me ayudó a ponerme derecha sin causar más daños.

—¿Estás bien?

No me sentía la barbilla.

—Sí.

Me cogió el jarrón de las manos y esperó a que me hubiera separado de la mesa para volver a dejarlo.

—Lo siento. Podría haberte roto un diente.

No sabía qué contestar, así que me quedé allí intentando no tocar nada más.

—¿Y tú?

—Tengo la cabeza dura.

Y era verdad.

Y entonces la incomodidad del siglo volvió a adueñarse de la situación. Nos miramos mutuamente. Noté cómo me ardían las mejillas, cosa que era alucinante teniendo en cuenta que en la casa hacía muchísimo frío.

Kyler se puso a limpiar otra vez y cogió las servilletas de papel. Yo me puse a prepararle otro sándwich.

—No te molestes —dijo mirando por encima del hombro—. Ya me lo preparo yo.

No sé por qué, ese comentario me dolió como si una avispa me hubiera clavado el aguijón en la nariz, pero me destrozó. Me hizo mucho daño, me desgarró. Perdí el apetito y salí de la cocina sin saber adónde iba hasta que acabé en la galería que estaba en la otra punta de la sala de estar.

Allí, los ventanales eran enormes y la estancia estaba helada. Me hice un ovillo dentro de mi jersey, me senté en uno de los sillones de mimbre y me puse a contemplar el patio cubierto de nieve. El viento azotaba la nieve y creaba ráfagas de por lo menos dos metros de altura que se empotraban contra el cobertizo del fondo. Por detrás asomaba el bosque. Podía ver los remontes a lo lejos, meciéndose de un lado a otro azotados por el viento.

Respiré hondo y solté el aire muy despacio. No pude evitar pensar en lo que pasaría cuando por fin pudiéramos salir de allí. ¿Nuestra amistad volvería a ser la misma algún día? No imaginaba cómo.

Bajé la barbilla hasta enterrarla en el jersey y cerré los ojos. Me arrepentí en cuanto lo hice, porque en esa galería, acompañada únicamente del viento y sin nada en lo que poder concentrarme, pensé en lo que había pasado entre Kyler y yo la noche anterior. ¿Cómo iba a olvidarlo?

—¿Syd?

Levanté la cabeza cuando escuché el sonido de la voz de Kyler. Estaba en la puerta de la galería.

—Ey.

Se pasó la mano por el pelo. Un gesto que debía de llevar haciendo todo el día, porque estaba adorablemente despeinado.

—Siento lo que ha pasado en la cocina.

Me sentí como si me hubieran metido en un exprimidor.

—Deja de disculparte. Ha sido un accidente. Estoy bien. Tú también. No se ha roto nada.

—Te has dejado el sándwich en la cocina.

—No tengo hambre. Ya lo cogeré luego.

Se me quedó mirando un buen rato, y después miró por la ventana.

—No veas la que está cayendo, ¿eh?

Miré hacia donde miraba él.

—Pues sí.

Pasaron un par de segundos y entonces se sentó a mi lado. Se inclinó hacia delante y se apoyó las manos en las rodillas.

—Sydney, lo de ayer por la noche...

—Por favor, no vuelvas a disculparte por eso. ¿Vale?

No creía que pudiera soportar escucharlo otra vez.

Kyler se puso tenso.

—¿Cómo puede no importarte? Te metí mano mientras dormía. Espera. No solo te metí mano. Te estaba *tocando*.

Lo dijo de una forma que me hizo pensar en esas muñecas que utilizan los de servicios sociales para hablar de sexualidad a los niños. Qué asco. Lo miré. Por enésima vez me descubrí deseando que las cosas fueran más sencillas entre nosotros.

Kyler me miró.

—No era esa mi intención cuando me metí en la cama contigo ayer por la noche. Solo quería que lo supieras.

Respiré hondo. Bueno, si pensaba que mi corazón no podría soportar más patadas, me había equivocado.

—¿Tan terrible fue?

—¿Qué?

Aparté la mirada, me puse de pie y me acerqué a la ventana. Quizá necesitara echarle valor y afrontar aquello de una vez. Era evidente que nuestra amistad ya estaba tocada. La única forma de arreglarla era superar esa mierda. Un poco de psicología: la evitación era la forma más divertida y sencilla, seguida de la negación, pero nunca funcionaba. Tenía que decirle que me sentía atraída por él, que lo deseaba. Puede que, una vez aclarado, pudiera seguir con mi vida. La sinceridad siempre era el mejor camino, pero no estaba segura de tener tanto valor.

Pero si no lo hacía íbamos a seguir de esa forma, con esas conversaciones tan forzadas.

Escuché cómo tomaba aire.

—Estás pensando en algo —dijo—. Estás pensando en algo muy importante. Si estás enfadada conmigo por lo de ayer por la noche, puedes decírmelo en vez de intentar proteger mis sentimientos. Lo entenderé. No te lo tendría...

—No estoy enfadada contigo. —Lo miré y me crucé de brazos. Kyler apartó la mirada—. ¿Cómo iba a estarlo, después de que intentara besarte estando borracha? Eso me convertiría en una hipócrita.

—Son dos situaciones completamente distintas, Syd. Tú no intentaste cogérmela.

Lo habría hecho si tuviera mejores reflejos estando ebria. Esa era la verdad: no pensaba admitirlo, pero tenía que sacarlo.

—¿Por qué paraste ayer por la noche?

Se me quedó mirando como si estuviera loca.

—¡Estaba dormido, Syd! Joder, ¿y tú pensabas que me habías acosado cuando estabas borracha? Eso es lo que hice yo.

—No me importó.

Me salió un hilillo de voz, apenas fue un susurro.

Kyler se sobresaltó.

Negué con la cabeza.

—Yo no estaba dormida, Kyler. Sabía lo que estabas haciendo.

Ahora me estaba mirando fijamente, y me quedé sin respiración. Era ahora o nunca. Todos esos momentos me habían llevado hasta allí. Podía decirle que me había alegrado de que parara, decir alguna tontería y cambiar de tema. O podía decirle lo que quería, lo que llevaba deseando tanto tiempo. Y si lo hacía, ya no habría vuelta atrás.

—Sydney...

En su voz se adivinaba una advertencia.

Respiré hondo.

—Quiero lo que han tenido todas esas chicas.

—¿Qué?

Abrió los ojos como platos.

Me ardieron las mejillas como si estuviera tomando el sol en el infierno.

—Eso es lo que quiero, te deseo *a ti*. Quiero estar contigo. —Vi cómo se levantaba y por un momento pensé que iba a marcharse. Se me hizo un nudo en el estómago, tan fuerte que pensé que iba a devolver, pero se quedó quieto—. No te estoy pidiendo que seas mi novio ni que te cases conmigo. Ya sé que no te van las relaciones. Ya sé que no es lo tuyo.

—¿Y a ti tampoco te van?

Lo dijo con un tono de burla.

Ahora estaba ardiendo de pies a cabeza. Lo había dicho como si yo fuera la chica más conservadora del país. Y eso hizo que me pusiera a la defensiva, y sentí la profunda necesidad de demostrar que no era una niñata frígida.

—Contigo no. Solo te *deseo*. Una noche. Eso es todo.

Kyler se quedó de piedra. No pensé que respirara siquiera. Me miró con los ojos entornados.

—¿Eso es lo que quieres?

Me retorcí las manos y susurré:

—Sí.

—¿Y ya está? —Dio un paso hacia mí y a mí se me desbocó el corazón mientras daba un paso atrás—. Dilo un poco más alto, Syd.

Tenía la garganta seca, tragué saliva y conseguí hablar un poco más alto.

—Sí.

Kyler dio otro paso y yo reculé hasta llegar al cristal de la ventana. Esbozó una sonrisa depredadora y el calor se extendió por mis venas como un cohete.

—¿Desde cuándo?

Me costó mucho formar las palabras.

—Desde..., desde hace tiempo.

—¿Cuánto tiempo?

—Mucho tiempo.

Negó con la cabeza.

—Eso no es muy explícito.

—El tiempo suficiente.

—¿Y qué es lo que deseas?

No estaba segura de poder hablar, y menos cuando me estaba mirando de esa forma.

—A ti.

—Vas a tener que ser más precisa, nena. —Se paró delante de mí y tuve que echar la cabeza hacia atrás para mirarlo a la cara—. Estoy esperando.

¿De verdad pretendía que le hiciera una tesis detallada sobre el tema? Empecé a apartar la mirada, pero me cogió de la barbilla y me obligó a mirarlo a los ojos. Arqueó una ceja.

—Yo... te deseo.

Bajó la vista y, aunque llevaba un suéter supergordo, me sentí desnuda y vulnerable. Me estremecí y se me pusieron los pezones duros. Me puse tensa de pies a cabeza.

—Eso ya lo has dicho. También has dicho que quieres lo que han tenido otras chicas. ¿Y sabes lo que es?

Asentí lo mejor que pude.

Kyler bajó la cabeza hasta que tuvo los labios a un centímetro de los míos.

—Me he follado a esas chicas. Eso es todo. Sin ataduras. Sin compromisos. Nada. ¿Y eso es lo que quieres? ¿Quieres que te folle?

No. Quería más, mucho más.

—Sí.

Respiró hondo y bajó la mano. Puso cara de enfadado; era una ira real, que le iluminó las mejillas. Y supe que la había fastidiado. La decepción cayó sobre mí como una bola de demolición. Se había acabado. Iba a volver a rechazarme. Noté un ardor en la garganta, porque se había terminado, no podía haberlo dejado más claro. Quería darme una patada en la cabeza. Yo solita me había metido en ese lío y lo más probable era que hubiera arruinado nuestra amistad, y esta vez de verdad. A la mierda la psicología. Tendría que haber seguido evitando el tema.

—Date la vuelta —me ordenó.

Parpadeé.

—¿Qué?

—Date. La. Vuelta. —Su tono autoritario me provocó un escalofrío, pero me quedé ahí plantada, mirándolo fijamente. Ahora tenía los ojos más abiertos, y brillaban como el ónice pulido. Me quedé atrapada en esa mirada—. No te lo pienso repetir.

Una parte de mí quería preguntar qué pensaba que iba a hacerme si no le hacía caso, pero me di la vuelta porque había visto cómo le ardían los ojos. Quizá estuviera alucinando todo aquello. Quizá hubiera intentado salir corriendo de la galería y me hubiera golpeado la cabeza al tropezar. Era perfectamente posible. O quizá tuviera una contusión a causa del accidente con la moto de nieve y del golpe que me había dado con la durísima cabeza de Kyler.

—Así es como lo hago. —Me sobresalté al escuchar su voz grave. Se rio y me apartó la melena del cuello, me la posó sobre el hombro y a continuación noté la caricia de su aliento cálido en la nuca—. A veces de pie, a veces contra la pared como ahora, o a veces las pongo de rodillas y me pongo detrás.

Oh. Dios. Mío. Ya sé que era de ser una rarita total, pero siempre me había preguntado cómo se lo montaba. Contemplé la nieve que había al otro lado de la ventana, pero en realidad no estaba viendo nada. Empecé a notar cómo florecía el calor en mi estómago para después deslizarse por mis venas. Me humedecí los labios y después me mordí el inferior cuando noté que Kyler me acariciaba la cadera y me posaba la mano en la cintura.

—No lo hago de ninguna otra forma, por lo menos con las chicas a las que solo me follo. —Me posó otra mano en el costado y me agarró de la ropa—. ¿Y esto es lo que quieres, Syd? ¿Quieres que te folle por detrás?

Se me entrecortó la respiración y empecé a notar un dolor entre las piernas.

—Yo...

—¿Cómo lo quieres? —me preguntó acercándose a mí. Me rozó el cuello con los labios y noté su erección contra mi espalda a pesar de que no estaba del todo pegado a mí—. ¿Quieres hacerlo así? También podemos ponernos de rodillas. A mí me da igual.

Oh, Dios; Oh, Dios; Oh, Dios; Oh, Dios. No sabía qué decir. La única vez que yo lo había hecho había sido en la postura del misionero, y la verdad es que no tenía ni idea de cómo podríamos hacerlo con tanta diferencia de altura o...

—Estás pensando, Syd. ¿Has cambiado de opinión?

¿Era lo que quería él? ¿O solo era lo que esperaba de mí porque había escuchado lo que había dicho Nate? Yo era una tía fría, y las tías frías no hacían cosas como *esa.* Cerré los ojos con fuerza.

—Así.

Kyler maldijo entre dientes y yo abrí los ojos de golpe. ¿Había dicho algo mal? Pero entonces me agarró del suéter, y antes de que pudiera decir «orgasmo» ya me lo había quitado.

Y me quedé allí plantada, en vaqueros y sujetador. No era aquel sujetador con tanto relleno —gracias a Dios—, pero era un sujetador. Madre mía, íbamos a hacerlo, me lo iba a hacer. Íbamos a follar. Sentí una punzada de incomodidad. Aquello no era romántico en absoluto, no había cariño ni afecto. Follar no era más que eso: follar. Y tampoco parecía que Kyler estuviera muy contento con la situación.

Aquello estaba mal.

Kyler me posó sus enormes manos en la piel desnuda de los costados, y yo me sobresalté al percibir el contacto.

—Apoya las manos en la ventana, Syd.

Cuando el calor empezó a recorrerme el cuerpo, mi mente se quedó en blanco. Mi cuerpo reaccionó con descaro a su orden y al grave timbre de su voz. Noté el frío del cristal en las palmas de las manos.

—Muy bien. —Deslizó una mano por mi piel, la dejó resbalar por mi tripa, pasó por encima de mi ombligo y llegó a la cintura de mis vaqueros. Abrió la palma—. No despegues las manos del cristal.

Me pegó a él mientras parecía inclinarse sobre mí, de forma que quedé un poco encorvada y pegada a él, pero seguía tocando la ventana. Notaba su erección caliente y dura pegada a la espalda, y la sensación me resbaló por las venas.

—Deberías habérmelo dicho antes, si esto era lo único que querías.

Percibí cierta sequedad en sus palabras, una tensión que no entendí. Era evidente que estaba enfadado, pero lo estaba haciendo.

La confusión y la excitación se arremolinaron en mi interior, y no tenía ni idea de qué pensar. Kyler empezó a mover la otra mano por mis costillas y me provocó un escalofrío.

—Te habría... ayudado hace mucho tiempo —dijo.

No podía pensar, y menos cuando me subió la otra mano por el estómago y me la posó sobre el sujetador. Se me escapó un gemido y arqueé la espalda.

—Kyler...

—Mierda.

Paró de mover la mano y empujó las caderas hacia delante. Como me estaba agarrando con la otra mano, era imposible que yo pudiera escapar a aquel tortuoso vaivén o lo que fuera que significara. Aunque tampoco quería huir. Me presioné contra él y Kyler rugió.

Me separó la mano del sujetador, y a mí se me escapó un quejido. Pero entonces la deslizó entre los dos y, con una habilidad impresionante, me desabrochó el sujetador mucho más rápido de lo que me costaba a mí abrocharlo. La prenda me resbaló por los brazos y yo separé las manos de la ventana para dejarlo caer al suelo. Noté la caricia del aire frío en la espalda, que contrastaba con el calor que emanaba mi cuerpo.

No tenía a Kyler delante, pero sabía que me estaba mirando. Aunque, con lo alto que era, tampoco era muy difícil. Veía un ligero reflejo de nuestros cuerpos en la ventana, y podía sentir la intensidad de su mirada. Los pezones se me pusieron tan duros que me hacían un poco de daño.

Entonces noté el contacto de sus manos y todo mi cuerpo cobró vida. Me deslizó los dedos por los pechos, por los pezones. Me posó los labios debajo de la oreja y me dio un beso superexcitante justo ahí.

—Maldita sea, Sydney.

Me pellizcó un pezón y se me escapó un grito mientras contoneaba las caderas en una súplica silenciosa. Siguió masajeándome los pechos hasta que empecé a notarlos pesados e hinchados, y al mismo tiempo me empezó a besar el cuello y el hombro. Aquello no tenía nada que ver con lo que había hecho con Nate.

Kyler me mordió el cuello.

—Te mereces algo mejor que esto, nena. Maldita sea, te mereces algo mejor.

Yo estaba completamente convencida de que estaba recibiendo exactamente lo que merecía, y estaba encantada. Me soltó el pecho y dejó resbalar la mano por mi estómago. Me desabrochó los pantalones con dos dedos y metió la mano dentro de mis vaqueros.

—Pídeme que pare —dijo besándome la mandíbula—. Pídemelo.

—No —jadeé—. No quiero que pares.

Murmuró algo que no entendí y me besó el cuello. Me metió la mano por dentro de las bragas y me agarró el sexo con los dedos.

—Ya estás lista para mí, ¿verdad?

Me sonrojé, estaba un poco avergonzada porque era verdad, estaba completamente lista. Pero entonces me acarició el clítoris con el pulgar, y grité su nombre temblando de pies a cabeza al notar una oleada de placer, que aumentó tan rápido que me mareé.

—Dios —rugió Kyler frotando la cadera contra mí mientras me insertaba el dedo muy despacio—. Si sigues diciendo mi nombre, esto va a terminar antes de empezar.

—Kyler —supliqué, porque realmente era lo único que podía hacer.

Flexionó el dedo y yo me acerqué peligrosamente al clímax. Adoptó un ritmo tan lento que me estaba volviendo loca.

—Estás muy firme —dijo, y nunca había escuchado ese tono de voz. Entrecortado. Primitivo—. Joder, nena, ¿no has hecho nada desde...?

Negué con la cabeza.

—No. Con nadie desde él.

—Ya me lo imaginaba, pero...

Se estremeció, pero su mano..., su dedo no perdió el ritmo. Las lentas y constantes embestidas encendieron un fuego en mi interior que se extendió a toda prisa por mi cuerpo. Empecé a contonear las caderas contra su mano mientras escuchaba sus suaves jadeos en el oído, y cada vez que me pegaba las caderas me llevaba un paso más cerca del orgasmo. Se me tensaron todos los músculos del cuerpo, estaba a punto de explotar. Me iba a...

Se escuchó un fuerte crujido que parecía un trueno, y la ventana que teníamos delante explotó.

12

Sydney

Hubo una explosión de cristal y nieve. Grité sorprendida. Esa no era la clase de explosión que esperaba.

Kyler se dio media vuelta y me protegió con su cuerpo, pero no pudo impedir que algunas diminutas punzadas de dolor me recorrieran el pecho y el estómago. Jadeé al notar cómo el aire frío rugía por la galería y el viento se arremolinaba a nuestro alrededor. Una lámpara de pie se cayó. Los cuadros de la pared se sacudieron.

—¡Joder! —aulló Kyler agachándonos a los dos hasta que quedó prácticamente acuclillado encima de mí—. ¿Estás bien?

—Sí. Posé las manos en el suelo frío y húmedo—. ¿Y tú?

—Estoy bien. —Me paseó las manos por la espalda desnuda, y después me puso el suéter encima de los hombros—. Quédate agachada, ¿vale?

Asentí tirando del suéter. Me acerqué de rodillas hasta el sillón de mimbre y miré por encima del hombro. Kyler se levantó muy despacio con los puños apretados.

—¿Qué ha pasado? —pregunté estremeciéndome.

Se acercó un poco más a la parte rota del cristal. Había desaparecido un trozo entero, y del marco de la ventana sobresalían los extremos astillados.

—Fuera no veo nada ni a nadie.

—¿*Nadie*?

—No hay árboles cerca que puedan causar daños a la casa por la parte de atrás.

—Pero el viento...

—El viento es lo bastante fuerte como para arrastrar una rama suelta, pero no hay ninguna rama ahí abajo. —Se dio media vuelta apartándose el pelo de la cara. Cuando me vio acurrucada contra el sofá apretó todavía más los dientes—. ¿Estás segura de que estás bien?

Me pegué el suéter al cuerpo ignorando el dolor que me provocaba al roce contra ciertas zonas de la piel. En ese momento había cosas más importantes. Como, por ejemplo, averiguar por qué había estallado una ventana.

—Estoy bien, de verdad. ¿Qué crees que ha pasado?

Kyler negó con la cabeza mientras se arrodillaba delante de mí.

—No lo sé. Quizá la ventana estaba tan fría que, cuando... —¿Se estaba sonrojando?—, que, ¿cuando te has pegado a ella, ¿ha estallado? La verdad es que no... ¿qué diantre es eso?

Se me paró el corazón un segundo.

—¿Qué?

Se agachó hacia un lado y cogió algo que estaba en el suelo. Vi un diminuto perdigón redondo en la palma de su mano.

—Hijo de puta —dijo levantándose y dando media vuelta con la misma elegancia que le había visto demostrar con el *snowboard*—. No es que a mí me vaya mucho la caza ni nada por el estilo, pero esto parece un puto perdigón.

—¿Qué? —Mi grito debió de perforarle los tímpanos—. ¿Lo dices en serio?

Asintió.

—Ya lo creo, es lo que parece.

No podía creerlo.

—Pero ¿esas cosas no se dispersan? ¿No nos habría dado?

—No lo sé. —Echó la cabeza hacia atrás y las puntas de su pelo castaño le rozaron el cuello de la sudadera—. Si alguien apuntara a lo alto de la ventana, es posible que no nos alcanzara.

Me volví a estremecer, pero esta vez no tenía nada que ver con el frío.

—¿De verdad crees que alguien iba a por nosotros?

Kyler no dijo nada.

—Es una locura —susurré, y después añadí más fuerte—: Y si es el caso, ¿crees que es buena idea seguir plantado delante de la ventana?

—Aquí fuera no hay nadie, y nosotros no estábamos prestando atención antes. Quizá hubiera alguien ahí delante hace un rato.

—¿Mirándonos?

Sentí calor y frío al mismo tiempo. Kyler y yo nos miramos, y yo aparté la vista mientras tragaba saliva al percibir una oleada de nausea repentina. Yo había estado desnuda de cintura para arriba, y él había tenido la mano... ¿Alguien había podido estar viéndolo?

¿Alguien con muy mala puntería?

—¿Podría haber sido alguien que estuviera cazando? —pregunté esperanzada.

Kyler frunció el ceño.

—¿Con este tiempo? Es una auténtica ventisca.

—Estamos en Virginia Occidental. Aquí la gente caza con cualquier clima.

Kyler se volvió de nuevo hacia la ventana rota.

—Si ha sido por eso, debía de haber un oso colgado de nuestro techo.

Habría preferido creer eso que pensar que alguien nos había disparado, pero después de lo del tío de la moto de nieve no estaba segura de poder afirmar que las dos situaciones hubieran sido solo una coincidencia. Aunque no tenía sentido. No podía imaginar que alguien pudiera estar tan enfadado con nosotros. Sin embargo, el miedo se apoderó de mí, y era tan helado como el viento.

¿Y si el disparo había sido intencionado?

Kyler

La sangre me ardía de pura rabia cuando, hacía solo un momento, había estado sintiendo un enfado muy distinto. Era una mezcla de deseo, incrédula indignación y rabia. ¿Syd quería que me la follara como si fuera un rollo de una noche? ¿Como si eso fuera lo único para lo que yo sirviera y eso fuera suficiente para *ella*?

¿De qué diantre iba todo eso?

Pero no quería pensar en aquello en ese momento. Ya me lo plantearía más adelante.

Examiné la ventana y clavé los ojos en la esquina superior izquierda. Había un agujero minúsculo, y el cristal se fisuraba a partir de ese punto formando una telaraña que se extendía hasta el extremo del trozo roto.

Habría apostado el cuello a que había más agujeros fuera, pegados a la carcasa y el canelón. Alguien había disparado a la casa. Lo que no estaba claro era si había intentado alcanzarnos a alguno de los dos. Era imposible controlar el impacto de un perdigón, pero la mayoría de las personas conseguían dirigirlos hacia la dirección deseada.

Hijo de puta.

Quienquiera que fuera el responsable tenía que haber estado allí fuera, mirándonos a saber durante cuánto tiempo. Lo habría visto todo. Syd había estado medio desnuda.

Apreté los puños y noté una oleada de calor que me resbalaba por la espalda. Iba a matar a alguien.

—¿Puedo levantarme? —preguntó Syd.

Asentí y la miré por encima del hombro mientras se ponía de pie. Parecía muy pequeña ahí plantada, pegándose el suéter al pecho con los hombros gachos. Sentí rabia y también miedo, una clase de miedo que no había sentido nunca.

Syd podría haber acabado herida, o algo peor. Y había ocurrido dos veces en dos días. Sentí una mezcla de horror y rabia, una bola tangible que se me asentó en el estómago. Podría haberla perdido, y la verdad era que no sabía cómo podría vivir sin Syd. No quería ni pensarlo.

—¿Seguro que estás bien? —volví a preguntar—. No te has hecho daño ni nada, ¿verdad?

Syd negó muy despacio con la cabeza.

—Estoy bien, de verdad. Solo un poco asustada.

Me pasé los dedos por el pelo.

—No quiero que te acerques a esta habitación, Syd. Bueno, quiero que te alejes de todas las ventanas.

—Claro.

Se acercó a la puerta y se paró.

Nos miramos, y un rubor se extendió por sus mejillas y le resbaló por el cuello hasta llegar al borde del suéter, que seguía sosteniendo. Quería acercarme a ella y abrazarla, decirle que todo iba a ir bien, pero no me moví.

Ella fue la primera en apartar la mirada mordiéndose el labio. Yo me volví hacia la ventana muy tenso, consciente de que debería decir algo, algo sobre lo que había ocurrido entre nosotros. Por debajo de la rabia y el miedo que sentía por Syd seguía hirviendo de deseo, pero en ese momento no había nada que decir o, por lo menos, yo no quería decir nada.

Noté que Syd salía de la galería y me puse más tenso todavía. Era muy posible que el hecho de que alguien te disparara fuera mortal para la libido.

Tenía que llamar a alguien, a la policía local, y averiguar qué debíamos hacer. Había muy pocas posibilidades de que viniera alguien a investigar lo que había pasado, pero tenía que informar del incidente.

Entorné los ojos mientras miraba el suelo nevado de fuera. No quería pensarlo, pero era muy realista. Ya no estaba seguro de que estuviéramos a salvo en aquella casa, y también sabía que todo había cambiado entre Syd y yo. Y que el cambio era irreversible.

Sydney

Salí a toda prisa de la galería y subí al piso de arriba. Allí hacía más frío, tanto en el pasillo como en mi habitación. Estaba oscureciendo, y eso que justo había empezado a atardecer. Entré en el baño y cerré la puerta. Por la ventana que había encima de la ducha entraba la luz suficiente como para que pudiera ver algo.

Me planté delante del espejo, me desenrosqué el suéter y esbocé una mueca de dolor al verme.

¡Mis pobres pechos!

Los tenía cubiertos de minúsculos cortes rojos que me rodeaban los pezones, como si no hubieran sido ya lo suficientemente dolorosos sin estar tan cerca de esa zona tan sensible. Tenía manchas de sangre en los pechos y en el estómago. Me pasé la mano por la tripa y me retorcí de dolor. Tenía un trocito de cristal clavado justo encima del ombligo. No es que fuera a necesitar cirugía ni puntos, pero siempre me había dado aprensión ver sangre. El dolor era todavía peor. Como nunca me había roto nada ni había sufrido ningún accidente, no tenía ninguna tolerancia al dolor.

Me puse a dar saltitos alternando los pies, completamente congelada y con la mano a escasos centímetros del pedacito de cristal. Podía hacerlo. Solo tenía que estirar. Ya está. No era para tanto. Pero siempre había sido incapaz de quitarme una astilla siquiera, siempre le había pedido a Andrea o a mi madre que me ayudaran.

Acerqué la mano, hice una mueca y la separé. Repetí la misma maniobra una y otra vez durante por lo menos veinte minutos, hasta que eché la cabeza para atrás y solté un gruñido cargado de frustración.

—¿Syd? ¿Estás ahí?

Me sobresalté al escuchar la voz de Kyler y me golpeé la cadera contra el lavamanos.

—¡Mierda!

La puerta se abrió de golpe y por poco me da. Grité y me llevé las manos al pecho, aunque no estaba muy segura de que tuviera mucho sentido, teniendo en cuenta que me había estado acariciando hacía solo unos minutos, y Kyler entró en el baño con pinta de estar a punto de abalanzarse sobre un oso enorme.

Sus ojos marrones se pasearon por cada uno de los centímetros de mi piel. Se puso delante de mí y me agarró de los hombros.

—Estás sangrando.

Parecía enfadado.

Kyler entornó los ojos y apretó los dientes.

—Me has dicho que estabas bien.

—Y lo estoy —dije con un hilillo de voz.

—Normalmente, cuando alguien está sangrando significa que no está bien. —Negó con la cabeza y me soltó los hombros—. Dios. Siéntate y deja que te cure.

—No puedo sentarme.

Hice una mueca de dolor.

Kyler agachó la cabeza hasta quedar prácticamente a mi altura. Desde tan cerca, apenas podía distinguir la diferencia entre sus pupilas y sus iris.

—¿Por qué no puedes sentarte?

Me cambié el peso de pierna sintiéndome muy vulnerable, teniendo en cuenta que no llevaba camiseta y todo eso.

—Tengo un trozo de cristal clavado en la piel, y creo que si me siento será peor.

—¿Qué? —gritó, y yo me estremecí—. ¿Por qué diantre no me has dicho nada abajo?

—Porque no sabía que lo tuviera clavado, y en realidad no es para tanto, pero...

—Pero si ni siquiera eres capaz de quitarte una astilla. Dios, Syd..., ¿dónde está?

Señalé el minúsculo pedazo de cristal.

Kyler se puso de rodillas y yo abrí los ojos como platos. Se me llenó la cabeza de indecencias, completamente inapropiadas en aquel momento, pero seguía teniendo el botón de los vaqueros desabrochado y, bueno...

—No lo veo —dijo—. Tendrás que bajar, hay más luz.

—Estoy...

—*No* estás bien y *no* pienso dejar que me discutas esto. —Kyler apretó los dientes, alargó la mano y cogió una toalla del toallero. Me la puso sobre los hombros—. Vamos.

Como era consciente de que Kyler sería capaz de arrastrarme hasta el piso de abajo, salí del baño con él y lo seguí hasta el salón. Me dijo que lo esperara allí mientras entraba en el baño del pasillo y salía con un bote de agua oxigenada y un botiquín de primeros auxilios.

Suspiré. Aquello no me iba a gustar. Ya sabía que podía ser peor. Podría tener que sacarme el perdigón.

Acabamos en la cocina, cosa que no me hizo ninguna gracia. Allí había un montón de ventanas, pero tampoco teníamos muchas opciones.

Kyler me colocó de forma que quedé debajo de la ventana pero, al mismo tiempo, lo bastante cerca como para poder ver. Volvió a ponerse de rodillas y palpó la toalla.

—Mierda, es un trozo de cristal.

—Ya te lo he dicho.

Agachó la cabeza y le cayeron algunos mechones en la frente mientras rebuscaba en la cajita con la cruz roja.

—No puedes dejártelo ahí, Syd. Se infectará.

—No estaba sugiriendo dejarlo ahí. Solo esperaba que mi piel lo escupiera de forma rápida y natural.

Se rio mientras cogía un par de pinzas, cosa que me hizo tragar saliva con fuerza. Me asaltaron un montón de imágenes de mí corriendo y gritando como una loca cada vez que mi madre se me acercaba con aquel minúsculo instrumento. Kyler las sostuvo con sus dedos elegantes y levantó la vista.

—Te estás poniendo un poco verde, Syd.

—No me gustan las pinzas —gimoteé.

Esbozó una sonrisita.

—No te va a doler.

—Eso es lo que dice todo el mundo, pero sé que no es verdad. Me va a doler, porque vas a empezar a escarbar y...

—No voy a escarbar. Habré terminado antes de que te des cuenta. Te lo prometo.

Quería salir corriendo de allí, pero me obligué a aguantar como una adulta.

—Vale.

—Pareces afligida —comentó remetiéndome las puntas de la toalla en los vaqueros para dejarme la tripa al descubierto. Me colocó los dedos a ambos lados de la astilla de cristal y tensó la piel.

Me acercó las pinzas a la piel y yo reculé.

—Deja de moverte, cobarde.

—Cállate.

Se rio.

—No voy a poder hacer nada si no dejas de retorcerte cada vez que me acerco al cristal. Retrasándolo solo conseguirás empeorarlo.

Parecía lógico, pero en ese momento yo no era ninguna admiradora de la lógica. Después de conseguir recular más de treinta centímetros, Kyler consiguió arrinconarme entre él y la encimera, y me distrajo.

—He intentado llamar por teléfono al hotel. Ya sabes, para preguntar si había alguien más a quien le hubiera explotado una ventana, hubiera recibido algún disparo o supiera de algún psicópata que anduviera por aquí en moto de nieve.

—Bien.

Me obligué a mirar su cabeza agachada.

—Pero no he conseguido línea. Parece que la tormenta también nos ha dejado sin cobertura. Ni siquiera he conseguido conectarme a Internet, pero, por lo que recuerdo haber escuchado en el parte meteorológico, seguirá nevando con fuerza un día más y después debería parar.

—¿Cuánto crees que tardarán en limpiar...?

Noté un pinchazo y di un gritito.

Kyler levantó la cabeza.

—Perdona, pero..., buenas noticias, nena, ya la tengo. —Hizo ondear las pinzas—. ¿Ves? No ha sido para tanto.

—No. —Sonreí mientras él me examinaba el corte. Bajó sus larguísimas pestañas—. Gracias.

—No hay de qué. —Cogió el bote de agua oxigenada y una bola de algodón—. Probablemente tarden un día en despejar las autopistas y otro en despejar las carreteras hasta aquí.

Noté una ligera quemazón cuando me limpió el corte.

—¿Tres días más?

—Probablemente. —Se levantó con elegancia y dejó el frasco en la enci- mera junto a otro par de bolas de algodón—. Deja que te eche un vistazo.

Me puse pálida.

—Ya no tengo más cristales clavados.

—Discúlpame por pensar que eres capaz de mentir para evitar las pinzas. —Ladeó la cabeza y me dio un vuelco el corazón—. Quiero ver el resto.

Pero eso significaría enseñarle los pechos y, aunque Kyler ya había inti- mado con ellos hacía un rato, aquello era distinto. Nos habíamos dejado lle- var por el momento. Había sido excitante, y lo que estaba pasando en ese momento era tan excitante como una tormenta de hielo. Por no mencionar que Kyler no había dicho absolutamente nada sobre lo que había ocurrido entre nosotros. Yo tampoco, pero es que había perdido todo el valor cuando había explotado la ventana.

Kyler suspiró.

—¿Por qué tienes que hacerlo todo tan difícil?

—No es verdad.

Me clavó los ojos y me agarró de las caderas. Después me subió a la enci- mera sin darme ninguna alternativa.

—Ya está.

—Cabrón.

Me ignoró.

—Enséñame el pecho.

Me puse como un pimiento.

—¿De verdad tengo que recordarte que ya te he visto las...?

—¡No! —grité horrorizada—. No hace falta que me lo recuerdes. Eso no facilita las cosas.

Se le movieron los labios como si estuviera reprimiendo una sonrisa.

—Te prometo que tendré una actitud completamente profesional.

Eso tampoco me hacía sentir mucho mejor.

Levantó las manos.

—¿Qué te parece esto? Te trataré como si fueras un gato o un perro que necesita que lo examinen.

—¿Qué? —Lo miré frunciendo el ceño—. Vaya, muchas gracias.

Kyler se rio.

—Venga, Syd, deja de actuar como una chica.

—¡*Soy* una chica!

—Créeme, ya lo sé. —Antes de que pudiera interpretar el tono ronco de su voz, alargó las manos y agarró la toalla—. Suelta la toalla.

—No.

La agarré con fuerza.

—Sydney —rugió—. Suelta.

Como vi que no pensaba dejarme en paz porque se había puesto en plan enfermero, clavé los ojos en uno de sus hombros y solté un poco la toalla. La tela se bajó un poco por la parte de delante.

En lugar de quitármela del todo, Kyler examinó los pequeños cortes que tenía por debajo de los pechos y en el valle que se abría entre ellos. Maldijo entre dientes, sacó un paño limpio de un cajón y lo puso bajo el grifo.

Volvió donde yo esperaba sentada y negó con la cabeza.

—Podrías haber perdido un ojo.

O un *pezón*, pero no pensé que comentarlo fuera a ser de ninguna ayuda.

—Lo vas a notar un poco frío. No quiero hacerlo con agua caliente.

Cuando asentí, me limpió la sangre con delicadeza y después me pasó las bolas de algodón empapadas por los cortes.

Lo hizo en silencio y con diligencia, y cuando terminó tiró las bolas de algodón a la basura. Después volvió a plantarse delante de mí. Me miró a los ojos un segundo antes de meter las manos por debajo de la toalla y acariciarme los hombros. Me estremecí y aparté la mirada enseguida mordiéndome el labio.

Aquello estaba a punto de ponerse interesante.

Kyler no dijo nada ni pareció moverse cuando la toalla se descolgó hasta posarse sobre mis caderas. Yo seguí mirando fijamente la alfombra que había delante del fregadero de la cocina mientras notaba cómo él bajaba la mirada por mi cuello y seguía con los ojos el camino del rubor que me resbalaba por los pechos. Me costó mucho reprimir la necesidad de taparme, pero yo quería que me mirara.

Quería que le gustara lo que estaba viendo.

Aunque ya sabía que Kyler había afirmado que iba a ser absolutamente profesional, se me pusieron los pezones erectos bajo su escrutinio, y el dolor insatisfecho de mi sexo empezó a palpitar de nuevo con rabia. Me quedé sin aliento cuando cogió el trapo y se inclinó hacia delante.

—¿Tienes frío? —preguntó.

Creo que lo odié.

Soltó una carcajada grave y profunda que me irritó todavía más.

—Lo haré rápido.

—Mejor.

Me retorcí mientras me debatía entre la excitación, la rabia y la incomodidad.

Kyler fue dibujando pequeños círculos por mis pechos con el paño, y con cada pasada se acercaba más y más a mis pezones doloridos. Se me estaba acelerando la respiración y ya no estaba segura de querer que él supiera que estaba confusa por lo que había ocurrido entre nosotros. Él me había deseado —eso era evidente—, pero no habíamos vuelto a hablar del tema desde que habíamos salido de la galería. ¿Habría cambiado de opinión al enfriarse?

Cuando volvió a pasar el paño, me rozó el pezón con la manga de la camisa, y yo respiré hondo. Ocurrió lo mismo cuando me limpió el otro pecho, y yo no tenía ni idea de si estaría haciéndolo a propósito.

Apreté el borde de la encimera hasta que me dolieron los nudillos. Cuando Kyler se cambió de postura hasta colocarse entre mis piernas, se me aceleró el pulso. A él le tembló la mano cuando pasó el paño por encima de mi pecho derecho, y después el izquierdo. Cerré los ojos con fuerza e intenté pensar en algo asqueroso, pero lo único que podía pensar era que él me había tocado y en cómo me habían hecho sentir sus dedos.

La cosa no iba bien.

Estoy convencida de que, cuando Kyler dejó el paño y empecé a notar el ardor del agua oxigenada, yo ya estaba reluciente. Quizá lo que pasara a continuación me convirtiera en una autentica colgada, pero la sensación de picazón me excitó todavía más.

—Perfecta —murmuró Kyler.

Lo miré y me dio un subidón propio de la mañana de Navidad.

—¿Perfecta?

Me estaba mirando fijamente el pecho, y después levantó la vista.

—Has quedado perfecta.

Dejó el frasco y después me colocó la toalla sobre los hombros y me tapó.

—Te curarás.

La burbuja de excitación explotó, y fue como si alguien me hubiera tirado un cubo de agua fría por encima.

Kyler empezó a recular con cierta torpeza.

—Voy al garaje a ver si encuentro una radio. Creo que mi madre trajo una. Y necesito un trozo de lona. Sí, para la ventana.

Me lo quedé mirando.

Llegó hasta la puerta, se paró y se pasó la mano por la mandíbula.

—Ya puedes ponerte el suéter. *Por favor*, ponte el suéter.

No sé qué fue lo que me empujó a decir lo que dije a continuación. Quizá se debiera a la adrenalina que me había provocado la explosión de la ventana, mezclada con las hormonas embravecidas que habían experimentado un aperitivo de lo que sería estar con Kyler. La verdad es que no lo sé, pero estaba enfadada y confusa.

Y Dios sabe que esa es una mala combinación, pero había recuperado el valor.

—¿Por qué quieres que vuelva a ponerme el suéter, si me lo has quitado tú?

Kyler bajó el brazo muy despacio y apretó el puño con suavidad.

—Syd, yo..., la verdad es que no sé qué decir.

Estar allí sentada en la encimera como una niña me había puesto en una situación de desventaja. Me bajé sin dejar de aguantar la toalla.

—¿A qué te refieres con eso de que no sabes qué decir? Creo que antes lo hemos dejado todo bastante claro.

Kyler dio un meditado paso hacia delante con los hombros tensos.

—Mira, ahora no es el mejor momento para esto. Tengo que ir a por la lona. Necesito averiguar si alguien disparó a la maldita...

—¿Y cómo lo vas a averiguar? ¿Es que te has doctorado en criminalística sin que yo lo sepa?

Arqueó una ceja.

—Puedes ahorrarte la ironía.

—Y no hay ningún motivo por el que no podamos hablar de esto ahora. Quiero...

—Ya sé lo que quieres, Syd. —Volvió a poner cara de enfadado—. Créeme, lo entiendo perfectamente. Quieres que te folle como si fuera un borracho al que te hubieras ligado por ahí en un bar.

Reculé sorprendida. Eso no era lo que yo quería.

—¿Qué? ¿No te gusta como suena? Pues a mí tampoco. —Sí, estaba enfadado de verdad. Le palpitaba un músculo de la mandíbula y se le habían puesto los ojos peligrosamente negros—. No debería haber dejado que las cosas llegaran tan lejos, porque eso no va a pasar. Ese no es nuestro rollo. Y nunca lo será.

13

Sydney

El valor estaba sobrevalorado.

Y la nieve también.

Antes me encantaba la nieve, pero en ese momento la odiaba, porque me tenía atrapada allí. Y aquel era oficialmente el último sitio de la tierra donde quería estar.

Las temperaturas habían bajado todavía más después de anochecer. Y yo me paseaba por la sala de estar con los brazos cruzados a pesar del calor que emanaba de la chimenea. Tres días más con Kyler. No iba a poder soportarlo.

Escuché sus pasos subiendo por la escalera desde el sótano y me quedé de piedra delante de la chimenea. Tenía el corazón desbocado y me palpitaba en el pecho con la misma fuerza que el viento del exterior. Kyler apareció con un fardo de lona azul. Nos miramos a los ojos durante un microsegundo y después se marchó hacia la puerta que había en la otra punta de la sala de estar, en dirección a la galería.

—¿Puedo ayudarte? —pregunté haciendo una mueca de dolor cuando se me entrecortó la voz a media frase.

Puso cara de sorpresa, y no estaba muy segura de entender el motivo. Estaba claro que yo estaba avergonzada y enfadada y que, llegados a ese punto, debía de apellidarme «confusión», pero ¿qué había hecho Kyler? Yo me había abalanzado sobre él, más de una vez. Le había pedido que me follara como si fuera un rollo cualquiera, y él *era* un tío, un tío que probablemente estuviera acostumbrado a practicar sexo día sí día también. Era evidente que se iba a dejar llevar por esa clase de proposición arrastrado por el calor del momento. Él no había hecho nada mal. En cualquier caso, era el único de los dos que estaba intentando hacer lo correcto. Por lo visto, él valoraba más que yo nuestra amistad.

Todo era culpa mía.

Kyler apartó la mirada negando con la cabeza.

—Yo me encargo. Tú quédate aquí e intenta entrar en calor.

Vi como cerraba la puerta y se me encogió el corazón. En cuanto escuché cómo se cerraba, me di una palmada en la frente.

—Dios. *Doy pena.*

Me separé de la puerta, me pasé la mano por el pelo y torcí el gesto al darme cuenta de lo pegajoso que lo tenía. Había muchas probabilidades de que Kyler hubiera cambiado de opinión al darse cuenta de que yo no me había duchado aquella mañana. Todo aquello de reservar el agua caliente era una mierda. Él se había dado una ducha fría esa mañana, y supuse que yo también podía hacer lo mismo para quitarme un poco la suciedad.

Además, sería la distracción perfecta.

Corrí escaleras arriba, ignoré el frío del aire y me quité la ropa en la habitación. Antes de entrar en el baño, cogí un par de pantalones de chándal y el suéter color crema del que me había enamorado. Había querido llevarlo allí, con unos vaqueros ajustados y botas. Cuando me lo había probado en la tienda, había deseado que al ponérmelo lograra despertar algo en Kyler que transformara nuestra amistad en otra cosa.

¿Y qué me decía siempre mi madre? Cuidado con lo que deseas...

Suspiré y me metí en el baño ignorando la quemazón que sentía en la garganta. Quería rebobinar los dos últimos días, empezar de nuevo. No podía cambiar lo que sentía por Kyler. Aquello era una causa perdida, pero podría haber evitado beber en el hotel, y podría haberme estado calladita después.

Era una lástima que la vida no tuviera un botón para rebobinar. Porque no pararía de apretarlo.

Ajusté la temperatura del agua hasta que salió templada, me metí en la ducha y torcí el gesto cuando sentí el tacto frío del plato bajo los pies. Supuse que me ayudaría no subir la temperatura del agua. Sin perder ni un segundo, cogí el champú y me enjaboné. Los pequeños cortes que tenía en el pecho y en el estómago me escocieron un poco, y la sensación me recordó lo que había pasado.

¿De verdad alguien habría disparado a la ventana? ¿Habría tenido la intención de darnos? Me estremecí mientras cogía la crema suavizante. Me la extendí por el pelo y empecé a enjuagármelo inmediatamente mientras cogía el gel de baño y la esponja. Había espuma por todas partes, se me deslizaba por el estómago y los muslos y se concentraba en el desagüe de la bañera.

Quería irme a casa.

Se me llenaron los ojos de lágrimas y los cerré con fuerza. Tenía muchísimas ganas de marcharme a casa y olvidarme de esos días, pero sabía que no tenía sentido. Jamás olvidaría los momentos que había pasado con Kyler.

Quieres que te folle como si fuera un rollo de una noche.

Eso no era lo que yo quería, pero lo habría aceptado. No estaba muy segura de qué decía eso de mí; quizá, que podía querer tanto a alguien que sería capaz de aceptar cualquier cosa. Y no estaba bien. Era el colmo de la *debilidad*. Ya lo sabía, pero eso no cambiaba el hecho de que, si Kyler se hubiera metido en la ducha en ese mismo momento, le habría dejado hacer cualquier cosa. Sentí un dolor en el pecho al que estaba empezando a acostumbrarme.

De pronto salió un chorro de agua fría, se me escapó un grito de sorpresa y di un salto. Reculé hacia el fondo de la bañera y resbalé.

Oh, no...

Perdí el equilibrio. Agité los brazos y me agarré a lo primero que toqué. La cortina de la ducha aguantó mi peso y sentí un gran alivio durante un segundo, pero entonces los ganchitos saltaron. La cortina se rompió y mis piernas cedieron. Me caí de culo en la bañera resbaladiza. El dolor del golpe me trepó por la espalda y cogí aire. La cortina se me cayó encima, formando un débil escudo contra el agua helada.

El pequeño conducto de ventilación del baño dejó de funcionar, y el poco calor que salía y evitaba que las tuberías se congelaran desapareció.

La puerta del baño se abrió de golpe, se estrelló en la pared, y yo tuve una extraña sensación de *déjà vu* cuando Kyler entró a toda prisa.

—Sydney, ¿qué...?

Di un manotazo al grifo e intenté cerrarlo al mismo tiempo que me tapaba con la cortina. Aunque claro, era prácticamente transparente, ¡cómo no! Cada vez me sentía más humillada.

El agua dejó de salir poco a poco mientras yo levantaba la cabeza y miraba a Kyler a través de los mechones fríos y mojados de mi pelo. Estaba en cuclillas junto a la bañera, con los ojos abiertos como platos.

—¿Estás bien?

Me pegué la cortina al pecho.

—Creo que me he roto el trasero.

Apretó los dientes y miró hacia un lado para coger una toalla de la pila que había al otro lado del lavabo.

—Toma —dijo—. Deja que te ayude.

Se me puso la piel de gallina cuando le aparté el brazo.

—Estoy bien.

—¿Qué ha pasado?

Lo fulminé con la mirada.

—Me he caído.

—Eso ya lo veo.

Levantó la enorme toalla seca.

—El agua ha empezado a salir helada, y tampoco llevo tanto tiempo en la ducha. No ha pasado ni un minuto —gruñí intentando encontrar una forma de llegar hasta la toalla sin que se me viera nada.

Kyler frunció el ceño, alargó la mano hasta el conducto de ventilación y la plantó delante. Yo aproveché el momento para coger la toalla y salir de debajo de la cortina. Me envolví con ella y me levanté con las piernas temblorosas. Me dolía mucho el culo.

—Mierda —exclamó Kyler—. Me parece que el maldito generador de emergencia se ha parado. Es genial.

No me hacía falta preguntarle qué significaba eso. Las tuberías se iban a congelar. La comida quizá se echara a perder, pero, teniendo en cuenta la temperatura que iba a hacer dentro de la casa, lo dudaba. Por lo menos, lo que estuviera dentro de la nevera seguiría estando comestible. Solo tendríamos el calor que nos diera la chimenea.

Kyler me cogió del brazo y me ayudó a salir, como si pensara que fuera a caerme y a romperme el cuello. En ese momento, todo era posible. El poco calor que había en el piso de arriba se había desvanecido muy rápido. Cuando entramos en la habitación se me puso toda la piel de gallina.

Se pasó la mano por el pelo.

—Tengo que salir a ver qué ha pasado. Quédate aquí, ¿vale?

—Espera. —Rodeé la cama para seguirlo—. ¿Crees que es buena idea? ¿Y si de verdad alguien ha disparado a la ventana, Kyler? No quiero que salgas.

—No me pasará nada.

Se marchó hacia la puerta.

—Kyler...

—Alguien tiene que mirar qué ha pasado, Syd. No me pasará nada. Tú espérame abajo, allí se está un poco más calentito. —Guardó silencio un momento y relajó la expresión de su rostro—. En serio. No me pasará nada.

Aquello no me gustaba nada, pero él ya había salido. Si había algún psicópata ahí fuera, no quería que Kyler saliera.

Y, además, me estaba congelando mis partes.

Me puse los pantalones del chándal y el suéter a toda prisa y bajé corriendo para enfundarme las botas para la nieve. Si Kyler iba a salir a un sitio donde había un peligro potencial de que le pasara algo, yo también podía salir, por lo menos para vigilar que no le pasaba nada mientras cargaba el generador de gasoil.

Cogí la chaqueta del respaldo de la silla de la cocina. Me abroché la cremallera, abrí la puerta y se me llenó la cara de nieve.

—¡Madre mía!

Los pies de Kyler apenas habían dejado marca en la nieve que cubría los escalones del porche. Como no quería volver a caerme, me agarré a la barandilla mientras me abría paso con cuidado por la nieve amontonada. No llegué a atravesar toda la nieve que había encima del suelo de madera ni una sola vez. Dios. Había mucha nieve.

A través de la luz tenue y los remolinos de nieve vi, a mi izquierda, el pino que se había desplomado y los cables eléctricos sueltos que se agitaban mecidos por el viento. Distinguí un ligero camino en la nieve que debía de haber hecho Kyler al pasar.

Lo seguí y rodeé la casa, vadeando más que andando. Llevaba las manos bien enfundadas en los bolsillos, pero ya empezaba a sentir la punzada del frío. Cuando pasé por uno de los laterales de la casa ya no me notaba la nariz ni las mejillas.

Kyler estaba en cuclillas junto a una montaña de nieve, tenía una pala en la mano y miraba fijamente el generador de emergencia.

—¿Kyler?

El viento le acercó mi voz.

Alzó la cabeza en mi dirección y se levantó a toda prisa.

—¿Syd? ¿Qué diantre estás haciendo aquí fuera? Te he dicho...

—Ya lo sé. —Me acerqué a él tiritando—. Pero tú tampoco deberías estar aquí fuera. —Saqué la mano del bolsillo y me aparté de la cara el pelo mojado y ya medio congelado—. Puedo vigilar.

—Joder, ¡vas a coger una pulmonía!

Tenía las mejillas salpicadas de manchas rojas.

—Eso n..., no es verdad. Uno no se resfría por tener el pelo mojado. —Sorbí por la nariz y me concentré en el generador entornando los ojos para protegerlos del viento—. ¿Se ha quedado sin gasoil?

Se me quedó mirando un momento con una expresión tormentosa y se volvió hacia el generador.

—No. Sí que tiene gasoil, pero alguien ha cortado los tubos que lo conectan a la casa.

Mi cabeza se rebeló contra lo que había dicho, pero vi unas marcas en la nieve que comenzaban en el generador y desaparecían en el bosque, un camino que parecía hecho con esquís.

—No. No pu..., puede ser.

Kyler se desplazó por la nieve con más habilidad que yo y alargó la mano por detrás del generador para levantar los cables amputados.

—Completamente cortados.

Me quedé mirando los cables con el corazón encogido. El miedo se apoderó de mí.

—Eso no es bu..., bueno.

—No. —Soltó los cables y se volvió hacia mí—. Tenemos que volver dentro. Ahora.

No pensaba discutirle eso, ni siquiera cuando me rodeó los hombros con el brazo y me pegó a él mientras me acompañaba hacia la casa. No comprendía que Kyler no tuviera frío ni los dedos entumecidos. Quizá tuviera que ver con todas las horas que había pasado esquiando o haciendo *snowboard*.

Quizá solo fuera que el frío no era lo mío.

Kyler me desabrochó la chaqueta enseguida y me la quitó.

—No deberías haber salido, Syd. Ya te he dicho que no iba a pasarme nada.

—Pero alguien ha cortado los cables. Podrían haber seguido ahí fuera. —Estaba tiritando, y dejé que me llevara hasta la sala de estar—. Podrían haberte atacado, o podrías haberte quedado enterrado en la nieve.

Tiró de mí para que me agachara en la alfombra que había delante de la chimenea. Yo me alejé un poco del calor; era casi insoportable, la sensación del fuego contra mi piel helada.

—Sé cuidarme solo —dijo agachándose a mi lado—. Lo que me preocupa es que hayas salido.

—Pues no deberías.

Clavé los ojos en las brillantes llamas naranjas y rojas.

—¿Por qué no? —Me pasó una mano por el pelo para quitarme los copos de nieve. Cuando volvió a pasar la mano, yo cerré los ojos; quería pegarme a su caricia, como si fuera un gato pidiendo más—. Cuando te he escuchado decir mi nombre ahí fuera, casi se me para el corazón.

—Qué dramático —murmuré.

Kyler seguía acariciándome el pelo y, por un momento, olvidé todo lo que había pasado entre nosotros.

—Es verdad. Me aterroriza la idea de que estés ahí fuera cuando hay un pirado suelto.

—¿Crees que aquí estamos seguros?

Tardó un momento en contestar.

—Pronto empezará a hacer mucho frío. Tendremos que dormir aquí abajo, pero en el garaje tenemos la leña suficiente para calentarnos. Ya sé que no te referías a eso, pero no creo que pueda entrar nadie; además, si entran, no van a salir.

Abrí los ojos. Kyler hizo un gesto con la cabeza para señalar la pared que había junto a la chimenea. Había unos cuantos rifles colgados.

—¿Funcionan de verdad?

Asintió levantándose y descolgó una de las armas. Apoyó el rifle contra la pared.

—También está cargado. No tiene seguro. Así que no juegues con él.

—No pensaba hacerlo —dije desplazando la mirada hacia donde se separaban las cortinas justo por encima de la ventana.

Pronto anochecería, y sería una noche muy fría, pero Kyler tenía razón. Eso no era lo que más me preocupaba.

—No pienso permitir que te pase nada —afirmó acariciándome la mejilla—. Te lo prometo.

Se me hinchó el pecho.

—Ya lo sé, es que la idea de que alguien pueda hacer todas esas cosas a propósito es muy...

—¿Aterradora? —concluyó bajando la mano—. Sé disparar. Como ya te he dicho, si alguien entra aquí, no volverá a salir.

Me estremecí al escuchar aquello, pero también me sentí aliviada de saber que no estábamos desprotegidos del todo.

—Probablemente solo sea un imbécil que se está divirtiendo con nosotros. No hay de qué preocuparse. —Volvió a levantarse y se pasó la mano por la cara—. Debería intentar sellar esta habitación antes de que nos quedemos sin luz.

Me levanté ignorando su ceño fruncido.

—Yo te ayudo.

—Syd...

—No me lo discutas. Puedo ayudarte. ¿Qué tenemos que hacer? ¿Ir a por mantas? ¿Construir un fuerte?

Kyler sonrió.

—Vamos.

Utilizamos una sábana del piso de arriba para tapar la puerta de la galería, porque se colaba un poco de aire frío por los bordes de la lona azul que Kyler había colocado en la ventana. Después reunimos todas las mantas y, junto a un par de sacos de dormir y un colchón de matrimonio que bajamos arrastrando por las escaleras, creamos una cama enorme delante de la chimenea.

Una cama improvisada que tendríamos que compartir, una cama improvisada al lado de un rifle.

Vaya.

Mientras lo colocábamos todo en su sitio, la tensión entre nosotros iba desapareciendo, pero después volvía con fuerzas renovadas cada vez que nuestras manos o nuestros cuerpos se rozaban. Cada vez que lo miraba, lo sorprendía clavándome los ojos, pero siempre apartaba la vista rápidamente. No sabía qué pensar. Bromeamos y charlamos de cosas sin importancia para llenar los silencios. Evitamos hablar de nada que pudiera conducirnos a lo que había pasado entre nosotros o lo que podía estar ocurriendo fuera. Cuando llegó la hora de la cena (de nuevo un par de sándwiches fríos), yo estaba supertensa.

Me abalancé sobre el mueble bar como si fuera un alcohólico saliendo de una rehabilitación forzosa. Saqué una botella de whisky, me serví un chupito y me lo tomé de un trago. El líquido me ardió como si fuera carbón, y me provocó tos.

—¿Ya estás bebiendo otra vez? —preguntó Kyler dejando el estuche de la guitarra en el salón.

Dejé el chupito en la mesa y lo rellené.

—Sí.

Kyler alargó la mano y cogió la botella antes de que pudiera servirme otro.

—No creo que sea una buena idea.

Lo miré frunciendo el ceño.

—Pues yo creo que es una idea perfecta.

—¿Qué te parece si esta noche pasamos de las bebidas con demasiada graduación? —Se agachó y sacó un par de cervezas del pequeño frigorífico. Las abrió—. ¿Y nos tomamos esto?

—Odio la cerveza —dije cogiéndola.

Kyler sonrió mientras se acercaba de nuevo al estuche de la guitarra y dejó el botellín en la mesa.

—Y yo odio verte borracha.

No sabía qué contestar a eso.

—¿Por qué?

Encogió los hombros con despreocupación.

—No te ofendas, pero no te va nada. Y me gusta que no te vaya nada. No eres una fiestera, y no pasa nada.

Abrí la boca, pero no me salió nada. ¿A Kyler le gustaba que yo no fuera una fiestera? Pero todas las chicas con las que salía —y eso de salir era una forma de hablar— eran superfiesteras. Mi cerebro empezó a analizar sus palabras con obsesión. ¿A qué se referiría? No tenía sentido.

Un minuto después de que hubiera dicho aquello, yo ya estaba enfadada conmigo misma.

Me llevé el botellín al pecho y observé cómo sacaba la guitarra. Habíamos encendido varias velas por el salón y empezaron a proyectar sombras suaves en cuanto cayó la noche. Me quité el pelo seco de la cara y aparté la mirada cuando me encontré con sus ojos, que me observaban mientras él toqueteaba el clavijero. Volví a la cama y me senté deseando haber pensado en traer algún libro en papel.

Pero, al poco, Kyler empezó a tocar la guitarra y dejé de pensar en libros. Me volví hacia él, me quedé hipnotizada y guardé silencio. Mientras tocaba, un mechón de pelo castaño le cayó sobre la frente y esas espesas y larguísimas pestañas le rozaron los pómulos.

Cuando paró de tocar, levantó la barbilla y nos miramos a los ojos. Tenía la garganta apelmazada y no podía hablar, pero era incapaz de apartar la mirada. Pasaron muchas cosas entre nosotros durante ese silencio: palabras que era mejor no decir, y verdades que jamás deberían haber salido a la luz.

Kyler dejó la guitarra a un lado y alargó el brazo para coger el botellín que había dejado junto a él. Solo apartó la mirada en ese momento, cuando bebió. Yo respiré hondo y solté el aire muy despacio. No tenía sueño. En realidad era todo lo contrario, pero deseaba tener sueño. Tomé un poco de cerveza con la esperanza de que me tumbara. Por muchas ganas que tuviera de irme a dormir para evitar decir o hacer alguna estupidez, no quería perderme ni un segundo con él.

Y entonces Kyler habló:

—No debería haber cedido.

Kyler

Las palabras salieron de mi boca antes de poder reprimirlas. Aunque no me arrepentí, porque necesitaba decirlo. No debería haber hecho lo que hice en la galería, eso de tratarla como a una cualquiera a la que echar un polvo contra la pared.

Syd era mejor y se merecía más. Y aunque yo solo había tenido rollos puntuales, a ella le habría dado más si ella hubiera querido.

Se lo habría dado todo si me lo hubiera pedido.

Era muy probable que yo jamás fuera lo bastante bueno para ella, y sabía que no podía deshacer todo lo que había hecho en mi vida. No podía viajar en el tiempo y borrar a todas las chicas con las que lo había hecho, chicas a las que Syd me había visto llevarme a casa una tras otra, pero maldita sea, si me lo hubiera pedido, yo le habría confesado lo que sentía por ella.

Pero yo no podía cambiar todo eso, y ahora Syd me miraba como todas las chicas con las que había ido a clase y las que conocía en los bares. Estaba esperando lo mismo que esperaban las demás: una noche de sexo y nada más. Y me sentía como una basura.

Syd tosió con la boca pegada al botellín y parpadeó muy rápido.

—¿Perdón?

Me pasé una mano por el pelo.

—Lo de antes en la galería... No tendría que haber accedido a hacer lo que me has pedido.

Syd apretó los puños; la conocía lo suficiente como para agradecer que no tuviera el botellín de cerveza en la mano, porque era muy probable que me lo hubiera tirado a la cabeza.

—Estaba intentando evitar hablar del tema, dado lo claras que has dejado las cosas hace un rato.

—Tenemos que hablar del tema —dije—. Tenemos que aclarar las cosas. Tú...

—Yo no quiero, Kyler. —Se levantó de golpe—. No le veo el sentido. Creo que estos dos últimos días ya me he puesto lo bastante en ridículo como para toda una vida.

Negué con la cabeza.

—No intento avergonzarte. Es lo último qué quiero.

—Entonces no tenemos por qué hablar del tema. No me deseas. Ya lo pillo. —Se me quedó mirando un momento, el labio inferior le temblaba de una forma que fue como si alguien me lanzara un puñetazo directamente al pecho, y después se volvió hacia la cortina de la ventana—. No hay nada más que decir.

—Hay mucho que decir, Syd. —Subí el tono, y juré por Dios que, si se acercaba más a la ventana después de lo que había pasado hacía un rato, tenía toda la intención de derribarla—. ¿Por qué no me habías dicho nada antes? ¿O acaso te levantaste hace unos días y decidiste que querías hacer *eso* conmigo?

Soltó una risotada.

—Sí, así es como van estas cosas. Me levanté una mañana y pensé: «Sí, quiero follarme a Kyler». En serio, no tienes ni idea.

—Pues explícamelo. —Me levanté y crucé el salón. Ella reculó hasta que estuvimos separados por el sillón reclinable—. Necesito saber por qué querías que te hiciera eso. Por qué pensaste que estaría bien.

Syd apretó con fuerza el respaldo del sillón. Vi cómo se le movía la garganta al tragar saliva.

—Por cómo lo dices, da la sensación de que la idea te resulte agobiante.

Entorné los ojos. ¿Qué diantre estaba diciendo?

—Yo no he dicho eso.

—Está bien. Quieres hablar del tema. ¿Por qué te parece tan mal? —Las palabras parecían salir de ella como el agua por la fuga de una presa—. He sido tu mejor amiga toda la vida. Yo estaba allí cuando empezaste a interesarte por las chicas y también cuando empezaste a salir con ellas, y no creo que jamás hayas rechazado a ninguna antes.

Reculé.

—No soy un prostituto, Syd.

Abrió los ojos como platos.

—¡Pero eres *capaz* de follarte cualquier cosa que camine y te sonría, menos a mí!

—¡Sí! Eso es lo que estoy diciendo. —Di un paso adelante. Syd tenía los ojos tan negros como una tormenta marina a la suave luz de las velas—. No quiero follar contigo, Syd. No es nuestro rollo.

Respiró hondo. Estaba temblando.

—Me deseabas. Lo he *notado*.

Aparté la mirada, y apreté tan fuerte los dientes que me sorprendió que no se me partieran las muelas.

—Tú no lo entiendes.

Ella se rodeó el cuerpo con los brazos, se apartó del sofá y empezó a caminar hacia la puerta que conectaba con el resto de la casa. De eso nada, ¿adónde creía que iba? La conversación no había terminado.

—Claro que lo entiendo —prosiguió con un brillo en los ojos que me dejó inmóvil—. No soy lo bastante buena, o lo bastante lo que sea para ti. No importa que estuviera enamorada de ti... —Palideció—. Oh, Dios mío...

Y entonces el mundo se paró. La gente dice que estas cosas pasan cuando escuchas algo completamente inesperado o sorprendente, y pensaba que quienes decían esas cosas no eran más que una panda de melodramáticos, pero era verdad. El mundo se paró justo en ese instante.

¿Syd estaba *enamorada* de mí? ¿*Había estado* enamorada de mí?

—Oh, Dios mío —volvió a susurrar.

Me planté delante de ella tan rápido que no recuerdo haberme movido. La cogí de las mejillas y le eché la cabeza hacia atrás para que tuviera que mirarme a los ojos.

—¿Qué acabas de decir?

Parecía que estuviera a punto de vomitar.

—Nada, no he dicho nada.

—Y una mierda. —Yo tenía los ojos abiertos como platos—. ¿Estás enamorada de mí?

—Pues claro que sí. —Se rio, pero la carcajada sonó forzada—. Hemos sido amigos toda la vida, y estaría...

—No te referías a eso. —Bajé la voz y se me desbocó el corazón. No podía haberse referido a eso—. Venga, Syd. No iba de eso.

Negó con la cabeza.

—No importa. Tú no...

—No. Lo. Entiendes. —Me dieron ganas de sacudirla. ¿Decía que no era lo bastante buena? ¿Estaba loca? Estaba empezando a pensarlo de verdad, porque era todo lo contrario—. Tú eres mucho mejor que un rollo de una noche, Syd. No puedo hacerte eso. Tú no tienes nada que ver con esas chicas. Te mereces más que eso.

Volvió a abrir los ojos como platos. Estaba tan cerca que vi cómo aparecían las primeras lágrimas y le resbalaban por la mejilla. Si alguien me hubiera dado un puntapié en los testículos, me habría sentado mejor que verla llorar y saber que la culpa la tenía yo.

Y entonces me di cuenta de que no era la primera vez que la había hecho llorar. Había habido más ocasiones. Pequeños puntos en el mapa de nuestra amistad que en su momento no parecieron importantes, pero que, al mirar atrás, en ese momento para ella debieron de significarlo todo. Y cada recuerdo me provocó la misma sensación que un corte con un cuchillo oxidado.

Yo era mucho más imbécil de lo que había imaginado.

Cuando íbamos a noveno y yo pasé de ir al cine con ella para salir con una animadora que había resultado hacer maravillas con la boca. Al día siguiente, Syd había aparecido en clase con los ojos rojos e hinchados y me había dicho que era alergia, pero... Syd no le tenía alergia a nada. Después, durante nuestro segundo año de instituto, no había dejado de cancelar planes con ella para quedar con otras chicas. El ultimo año le prometí que bailaría con ella en el baile de fin de curso, pero me marché pronto. Pasé la noche en una habitación de hotel con una chica cuyo apellido soy incapaz de recordar. Syd siempre sonreía y decía que no pasaba nada, pero después..., después siempre había algo en sus ojos: o había leído un libro triste, o había visto alguna película deprimente. Y pasó lo mismo en la universidad, incluso cuando ella estaba saliendo con alguien. Incluso los últimos días; recordé la cara que puso cuando vio a Mindy saliendo del baño la mañana que teníamos que partir hacia Snowshoe. Yo había acertado y me había equivocado al mismo tiempo. No había sido repulsión lo que había visto en sus ojos, había sido una decepción aplastante. Yo le había roto el corazón un millón de veces, y ella seguía allí.

Seguía allí.

Se me escapó un ruidito.

—No llores, nena. Yo no pretendía hacerte llorar. —Me incliné hacia delante y capturé la lágrima con los labios—. No tienes ni idea de lo que significas para mí.

Se le escapó otra lágrima y la borré con el pulgar.

—No me acosté con ella —espeté como un completo idiota.

Syd parpadeó.

—¿Qué?

Me ardieron las mejillas.

—No me acosté con Mindy, la chica que estaba en mi apartamento. No me acosté con ella, Syd. Ya sé que eso no cambia mucho las cosas, pero no lo hice.

Eso solo la hizo llorar todavía más, y la verdad era que no sabía qué hacer. La había cagado mucho más de lo que era consciente y de lo que había temido. Intentó volver la cabeza, pero yo la agarré con suavidad y firmeza. Empezó a dolerme el pecho.

Era el mismo dolor que había sentido cuando ella había empezado a salir con Nate en el instituto.

Así que hice lo único que se me ocurrió, lo único que quería hacer.

La besé.

14

Sydney

Al principio no sabía si me estaba besando para que dejara de llorar o si habría algún otro mensaje. Una forma un poco extraña de hacerlo, pero funcionó. Dejé de llorar, porque dejé de pensar. Kyler me estaba besando. Después de tantos años preguntándome cómo sería y de desear que llegara ese momento, y por fin me estaba besando.

Y fue un beso tan dulce y tierno que se me metió dentro y me robó el aliento, y después el corazón. Pero Kyler siempre había tenido mi corazón.

Me rozó los labios una vez, y otra. Respiré hondo y le posé las manos en la cintura. Dejó escapar un sonido grave que me resonó por todo el cuerpo, provocándome un montón de escalofríos que me resbalaron por la piel. Me besó con más fuerza, y abandonó mis mejillas para enterrarme las manos en el pelo. Inclinó la boca al mismo tiempo que me echaba la cabeza hacia atrás y me mordió el labio inferior para conseguir que abriera la boca.

Se me desbocó el corazón tan rápido que pensé que se me iba a salir del pecho. Me agarré a la suave tela de su sudadera y se me escapó un gemido cuando me acarició la lengua con la suya. El beso cada vez era más intenso; nadie me había besado de esa forma, como si se muriera por mi sabor. Todo me daba vueltas. Sentí un dolor en mi interior, nacía en mi corazón y se extendía por todo mi cuerpo como el más dulce de los incendios.

Kyler se retiró y volvió a cogerme las mejillas con las manos. Me rozó los labios al hablar.

—¿Lo entiendes ahora?

Abrí los ojos, casi no podía respirar.

—¿Entender el qué?

Inclinó la cabeza y alineó nuestros labios una vez más.

—A ti.

—¿A mí?

Me estremecí cuando se rozaron nuestros labios.

—Esto es lo que tú mereces. —Me besó el labio inferior, y entonces pensé que debía de haberme golpeado la cabeza contra algo y estaba soñando, porque aquello no podía ser real—. Y esto —añadió dejando resbalar las manos hasta mis hombros. Me estrechó contra su cuerpo hasta que estuve tan pegada a él que podía notar hasta el último de sus centímetros—. Tú no mereces lo que querías en la galería, nena.

Me paseó la lengua por los labios entreabiertos y yo lo besé como había soñado hacerlo durante tantos años. Rugió agarrándose a mis caderas. Cuando volvió a levantar la cabeza, estaba jadeando.

—¿Y qué más merezco?

Esbozó una sonrisa de medio lado.

—Todo, nena, lo mereces todo.

Se me hinchó tanto el corazón que pensé que iba a salir flotando hasta llegar al techo, pero entonces la confusión reapareció y amenazó con reventar la burbuja de felicidad que se estaba hinchando en mi interior.

—Kyler, no lo entiendo.

Cuando sonrió, le apareció un hoyuelo en la mejilla derecha y se me desplomó el corazón.

—Ya veo que es verdad que no lo entiendes. Me parece que tendré que enseñarte.

Me estremecí de pies a cabeza. No dejaba de pensar en ese viejo dicho: a caballo regalado... *Adelante*, me dije. Sigue. No te cortes ahora. No la fastidies, fuera lo que fuese todo aquello. No quería mirar atrás y tener que lamentar que mi boca y mis preguntas interminables lo hubieran arruinado todo.

—¿Enseñarme?

—Mmm-mmm —murmuró cambiando de postura de forma que nuestras caderas se pegaron—. Cuando haya terminado, entenderás perfectamente a qué me refiero. Y creo que empezaremos con el suéter.

—¿El suéter?

Kyler me mordió el labio inferior y se me escapó un jadeo.

—Me gusta el suéter. El color te sienta muy bien. Es perfecto. —Me cogió un mechón de pelo que se me había descolgado por el pecho y me lo pasó por encima del hombro—. Pero ¿quieres saber qué es lo que más me gusta de este suéter?

—¿Qué?

Levantó la vista y me atravesó con la mirada. Me puse tensa. El calor de esa mirada tan intensa me decía que yo estaba completamente fuera de juego con él. El hoyuelo desapareció para dejar paso a una sonrisa cómplice, y Kyler me deslizó los dedos por debajo del suéter.

—¿Ya lo has adivinado?

Negué con la cabeza.

—Mmm... —Ese rugido grave me dio ganas de tirarlo al suelo. Extendió los dedos por la piel desnuda de mi estómago y se me cortó la respiración cuando me pegó la mano a las costillas. Ladeó la cabeza y frunció un poco el ceño—. Syd, ¿no llevas sujetador?

Antes de que pudiera contestar, subió un poco más las manos hasta rozarme los pechos con las yemas de los dedos.

—No llevas. Qué traviesa, Syd.

Reprimí una sonrisa.

—Tampoco lo necesi...

—No lo digas. —Me dio un largo y ardiente beso—. Volvamos al suéter.

—¿El suéter? —repetí como una tonta.

Kyler asintió y, por un momento, los únicos sonidos que se escuchaban en el salón eran los latidos de mi corazón y el chisporroteo del fuego.

—Lo mejor de este suéter, aparte de que estás buenísima con él puesto, es que se puede quitar.

Madre mía.

Kyler tiró del suéter hacia arriba y lo dejó caer al suelo. Había algo mucho más íntimo en ese gesto que antes. Incluso a pesar de la poca luz que había, me sentí más desnuda. Kyler me deslizó la mirada por el cuello hasta llegar a mis pechos. Se me pusieron los pezones duros.

Me apartó el pelo y mi pecho quedó enmarcado por los larguísimos mechones.

—Ahora que ya hemos resuelto lo del suéter, hablemos de ellas. —Tenía la voz ronca y apelmazada—. Son completamente perfectas.

Notar la mirada de Kyler hizo que me sintiera más orgullosa y contenta de mis pechos que nunca. Lo digo en serio.

Agachó la cabeza y me rozó el pecho con las puntas del pelo. Tenía los labios tan cerca que pensé que iba a morir de ilusión. Besó uno de los pequeños cortes y después otro, y a continuación me posó la boca en el pezón. Una necesidad palpitante se apoderó de mí. Me posó la mano abierta en la espalda mientras se desplazaba hasta el otro pecho y lo succionaba con fuerza.

—Perfecta —repitió, y me lamió los pezones hasta que me agarré con fuerza a sus hombros y arqueé la espalda. Se puso derecho y me miró fijamente—. ¿Sabes qué viene ahora?

Mi imaginación tenía varias respuestas a esa pregunta, pero callé y me agarré con fuerza al dobladillo de su sudadera. Me recompensó con esa sonrisa suya tan alucinante, esa con la que enseñaba los hoyuelos. Levantó los brazos y se quitó la sudadera y la camisa que llevaba debajo.

Su pecho me pareció más perfecto que nunca. Sentí la llamada de las duras planicies de su pecho, las hendiduras que tenía en el estómago y toda esa piel dorada. Cuando nuestras pieles se tocaron, me acerqué a él y me mordí el labio. Tenía los cortes un poco sensibles, pero no era nada comparado con las demás sensaciones. Me estremecí y él agachó la cabeza hasta mi hombro. Me dio un beso justo ahí, y la emoción me atenazó la garganta.

—Aprendes rápido. No me sorprende. —Dibujó un camino de besos por mi cuello y se detuvo justo debajo de la oreja. Pasó las manos entre nosotros y me acarició las puntas de los pechos con los pulgares—. Siempre lo has hecho todo bien.

—Todo no —admití sonrojándome—. Esto..., esto no se me da bien.

Kyler se retiró y arqueó una ceja.

—Se te da *alucinantemente* bien.

—Claro que no. —Me reí sintiéndome un poco tonta. Tenía que aprender a cerrar la boca de vez en cuando—. Yo solo... bueno, ya sabes, y fue...

—Fue como fue porque ese imbécil no sabía lo que hacía. —Me besó la sien—. Y créeme, yo sé perfectamente lo que hago.

No tenía ninguna duda.

Dio un paso adelante, obligándome a recular hasta que llegué al borde de la cama improvisada, y el calor del fuego me resbaló por la espalda.

—En cuanto a los pantalones...

—¿Qué les pasa?

Me guiñó el ojo y, Dios, qué guapo estaba cuando hacía eso.

—Hay que quitarlos.

Respiré hondo, pero no conseguí coger aire. Mientras me miraba, encontró con los dedos el cordel de los pantalones de chándal y los desabrochó con una facilidad pasmosa. Y, de nuevo, no tuvo nada que ver con lo que había pasado en la galería. No había ni pizca de rabia en su mirada ni en sus acciones. Solo desprendía excitación, afecto y alguna cosa más que me daba demasiado miedo aceptar. Y no fue igual que con Nate, con quien había compartido un manoseo incómodo, unas cuantas embestidas y se acabó.

Aquello era lento, dulce y perfecto.

Dios, *él* era perfecto.

Kyler me bajó los pantalones. Me ayudó a quitármelos y me quedé en braguitas: por suerte, eran monas, menos mal. Me posó los labios en la frente mientras me acariciaba las caderas con los pulgares.

—¿Ya lo has entendido?

—¿Me deseas?

Mi voz sonaba rara.

Se rio.

—Vaya, casi.

Empecé a fruncir el ceño, pero entonces Kyler se movió con una destreza alucinante y mis braguitas acabaron con el resto de mi ropa en el suelo.

—Dios, si quitar bragas fuera un deporte olímpico, merecerías la medalla de oro.

Soltó una carcajada grave y generosa.

—El deporte solo cuenta cuando es algo en lo que de verdad quieres ganar. —Entonces se retiró y me contempló de una forma que me dio ganas de taparme y dejar que mirara al mismo tiempo—. Eres preciosa, Sydney. ¿Lo sabías? Eres preciosa, y ni siquiera lo sabes.

Se me atenazó la garganta. Antes de que me diera por empezar a quejarme y destruyera el momento, alargué la mano hasta el botón de sus vaqueros, pero Kyler me cogió de la muñeca. Alcé las cejas.

Negó con la cabeza.

—Todavía te estoy enseñando, Syd.

—¿Ah, sí? —dije.

Su tono desenfadado me relajaba, aunque yo estaba completamente desnuda y me ardía la piel por un millón de razones. Nunca había estado tan desnuda con un chico, ni siquiera con Nate. Cuando lo habíamos hecho aquella única vez, yo había estado desnuda de cintura para arriba y me había levantado la falda. Eso fue todo.

Pero en ese momento no tenía dónde esconderme. Había imaginado que estaría más incómoda, pero mientras él me miraba, deteniéndose en unas zonas más que en otras, me sentí como una diosa allí plantada delante de él.

Me cogió de la mano y me tumbó encima de un montón de mantas. En cuanto las toqué con la espalda, y mientras lo miraba, se me helaron todos los músculos del cuerpo. Se me atenazó la garganta y, aunque debía de haber sentido calor, me quedé helada por dentro. ¿Adónde había ido mi diosa del sexo? Había huido a los bosques.

Kyler estaba suspendido encima de mí y sostenía el peso de su cuerpo con la mano que me había apoyado junto a la cabeza. Su cuerpo no tocaba el mío y seguía medio vestido, pero yo sabía adónde iba a parar todo aquello. Era lo que había querido —lo que había deseado durante tanto tiempo—, pero yo tenía muy poca experiencia, y no podría soportar que Kyler descubriera que yo era tan fría como había afirmado Nate.

Ni pensar que Kyler había acabado con la nariz rota para nada.

—Ey —dijo tocándome la mejilla con delicadeza—. ¿Estás ahí?

Asentí.

Kyler me miró fijamente.

—No tenemos por qué hacer nada, Syd. Podemos parar ahora mismo, si es lo que quieres.

Me maldije por ser tan idiota y tragué saliva.

—No. No quiero parar.

Me posó la mano en el hombro y me sobresalté. Levantó la vista sin decir nada. Me besó. Fue un beso lento y suave; y siguió besándome hasta que la tensión abandonó mis músculos y mis brazos, y después mis piernas. A continuación empecé a sentir una tensión muy diferente que me convirtió la sangre en lava pura. Me tembló la mano cuando la posé sobre los duros músculos de su estómago.

—Qué bien —dijo con la voz ronca—. Me encanta que me toques.

Y a mí me gustaba tocarlo. Mientras exploraba los valles y las crestas de sus músculos, me maravilló advertir lo suave que tenía la piel.

Lo de correr era muy bueno para el cuerpo.

Le pasé las manos por el pecho y por esos hombros tan anchos. Se le contrajeron los músculos bajo mis caricias. Dejó caer el peso de su cuerpo sobre el mío —un tortuoso centímetro tras otro—, hasta que entrelacé las piernas con las suyas. Cuando noté el contacto de sus vaqueros contra la piel desnuda sentí un dulce escalofrío. Arqueé las caderas hacia arriba, y Kyler rugió de tal forma que avivó mi deseo. Presionó la parte inferior del cuerpo contra mí, y pude sentirlo.

Kyler dejó de besarme y, antes de que pudiera lamentar su ausencia, noté sus labios en el cuello, dibujando un ardiente camino en dirección a mi pecho. Cuando llegó, se tomó su tiempo y me dejó sin aliento con las manos y la boca. Me contoneé contra él y le clavé los dedos en la espalda. Y entonces siguió bajando, me deslizó los labios por el estómago, rodeó el ombligo y llegó a la cadera.

—¿Ya empiezas a entenderlo? —me preguntó sonriendo mientras me deslizaba la mano por debajo de la cadera para levantarme un poco.

—Creo..., creo que sí —contesté contemplando las sombras que le bailaban en el rostro. Bajó la vista, y me estremecí. Me separó las piernas con una mano, lo hizo con mucha delicadeza. Yo reprimí la necesidad de cerrarlas justo cuando Kyler hizo el sonido más sexy del mundo.

—Tengo que hacerlo —dijo, y yo sabía a qué se refería. Levantó los ojos en busca de mi permiso—. *Tengo* que hacerlo, nena.

Sentí muchísimo placer, pero también inquietud.

—Yo no..., o sea, nadie me ha hecho eso.

—Ya lo sé. —Parecía orgulloso y posesivo—. Será alucinante. Te lo prometo.

Asentí y volví a apoyarme en las mantas. Ya sabía de qué iba aquello. No era tan ingenua ni tan tonta, pero cuando noté cómo me acariciaba con el dedo, casi llego al orgasmo solo con el roce. El mero contacto de su dedo hizo que me temblara todo el cuerpo y que levantara las caderas en busca de más.

—Qué sensible —murmuró, y me internó el dedo, cosa que hizo que yo arqueara la espalda y se me escapara un grito suave.

Después agachó la cabeza y yo separé toda la espalda de las mantas. El ligero roce de su barba incipiente en los muslos fue mágico. Me puse rígida y mis sentidos rebosaron en cuanto me posó los labios en ese punto exacto donde me dio el más dulce de los besos.

—¿Lo entiendes? —volvió a preguntar.

Hizo un movimiento muy excitante con el dedo y enterré los míos en las mantas.

—Kyler...

—Tú no mereces que te follen como si fueras un rollo de una noche. —Me besó la cara interior del muslo, y me derretí—. Tú mereces placer. Todo tendría que girar en torno a ti, siempre.

Y entonces volvió a pegar la boca a mi sexo, y sentí su lengua y sus dedos. El placer aumentó con fuerza, y la primera palpitación fue dulce e intensa. Empecé a mecer las caderas con descaro, y el rugido de aprobación de Kyler me llevó al límite. Mi cuerpo se estremeció y se rompió en mil pedazos mientras yo gritaba su nombre una y otra vez de una forma de la que, probablemente, me avergonzaría más tarde. Fue lo más alucinante y más perfecto que había sentido en mi vida. Fue como volar y caer al mismo tiempo.

Kyler siguió con lo que estaba haciendo y no se paró hasta que me recorrió el último escalofrío y mi respiración empezó a normalizarse. Volvió a besarme el muslo, y después se acercó a mí colocando las manos a ambos lados de mi cabeza. Abrí los ojos, aturdida.

Él tenía una sonrisa engreída en los labios.

—Ya te he dicho que iba a ser alucinante.

—Ha sido completamente alucinante. —Alargué la mano y le pasé los dedos por la mandíbula, por el cuello y el pecho. Bajé la vista y vi el bulto que tenía en el pantalón. Le deslicé la mano por el estómago, pero me cogió la muñeca antes de que pudiera llegar adonde quería, y después se tumbó de lado. Lo miré, confundida—. ¿No quieres...?

Alzó las cejas.

Se me acaloró el rostro, cosa que era una estupidez teniendo en cuenta lo que acababa de hacerme.

—¿No quieres llegar hasta el final? O sea, tú no has llegado al orgasmo y...

Y yo quería dejar de hablar y punto. Era vergonzoso.

Kyler se rio mientras me abrazaba, me pegó la espalda a su pecho y, pude notarlo, seguía excitado.

—Estoy bien. Esto era para ti.

—No parece que estés bien. —Contoneé el trasero y Kyler rugió. Sonreí—. ¿Lo ves?

—Sí, lo veo y lo *siento*.

Eché la cabeza hacia atrás para poder verlo y me mordí el labio inferior con la esperanza de que mi siguiente pregunta no sonara increíblemente patética.

—¿No quieres?

—¿Que si no quiero? —La incredulidad le tiñó la voz. Me posó una mano en la cintura y empujó la cadera hacia delante frotándose contra mi culo de una forma que me volvió a excitar otra vez—. No hay nada que deseé más que meterme dentro de ti y quedarme ahí.

Me estremecí.

—¿Y por qué no lo haces?

Me apartó el pelo del cuello y me lo puso detrás de la oreja.

—Quería hacer eso por ti y..., bueno, es algo que no suelo hacer con otras chicas.

Se me hizo un nudo en el estómago cuando le escuché mencionar a las otras chicas, pero lo ignoré.

—¿Te estás sonrojando?

—No —dijo resoplando—. Yo no me sonrojo.

—Ah, entonces deben de ser las sombras. —Me crucé de brazos—. Entonces, ¿no sueles hacerlo? Porque parecía que tuvieras mucha experiencia.

Volvió a reírse mientras se sentaba para coger una manta. Nos tapó a los dos y la remetió a mi alrededor.

—No he dicho que no lo haya hecho *nunca*.

Pensé en ello. Había habido algunas chicas a lo largo de aquellos años con las que había salido durante un tiempo. Suponía que debía de habérselo hecho a esas, pero eso no contestaba por qué no había ido más lejos conmigo. Deseé poder hacer callar a mi cerebro, porque estaba empezando a ponerme de los nervios.

Kyler me rodeó por la cintura.

—Quiero hacerlo, Syd. De verdad. Así que no empieces a pensar cosas raras. Solo quería hacer eso para ti. —Guardó silencio un momento y me dio un beso en la mejilla—. Y además, los preservativos están arriba y ahora mismo me va a costar un poco caminar.

No fui capaz de reprimir una risita.

—Tomo la píldora.

Rugió.

—No me estás ayudando.

—Tú siempre has utilizado preservativo, ¿verdad? Por favor, dime que has utilizado preservativos.

—Jamás lo he hecho *sin* condón.

Me sentí superaliviada.

—Entonces...

—Syd, nena, me estás matando.

Sonreí y me puse boca arriba.

—Puedo hacer otras cosas, ¿sabes? He hecho más cosas.

Se le hinchó el pecho y se quedó muy quieto.

—No me lo debes, Syd. No lo he hecho por eso.

Pensé en las escasas veces que había hecho alguna mamada o una paja. Todas las veces habían sido con Nate durante los años que habíamos estado juntos en el instituto y eso. Lo había hecho porque sentía que debía hacerlo o Nate me habría dejado. Cosa que había sido una estupidez, y la verdad es que habría estado mejor si me hubiera dejado, pero todo eso no importaba en ese momento. No sabía si lo haría igual de bien que las demás, pero no lo iba a hacer porque se lo debiera a Kyler.

Me puse de lado, eché la cabeza hacia atrás y lo miré a los ojos. La manta se me deslizó por los hombros, pero yo apenas lo noté.

—Quiero hacerlo. No porque sienta que deba hacerlo, sino porque quiero hacerlo.

Vi cómo apretaba los dientes mientras se incorporaba para apoyarse en un codo, y pensé que se iba a marchar. Hice acopio de valor antes de que pudiera perderlo, le posé la mano entre las piernas y se la agarré. Kyler se sacudió de golpe, como si se hubiera sorprendido. Me obligué a mirarlo a los ojos.

—¿Vas a decirme que no?

Me dio la sensación de que tenía los ojos casi negros, y tuve la impresión de que había pasado una eternidad cuando al fin bajó la mano y la posó sobre la mía. No dijo nada, pero meció las caderas hacia delante pegándose a mi mano.

Con eso tuve bastante.

15

Kyler

Juro por Dios que esa no había sido mi intención cuando había empezado aquello. Qué diantre, no estaba seguro de haber sabido lo que estaba empezando cuando la había besado, excepto que quería hacerlo y quería que ella dejara de llorar y que entendiera que merecía mucho más de lo que estaba pidiendo.

Pero lo que estaba pasando...

Sí, la idea de darle placer y después irme a dormir —a pesar de la incomodidad— saltó por la ventana en cuanto Syd me cogió con su manita. Incluso cuando posé la mano sobre la suya, supe que no debía dejar que lo hiciera. Ya había perdido la cuenta de las veces que me habían hecho una paja y parecía ir contra natura rechazar una, pero con Syd...

Era como si mis más salvajes fantasías estuvieran haciéndose realidad una vez más, y como todavía percibía su sabor en la boca la tenía más dura que nunca. Nadie, ninguna de las chicas que había conocido, podía compararse a la sensación que había tenido al penetrarla con el dedo y al sentirla en mi boca.

Pero se trataba de Sydney, de la preciosa Sydney.

Me miró a través de sus pestañas oscuras y, bueno, yo siempre había tenido debilidad por esos enormes ojos azules. En sus labios hinchados apareció una sonrisita.

—¿Eso es un sí?

Me destrozó percibir la impaciencia en su voz, y mi autocontrol estalló más rápido que un huevo al colisionar contra el suelo.

Probablemente eso me convirtiera en el mayor capullo del país, pero a la mierda con la caballerosidad. Ya estaba a punto de correrme y todavía llevaba los pantalones puestos. ¿Tan incómodo sería?

Separé la mano de la suya.

—Haz lo que quieras, nena.

Esbozó una sonrisa tan brillante que casi costaba mirarla. Noté una presión inesperada y muy intensa en el pecho. Hice ademán de pararla, pero entonces me acarició y, sí, me convenció. Era todo suyo.

La verdad era que, aunque yo me había acostado con un montón de chicas, siempre había sido de Syd.

Apoyé el peso de mi cuerpo en los codos y me levanté un poco para que pudiera quitarme los pantalones. Supuse que vacilaría con los calzoncillos, y no me sorprendió cuando se detuvo con los dedos en el elástico.

Levantó la vista con las cejas arqueadas.

—¿Elfos navideños?

Esbocé una sonrisa de medio lado.

—Es un rollo temático.

—Ya veo.

Se mordió el maldito labio otra vez y me dieron ganas de volver a besarla, pero entonces me bajó los calzoncillos muy despacio, liberándome, y me quedé sin aire en los pulmones. No paró de bajarlos hasta que acabaron junto a mis pantalones, y después se sentó y la manta le resbaló hasta la cintura.

Joder.

Cuando la miré se me contrajo todo el cuerpo. Maldita sea, estaba supersexy con el pelo negro descolgándose sobre sus hombros y oscureciéndole parcialmente los pechos. Quienquiera que afirmara que los hombres son esclavos del sentido de la vista tenía toda la razón.

Alargué el brazo y le pasé uno de los mechones por encima del hombro para desnudar uno de sus pechos. Ella se quedó inmóvil, estaba increíblemente adorable. Podría pasar una eternidad y un día mirándola.

Agachó la cabeza y el pelo le cayó sobre el hombro cuando me rodeó la base de la polla con la mano y, madre mía. Se me arqueó la espalda cuando ella empezó a mover la mano lentamente de arriba abajo. Cerré los ojos con fuerza, porque sabía que si seguía mirándola perdería el control en cuestión de segundos.

Aunque tampoco es que estuviera muy lejos de perderlo de todas formas.

Me acariciaba despacio y con seguridad, aunque los movimientos eran un tanto torpes y, sin embargo, me resultaba todavía más sexy. Se sentía insegura, pero eso no la detenía. Nada podía parar a Sydney, y estaba convencido de que si abría los ojos me la encontraría apretando los dientes, concentrada.

Tenía que verlo y, sí, yo llevaba razón. Se me tensó todo el cuerpo cuando me agarró con más seguridad y aumentó la velocidad.

—Oh, nena, no voy a...

Levantó la vista con los labios un poco separados y las mejillas sonrojadas. Se le movía rápido el pecho, y el placer empezó a treparme por la espalda, estaba apunto de estallar.

—Lo estoy...

—Eres perfecta, demasiado perfecta.

Volvió a sonreír y tuve que volver a cerrar los ojos, porque si caía en los suyos ya no volvería a emerger jamás. Redujo el ritmo justo arriba, me pasó el pulgar por el glande y rugí cuando se me tensaron las piernas. No iba a...

¡Joder!

La ardiente y húmeda calidez de su boca me rodeó, y perdí el control. Se me encorvó la espalda. Intenté apartarla, pero estaba pegada a mí y no pensaba moverse. Eché la cabeza hacia atrás y la agarré del pelo. La explosión de placer me recorrió la espalda y ya no había forma de pararla. El orgasmo me sacudió desde dentro y ella se quedó allí, moviendo la boca y la mano hasta que dejé de palpitar. Me quedé más destrozado que nunca, de una forma alucinante y perfecta.

La agarré de los brazos con la respiración entrecortada. La tumbé sobre mi pecho. Entrelazamos las piernas; casi no pesaba nada, pero la sentía en todos mis huesos.

Cuando Syd posó la mejilla justo sobre mi corazón me asaltó un temblor inesperado. La abracé con fuerza. Sabía que Syd pronto tendría frío, pero yo era demasiado egoísta como para soltarla el tiempo suficiente para que pudiera coger la manta.

La abracé hasta que mi corazón aminoró el ritmo, sintiendo su suavidad a mi alrededor, hasta que fui capaz de volver a abrir los ojos, y me pareció una eternidad.

* * *

Me embargó una especie de languidez, pero no me quedé dormido enseguida. Había una parte de mí que no quería dormirse, porque no quería perderme ni una de sus respiraciones. Ella se había quedado dormida encima de mí y tenía una sonrisa en los labios, la tumbé de lado y la acurruqué contra mi pecho tapándonos con las mantas. El fuego seguiría ardiendo hasta la mañana, pero ya se había colado el frío en el salón.

Yo nunca había dormido con ninguna chica, ni había compartido la misma cama o la misma manta después de hacerlo. Las otras chicas solían marcharse, y si se quedaban dormidas después de hacerlo, yo dormía en un sitio distinto. Syd siempre había sido la única chica con la que yo había pasado una noche entera, así que no me sorprendió que no me resultara raro hacerlo en ese momento, a pesar de que todo había cambiado entre nosotros.

Para empezar, porque estaba acurrucada contra mí completa y perfectamente desnuda. Tenía su espalda contra el pecho y la fantástica curva de su trasero pegada a mí. Yo no me había vuelto a vestir, y la tenía dura. En realidad, no creía que hubiera perdido la erección en ningún momento.

Estaba apoyado en un codo y tenía la mejilla apoyada en el puño. Ya llevaba por lo menos una hora así, mirándola. Syd tenía las pestañas más largas que había visto en mi vida. No eran como esas postizas llenas de grumos o enmarañadas. Le acariciaban las mejillas, unas mejillas salpicadas de pecas. Tenía los labios un poco separados y carnosos. Hinchados de *mis* besos. Me asaltó una oleada de orgullo masculino y me agaché para darle un beso en la sien.

Syd murmuró algo y me cambié de postura. Le posé la mano en el estómago. Le había estado dibujando círculos alrededor del ombligo, pero cada vez que movía ese dulce culito, me provocaba.

Se relajó enseguida y no se despertó.

Le miré la cara. No tenía por qué memorizar cada uno de sus delicados y preciosos rasgos, porque ya lo había hecho hacía años.

La manta le había resbalado por el hombro y se la volví a subir. Sonrió mientras dormía, y se me apelmazó el pecho.

Suspiré, me estiré a su lado y la agarré con más fuerza para recolocarla de forma que su cabeza quedara debajo de la mía. No tardé mucho en quedarme dormido. Solo debía de llevar dormido un par de horas cuando me despertó un ruido, pero jamás había dormido tan bien.

Abrí los ojos. Una pálida luz gris se colaba por el hueco que se abría en las cortinas, y el fuego estaba casi apagado. Me puse tenso enseguida y aguanté la respiración mientras escuchaba. Lo volví a oír: un aullido del viento. Solté el aire muy despacio. Odiaba estar tan nervioso, pero, después de todo lo que había pasado, era normal que estuviera paranoico.

Agaché la cabeza y comprobé cómo estaba Syd. Se había dado la vuelta en sueños y se había pegado más a mí. Tenía una de las piernas encima de la mía y la cabeza apoyada en mi pecho. Me había posado la mano en el corazón. Y yo seguía tan excitado que empezaba a preguntarme si me iba a quedar así para siempre.

Vaya.

Me tembló la mano cuando levanté el brazo para apartarle el pelo de la mejilla. Odié tener que levantarme, pero no quería que el salón estuviera helado cuando ella despertara. Salí de debajo de ella con todo el cuidado que pude. Debía de estar muerta, porque apenas se movió cuando me levanté y la tapé con otra manta.

Me puse los pantalones, ignorando las ganas que tenía de volver a meterme bajo las mantas y despertarla de una forma que dudaba mucho que hubiera empleado Nate cuando estaba con ella. Me puse la sudadera y salí del salón. Torcí el gesto de inmediato.

Madre mía, el resto de la casa estaba *helada*.

Miré al otro lado del árbol de Navidad y vi que seguía nevando, pero más flojito. Todo estaba blanco, tanto que parecía que estuviéramos en la Antártida. Vaya, no tenía ni idea de cuánto iban a tardar en despejar las carreteras que llegaban hasta allí o si las máquinas quitanieves podrían salir siquiera.

Recorrí la casa y fui comprobando las ventanas y las puertas como si tuviera algún trastorno obsesivo compulsivo. Todo estaba correcto, cerrado y seguro. Mientras iba hacia el garaje a buscar leña, mi cerebro revivió todo lo que había pasado como si estuviera atascado en el canal Syd.

A aquellas horas tan tempranas de la mañana y con la casa tan silenciosa, no podía creer que hubiera pasado lo de la noche anterior. Maldije cuando mis pies tocaron el cemento congelado del garaje, rodeé a toda prisa el SUV y las motos de nieve y cogí algunos de los troncos secos. «Habría sido todo un acierto que te pusieras zapatos, idiota.» Así de tocado me había quedado el cerebro con lo de Syd. Joder, cuando ella había hablado de «amor», me quedé completamente prendado.

Ya llevaba bastante tiempo prendado, de hecho.

No era que lo que sintiera por ella fuera nuevo, o que lo hubiera descubierto cuando le chupaba el sexo o cuando ella espetó esa frase a medias. Esas cosas no pasaban. Quizá hubiera personas que despertaran un buen día y se enamoraran. No era mi caso. Aquello había ido creciendo en el tiempo, y aumentó la primera vez que ella había salido con Nate. Todavía recordaba los amargos celos que había sentido cuando ella me había dicho que estaba saliendo con él. Hasta entonces no había acabado de entender lo que sentía por Sydney. Joder. Todavía éramos niños en muchos sentidos, y yo acababa de empezar a descubrir las alegrías que podía darme el sexo opuesto.

Cuando Syd me explicó que Nate la había dejado me di cuenta de lo que sentía por ella. Porque no me había sentido triste ni molesto, me había *alegrado*. Había sentido *alivio*. Solo ese episodio de nuestras vidas ya me hacía poco merecedor de Syd, pero era la verdad. Yo era un imbécil. Seguía siéndolo.

Lo supe en ese preciso momento, cuando estábamos delante de la facultad de ciencias de la universidad: entonces me di cuenta de que la quería. Y no la quería como amiga. O como si fuera una hermana. La quería de una forma que trascendía todas esas cosas. Y estaba enamorado de ella.

Nada de eso había cambiado. Seguía sin aceptar lo que sentía por ella. Me negaba a dejar que fuera más allá de un cuelgue que no pudiera aplastar. Era algo que hacían millones de personas todos los días. Yo solo era uno de tantos.

Syd siempre fue demasiado buena para mí. Jamás se me había ocurrido pensar que ella pudiera sentir algo más que amistad por mí, y todavía no estaba cien por cien seguro, porque no podía comprender que estuviera enamorada de mí después de haberme visto —y cito textualmente— «follarme todo lo que se movía», durante años.

¿Cómo podía quererme?

No lo entendía.

Y tampoco quería cuestionarlo, por lo menos en ese momento. Tenía, ¿qué?, un día o dos para vivir lo que siempre había querido antes de que la realidad me golpeara en la cara, porque había una cosa que tenía muy clara: había muchas probabilidades de que, cuando Syd se marchara de allí y volviera al mundo real, se diera cuenta de que podía conseguir a alguien mejor que yo. Encontrar un tío que no estuviera a punto de abandonar una carrera con la que se podía ganar muy bien la vida, y que no hubiera pasado los últimos siete años yendo detrás de cualquier chica que no fuera ella.

Sydney

Desperté al olor del café recién hecho, cosa que no tenía sentido, porque estaba segura de que nos habíamos quedado sin electricidad. Quizá lo hubiera soñado.

Me di media vuelta y no noté el contacto de Kyler ni su calor. Quizá hubiera soñado todo lo que había pasado la noche anterior. Abrí los ojos de golpe y se me hizo un nudo en el estómago. El fuego de la chimenea ardía con fuerza y me metí debajo de las mantas, estaba bastante calentita.

También estaba completamente sola en aquella cama improvisada.

Se me hundió el corazón más rápido que el Titanic. Cerré los ojos con fuerza. Las probabilidades de que hubiera soñado lo de la noche anterior eran muy bajas, porque estaba desnuda, cosa que significaba que Kyler se habría despertado aquella mañana y habría tenido que hacer malabarismos para escapar.

Se arrepentía.

Lo sabía.

Se arrepentía de lo que habíamos hecho, y ni siquiera lo habíamos hecho hasta el final.

—Ya puedes dejar de fingir que estás dormida. La grave voz de Kyler me recorrió de pies a cabeza. La diversión le teñía la voz—. Ya sé que estás despierta.

Abrí un ojo.

—No estoy fingiendo.

—Ya.

Reprimí la necesidad de taparme con la manta y fingir que no estaba allí, respiré hondo y me tumbé boca arriba. Kyler estaba sentado a los pies del sillón, con un termo en la mano.

Esbozó una sonrisa de medio lado. Dejó el termo en el suelo y alargó el brazo para coger una taza.

—Como sé que necesitas cafeína cuando te levantas, he cogido un poco de café instantáneo y he hervido un poco de agua en el fuego. También te he traído un poco de azúcar.

Me senté llevándome la manta al pecho. Nos miramos a los ojos y noté que se me cortaba la respiración. Tenía los ojos muy oscuros, casi negros. No podía deducir nada de su expresión. Me devané los sesos en busca de algo que decir.

—¿Has hervido agua en el fuego?

Sonrió de oreja a oreja y le salieron esos hoyuelos que siempre me destrozaban mientras desenroscaba la tapa haciendo girar la muñeca y servía el café.

—Pareces sorprendida.

No me lo imaginaba haciéndolo. Bajé la vista, no sabía qué hacer ni cómo actuar. Lo que habíamos hecho la noche anterior solo había existido en mis fantasías antes, nunca en mi realidad. No conseguía reconciliar esos dos mundos. Solo porque me hubiera preparado un café y se hubiera esforzado en hacer fuego, no significaba que fuera a confesar el amor que sentía ni a abalanzarse sobre mí.

—¿Syd?

Me obligué a levantar la vista y me ardieron las mejillas. Me desplacé por la cama de mantas y alargué la mano para coger la taza.

—Gracias.

Kyler alzó las cejas y retiró la taza.

—No. Todavía no.

Ladeé la cabeza y fruncí el ceño.

—¿Por qué?

—Ya verás. —Dejó el café y se acercó al borde de nuestra cama improvisada. Se arrodilló delante de mí. Muy despacio, como si tuviera miedo de asustarme, me posó la palma de la mano en la mejilla—. Buenos días.

Me lo quedé mirando un momento, perdida como estaba en el sencillo contacto de su mano en la mejilla.

—¿Buenos días?

Se inclinó hacia delante y pegó la frente a la mía.

—Creo que podemos hacerlo mejor.

Se me desbocó el corazón. Su cercanía era una buena señal, ¿no? Bostecé e intenté no preguntarme si me olería mal el aliento.

—¿Ah, sí?

Asintió y su nariz rozó la mía. Agarré la manta con más fuerza mientras se me hacía un nudo en el estómago.

—Es muy fácil —dijo—. ¿Quieres ver cómo?

—Sí —confesé en un susurro.

Ladeó la cabeza y me besó una de las comisuras de la boca, y después la otra. Me estremecí cuando me acarició el pómulo con el pulgar, y entonces me besó de verdad.

—¿Qué tal así? —preguntó dándome otro beso rápido en los labios—. ¿Ha sido una forma mejor de dar los buenos días?

Como ya no podía hablar, asentí.

Kyler se rio mientras se inclinaba para atrás y cogía la taza. Me la dio y se sentó a mi lado, donde yo me hice polvo en un segundo.

Después del primer sorbo de café tardé un buen rato en recuperar el habla.

—¿Cuánto tiempo llevas despierto?

Encogió un hombro.

—Un par de horas. El fuego se estaba apagando y he ido a buscar más troncos.

Tomé otro sorbo. El café instantáneo no estaba tan malo.

—¿Y yo no me he despertado?

—No. Bueno, has hablado un poco en sueños.

Me quedé boquiabierta.

—Oh, no. ¿En serio? ¿Y qué he dicho? Oh, Dios...

—Es una broma. —Me miró por el rabillo del ojo mientras se reía—. No has hablado, en serio, pero por cómo has reaccionado me gustaría que lo hubieras hecho.

Entorné los ojos.

—Qué malo eres.

Sonrió.

—¿Has dormido bien?

—Creo que no había vuelto a dormir tan bien desde la ultima vez que me tomé un tranquilizante.

Volví a ruborizarme al darme cuenta de cómo debía de haber sonado aquello, y agaché la cabeza enseguida para esconderme detrás del pelo.

Kyler guardó silencio un momento.

—Yo igual. Hacía años que no dormía tan bien.

—¿De verdad?

Me atreví a lanzarle una mirada rápida. No sé por qué aquello me parecía tan importante, pero lo era.

Estaba mirando al frente.

—Nunca había dormido con una chica.

Alcé las cejas.

—¿Cómo?

Esbozó una sonrisa burlona.

—Nunca había dormido con una chica después de hacer lo que fuera. Eres la única chica con la que he dormido.

De pronto sentí vértigo, y escondí la sonrisa tomando otro sorbo. Recordé lo que había dicho sobre Mindy, y estuve a punto de saltar desnuda y dar una voltereta.

—¿Ni una sola vez?

Negó con la cabeza volviéndose hacia mí.

—Nunca he querido hacerlo.

Volvimos a mirarnos a los ojos, y no habría apartado la mirada ni aunque Papá Noel hubiera cruzado el salón con un rifle en la mano en ese momento.

—¿Nunca?

Se recostó y me posó una mano en la espalda.

—Nunca —dijo con un tono grave.

Agachó la cabeza, me dio un beso en el hombro desnudo y apoyó allí la barbilla.

Tuve miedo de derramar el café por todas partes. Kyler no se arrepentía de lo de la noche anterior. Era evidente. El alivio que sentí fue como una droga dulce que se apoderaba de mí, pero seguía sin saber cómo actuar, y me atormentaba pensar que podía decir algo que no debiera.

Por suerte, Kyler tenía mucha más experiencia que yo en todo aquello.

—Ya no nieva tan fuerte. Supongo que las máquinas quitanieves aparecerán en algún momento.

Sentí una punzada de decepción y la oculté tras una sonrisa. Era gracioso pensar que, solo un día antes, lo único que había querido era marcharme a casa.

—¿Crees que llegarán hoy?

—Me sorprendería mucho. Probablemente, mañana —contestó—. Ahora mismo, lo de ahí fuera parece el Polo Norte.

—Perfecto para Papá Noel.

Se le iluminaron los ojos.

—Me parece que hasta él se ha perdido por culpa del temporal.

Me terminé el café y Kyler me quitó la taza. Me envolví con la manta y murmuré algo sobre el baño, y él me dijo que utilizara el del piso de abajo.

Salí del salón arrastrando los pies y me enrosqué con fuerza la manta cuando percibí la temperatura helada que había en el resto de la casa. Probablemente habría sido buena idea coger mi ropa —dondequiera que estuviese— para poder cambiarme, pero corrí hasta el baño con los pies descalzos por el frío suelo de madera.

Una vez dentro, descubrí que Kyler había cogido algunos utensilios de higiene personal para que yo no tuviera que subir. Sonreí al pensar en su considerado gesto y me aseé un poco. Tenía un montón de mariposas en el estómago que estaban a punto de alzar el vuelo. Utilicé lo que tenía para lavarme lo mejor que pude con el agua congelada.

Cuando salí del baño, esas malditas mariposas no dejaban de aletear en mi interior. Tenía las mejillas calientes a pesar del frío. Me paré junto al árbol de Navidad, pero solo unos segundos, porque enseguida recordé que estaba cerca de las ventanas y del peligro que representaban. Clavé los ojos en los dos regalos que había bajo el árbol, los que llevaban escritos nuestros nombres. Sonreí mientras arrastraba los ojos hasta la estrella brillante que lucía en lo alto del árbol. Ni siquiera habíamos encendido las luces.

Si no me equivocaba, faltaba solo una semana y algunos días para Navidad. Yo sabía muy bien lo que quería para Navidad, y por lo visto lo había conseguido. Esperaba que las fiestas hubieran llegado pronto para mí, y que aquello no fuera una casualidad.

Cuando volví al salón, Kyler había preparado un bufet para desayunar en la mesita de roble oscuro. Todo era frío: plátanos, barritas de cereales, frutos secos y esas cosas.

Me paré justo al entrar con el corazón desbocado.

Me miró y sonrió.

—Este es el mejor desayuno que puedo ofrecerte.

—Es perfecto.

Mi voz sonaba apelmazada y me di cuenta de que estaba a punto de echarme a llorar. Eran lágrimas de las buenas, pero pensé que ponerme a llorar como un bebé no sería muy atractivo. Agaché la cabeza, me acerqué por un lado y me senté sobre uno de los almohadones libres ciñéndome la manta al cuerpo.

—Por lo visto, hoy comeremos y cenaremos patatas fritas de bolsa y vegetales crudos —dijo acercándome otra taza de café caliente—. Una comida sana.

Me reí.

—Como si yo comiera otra cosa algún día.

Kyler resopló.

—A ti te encanta la carne roja. No mientas.

Eso era verdad.

—Gracias por preparar el desayuno.

—No hay de qué. —Me dio un golpecito con el codo—. Come algo. Te he planeado un día genial.

Alcé las cejas.

—¿Ah, sí? ¿Vas a pedirme que salga a despejar la nieve del camino con una pala?

—No. —Cogió una manzana y se recostó con un gesto arrogante—. No vamos a salir para nada, pero sí que habrá bastante actividad física.

Se me calentó la sangre.

—¿En serio?

Me lanzó una mirada traviesa.

—Mira a tu alrededor, Syd. Se te está escapando algo.

Observé el salón y tardé un par de segundos en pillarlo.

—¿Mi ropa? ¿Dónde está mi ropa?

Esbozó una sonrisa que era puro pecado.

—Hoy no vas a necesitar ropa, nena.

16

Sydney

Oh, Dios; oh, Dios; oh, Dios...

Abrí los ojos como platos, tanto que probablemente puse una cara muy poco atractiva. Noté cómo una oleada de calor deliciosa me calentaba todo el cuerpo por debajo de la manta.

—Entonces, ¿esta manta es lo único que tengo?

—La mayor parte del tiempo.

Me estremecí.

—Vale. ¿Y tú puedes llevar ropa?

Kyler me guiñó el ojo mientras le daba un mordisco a la manzana.

—La mayor parte del tiempo.

—No parece justo, ¿no crees?

Le ardieron los ojos.

—Oh, la cosa estará equilibrada.

¿Era posible llegar a derretirse? Pensé que sí. Su carcajada grave me hizo sonrojar y me concentré en el pequeño bufet para entretenerme comiendo algo. Se me ocurrieron un montón de preguntas. Quería —no, necesitaba— alguna especie de confirmación de lo que estaba pasando entre nosotros, pero, para ser sincera, tenía demasiado miedo de decir algo que lo estropeara todo, que lo hiciera añicos como si fuera una frágil esfera de nieve.

Me hacía parecer un poco débil, quizá incluso estuviera mal, pero decidí no decir nada.

Al poco empezamos a hablar, a charlar como siempre lo habíamos hecho. Sobre el semestre siguiente y las clases que nos quedaban por cursar. Me dijo que tenía pensado hablar con su madre durante las vacaciones sobre el tema de estudiar veterinaria, y yo esperaba que la cosa fuera mejor de lo que él suponía. Kyler necesitaba hacer lo que lo hiciera feliz, no lo que quisiera su madre.

Pasaron horas. De vez en cuando, Kyler iba a comprobar el estado de la ventana y después volvía conmigo. Hablamos sobre Andrea y Tanner, comenté que imaginaba que él estaría fastidiado por no poder hacer *snowboard*.

Hablamos como lo habíamos hecho siempre, pero había algo más. Kyler me tocaba de vez en cuando, y yo acabé por esperar esos contactos fugaces. Me acariciaba la mejilla mientras me explicaba que su madre pensaba volver a intentar cocinar un pavo este año. Yo había sufrido varias veces los resultados de las aventuras culinarias de su madre, así que no lo envidiaba. Cuando admití que seguía comiéndome el relleno crudo, él me puso el pelo detrás de la oreja. Cuando dijo que quería intentar hacer una casa de pan de jengibre cuando volviéramos a casa —y había dicho «*volviéramos*»—, me acarició el hombro desnudo y me provocó varios escalofríos.

Kyler se levantó y me tendió la mano. No tenía ni idea de cuánto tiempo había pasado cuando lo hizo.

—Ha llegado la hora de hacer parte de esa actividad física que te he prometido.

Por un momento había olvidado por completo que estaba desnuda. Pero lo recordé de golpe. Tragué saliva. Ya me imaginaba de qué iría esa actividad física. De pronto, empecé a ponerme nerviosa y no era capaz de coger el aire suficiente para respirar. Me bloqueé. Lo deseaba con todas mis fuerzas. Siempre lo había deseado, pero no tenía ni idea de qué hacer. ¿Y si hacía algo mal? ¿Y si Kyler se sentía igual que se había sentido Nate después de hacerlo conmigo?

Pero yo confiaba en Kyler, y eso hacía que fuera muy distinto.

Me pegué la manta al pecho y le di la mano que tenía libre. Entrelazó los dedos con los míos y me levantó con asombrosa facilidad. Me rodeó la cintura con el brazo. Esbozó una suave sonrisa y se agachó para pegar la frente a la mía.

—¿Recuerdas nuestro baile del instituto? —preguntó.

Me estrechó la mano con más fuerza, pero no me acercó más a él.

Parpadeé al escuchar aquella pregunta tan inesperada.

—Sí.

—Te prometí un baile. —Cerró los ojos y me pegó la mano a la espalda—. No cumplí mi promesa.

Negué un poco con la cabeza y me lo quedé mirando.

—Kyler...

Abrió los ojos.

—Nunca llegamos a bailar. Me porté como un imbécil.

Empecé a recordar aquella noche. Yo había ido al baile con Nate, pero Kyler me había prometido un baile. Por muy mal que estuviera, yo había pasado la mayor parte de aquella noche esperando ese baile en lugar de prestarle atención a Nate, pero Kyler se marchó con Betty Holland. Tenían una habitación de hotel. La había oído hablar con sus amigas en el baño.

Volví a negar con la cabeza, me había quedado sin palabras. No podía creer que él se acordara de eso.

—Y voy a compensártelo ahora mismo. —Se puso derecho y me regaló una de sus supersonrisas—. No tenemos música, pero creo que podemos bailar de todas formas.

Noté el ardor de las lágrimas en la garganta y agaché la cabeza. Respiré hondo y asentí.

—Claro que sí.

—Genial —contestó con la voz más ronca que de costumbre.

Kyler me levantó hasta que mis pies descalzos estuvieron sobre los suyos, y yo me reí. A él se le marcaron más los hoyuelos y me estrechó con más fuerza. Yo tenía la mano atrapada entre nosotros, agarrando la manta, pero teníamos las piernas pegadas. Tarareando entre dientes, Kyler empezó a balancearse lentamente dibujando un pequeño círculo. Yo no reconocía la canción, pero el sonido rítmico y las graves vibraciones me hicieron cerrar los ojos.

Le pegué la mejilla al pecho y sonreí mientras bailábamos. En cuestión de segundos olvidé que solo llevaba una manta, que la única música que se escuchaba aparte de su murmullo era el ulular del viento fuera, y que no estábamos en un salón de baile glamuroso con una decoración excesiva. Aquello —estar entre los brazos de Kyler— era tan perfecto que me robaba el aliento. No había una forma mejor de describirlo. Se me hinchó tanto el corazón que pensé que me iba a fundir. Me estaba convirtiendo en una nube dulce gigante derretida por dentro.

Aquel baile era mejor de lo que lo habría sido en la fiesta del instituto.

Levanté la vista, abrí los ojos y lo miré directamente. Tenía los ojos casi negros, y se convirtieron en todo mi mundo.

Kyler bajó la barbilla, y cuando me rozó la boca con los labios me recorrió un escalofrío. Susurró mi nombre, y el sonido me retumbó en las venas. Me deslizó una mano por la espalda y me la enterró en el pelo. Kyler empezó a morderme los labios hasta que los separé para él y profundizó en el beso, robándome todo el aliento. Me besó hasta que empecé a sentirme como si hubiera bebido demasiado, hasta que el calor me recorrió todas las venas y me sumergí en las sensaciones.

—Te deseo —dijo con aspereza rozándome la boca con los labios—. Te deseo tanto que percibo el sabor de ese deseo en la boca. Dime que quieres lo mismo que yo.

Me estremecí. Me quedé atrapada en su mirada ardiente. Estaba segura de que había dejado bien claro lo que quería, pero solo me salió una palabra:

—Sí.

—Dilo. —Me volvió a rozar la boca con los labios y me besó de nuevo. Se me hizo un nudo en el estómago—. Dímelo, nena.

—Te deseo —dije mareada—. Te deseo, Kyler. Solo a ti.

Hizo un ruido grave que me hizo temblar, me levantó de sus pies y me soltó la manta de los dedos. La tela cayó al suelo con suavidad. Kyler me recorrió con la mirada y yo noté un fuego líquido en mi interior.

—Joder —rugió mientras se quitaba el suéter y lo lanzaba por ahí. Esperaba que no hubiera caído en la chimenea, pero en ese momento no creo que ninguno de los dos lo hubiera notado.

Me quedé mirándole el estómago. Kyler había mejorado la clásica tableta de chocolate. Dios. Me dieron ganas de respirar hondo y meter barriga, porque estar al lado de alguien que era el colmo de la forma física era un poco desconcertante, pero entonces me agarró de los brazos. Me estrechó contra él con fuerza y nuestros pechos se pegaron. El contacto me dejó frita.

Volvió a adueñarse de mis labios y me besó mientras empezaba a moverse. Volvíamos a bailar. Me plantó una mano en la nuca, otra en la espalda, y siguió besándome mientras nos mecíamos al son de nuestros corazones y del viento. Dejó resbalar la mano por mi trasero, y yo jadeé con la boca pegada a sus labios.

Noté cómo sonreía mientras me deslizaba la boca por la barbilla. Me echó la cabeza para atrás y dejó mi cuello al descubierto. Los besos que me repartió por la garganta me provocaron tal excitación que se me escapó un quejido. No me había dado cuenta de que Kyler me había dado la vuelta hasta que rocé las mantas con los pies.

Enterré los dedos en la tersa piel de sus costados mientras Kyler me tumbaba sobre las mantas y su cuerpo me cubría casi por completo. Respiré hondo, algo temblorosa, mientras le paseaba las manos por el durísimo estómago. Noté un hormigueo en las yemas de los dedos y cómo se me tensaba todo el cuerpo de una forma deliciosa. De pronto reaparecieron las viejas inseguridades y amenazaron con destruir el embriagador éxtasis al que me había arrastrado Kyler, que se metió la mano en el bolsillo de atrás y sacó unos cuantos preservativos.

Me puse tensa debajo de su cuerpo.

Esbozó una sonrisa avergonzada.

—Esta vez vengo preparado.

—Ya lo veo —grazné mientras el estómago se me contraía y me caía a los pies al mismo tiempo. ¿Cómo podía estar tan nerviosa y tan bien a la vez? Parecía imposible sentir tantas cosas a la vez.

Kyler me miró, se le hinchó el pecho y rozó el mío.

—No tenemos por qué hacerlo, Syd.

—No. —Lo agarré de los brazos—. Lo deseo, te deseo.

—Me alegro de escucharlo, porque yo... —Se le apagaron las palabras al tiempo que negaba con la cabeza y me besaba el cuello—. Tienes que relajarte. Deja que te ayude a relajarte.

Antes de que pudiera contestar, me dio un beso tan dulce y tierno que se me llenaron los ojos de lágrimas. No sabía que alguien podía llegar a besarme de esa forma. Que los besos podían llegar a ser tan arrebatadoramente perfectos que podían destrozarte para siempre. Se me relajaron los músculos y agarré el cordel de sus pantalones de chándal.

Kyler rugió, y sus manos..., bueno, las tenía por todas partes, rindiendo homenaje a mis curvas y a mis zonas más sensibles.

Se tomó su tiempo, parecía que estuviera intentando memorizar cada centímetro de mi cuerpo. No sabía que podía ir tan despacio. Yo ardía de necesidad. Estaba tan a punto que cuando me acarició el sexo con los dedos todo mi cuerpo se volcó ante su caricia.

—Joder, nena, haces que sea muy difícil no perder el control. —Se estremeció cuando le metí las manos dentro del pantalón—. Muy difícil.

Yo no quería que siguiera controlándose.

Cuando le bajé los pantalones se le aceleró la respiración. No llevaba absolutamente nada debajo y, por algún motivo, me pareció supersexy. Se sentó, se quitó los pantalones y dejó resbalar la boca por el mismo camino que dibujaban sus manos. Cada roce de sus labios, cada caricia de su lengua, cada minúsculo mordisco era como si me estuviera marcando, como si me estuviera haciendo suya.

Me metió la lengua en el ombligo y me agarré a su pelo. Se me escapó un sonido estrangulado, y entonces Kyler bajó todavía más y me besó en la zona más sensible del cuerpo. No tardé en empezar a contonearme debajo de él y a gritar mientras Kyler me rozaba el sexo con la nariz, me mordía y me chupaba. Me dejó sin aliento, me robó hasta el último gemido y todos mis quejidos. Me hizo añicos, y me encorvé con el corazón desbocado.

Cuando Kyler se sentó y cogió un preservativo, yo seguía sintiendo las oleadas de placer recorriéndome el cuerpo. No me di cuenta de que se había puesto un condón hasta que se puso encima de mí, pecho contra pecho, cadera contra cadera. Pensaba que me iba a dar la vuelta, tal como me había dicho que le gustaba hacerlo, pero no lo hizo. Se colocó entre mis piernas y lo noté firme y preparado.

—¿Estás segura, nena? —preguntó con un tono de voz grave y ronco condenadamente sexy—. Podemos parar ahora mismo.

—Estoy segura. —Le posé las manos en las caderas y enrosqué la pierna a la suya para pegarlo a mí—. Por favor, Kyler. Lo deseo. Por favor.

Esas palabras me destrozaron.

Por favor.

Como si tuviera que suplicarme para que lo hiciera cuando me moría por estar dentro de ella. Yo debería ser quien estuviera suplicando.

Alargué el brazo, cogí la mano temblorosa que ella me había posado sobre el corazón y le di un beso en la palma. Syd estaba temblando de una forma que casi me hizo llegar al orgasmo allí mismo. Levanté la vista y la miré a los ojos. Sentí una presión en el pecho. Tenía los ojos tan azules que parecían irreales.

Sentí una lujuria pura y poderosa. Una clase de lujuria que no había sentido nunca. Mi cuerpo me pedía que me internara en ella, que me dejara llevar por Syd. *Me moría* por hacerlo, por perderme en el torrente de placer que sabía que estaba a punto de sentir, pero me obligué a ir despacio. Ella solo lo había hecho una vez y no quería hacerle daño. No quería que hubiera ni un solo segundo que no fuera sublime para ella.

Deslicé una mano por debajo de su esbelta cadera, la levanté y me coloqué en la entrada de su sexo. Se me paró el corazón un momento y después se desbocó. Ella alargó la mano y me tocó la mejilla.

Estaba perdido.

La besé y deslicé la lengua en el cálido interior de su boca mientras la penetraba muy despacio y, joder, sentí cada centímetro en cada una de mis terminaciones nerviosas. Alucinante. Internarme en ella fue como hacerlo por primera vez. Y en cierto modo, lo era. Yo nunca lo había hecho de esa forma, cara a cara. Fue como si volviera a ser virgen. Ni siquiera creía que fuera posible sentirse de esa forma, pero lo era. Me tembló todo el cuerpo debido al esfuerzo que tuve que hacer para no enterrarme en ella y para frenar las sensaciones, las emociones que se escondían detrás de todo aquello. Separé la boca de sus labios y me interné un poco más. Estaba increíblemente firme. Cada centímetro que avanzaba era un milagro precioso. Pasó una eternidad hasta que estuve completamente dentro de Syd y rodeado por su cuerpo. Abrumado. Completo. Contoneé las caderas y rugí al sentir el pálpito de aquellas sensaciones tan intensas.

A Syd se le escapó un quejido y me paré con el corazón encogido.

—¿Te estoy haciendo daño?

—No —susurró con los ojos brillantes y abiertos como platos—. Es solo que la... —Un rubor le cubrió las mejillas y, *Dios*, las sensaciones que me provocaba—. La tienes grande, y yo no...

Reprimí una sonrisa y una punzada de orgullo absurdo.

—Ya lo sé. —Le pasé el pulgar por la mandíbula—. Tardarás un par de segundos en acostumbrarte.

Asintió y sonrió, pero el tono de sus ojos era demasiado claro, demasiado vivo. Estaba húmeda y caliente, pero estaba tensa. Mierda. No estaba disfrutando. No tanto como yo.

Decidido a arreglarlo, mantuve la cadera pegada a la suya y bajé la cabeza para besarla con ternura. Syd me devolvió el beso, pero notaba cómo temblaba debajo de mí. Me esforcé para no soltar una palabrota, consciente de que debería haber ido más despacio.

Metí una mano entre nosotros y la bajé por su clavícula, seguí hasta su pecho. Lo agarré y le pasé el pulgar por el pezón. Se le puso duro: buena señal.

Su reacción me provocó una palpitación instantánea que me recorrió de pies a cabeza.

La besé con más intensidad y me quedé quieto dentro de ella para dejar que Syd diera el siguiente paso. Y lo hizo. Movió las caderas, al principio fue casi imperceptible, pero lo sentí como si fuera una descarga. Agaché la cabeza, capturé uno de sus pezones sonrosados y succioné. Ella volvió a mover las caderas y yo levanté la cabeza apretando los dientes. Me cogió del pelo, entornó los ojos y entrelazó la pierna con la mía, un ruego silencioso. Volvió a levantar las caderas y a mí se me escapó un jadeo áspero. Syd gimió y empezó a hervirme la sangre.

Eso era una señal fantástica, pero necesitaba asegurarme.

—¿Estás bien? —pregunté; apenas reconocía mi propia voz.

Me rodeó el cuello con los brazos.

—Sí. Ahora es mejor.

—¿Mejor? —Esbocé media sonrisa—. Podemos hacerlo mejor que «mejor».

—¿Sí?

Parecía haberse quedado sin aliento.

—Ajá —murmuré deslizándole la mano por el muslo para guiar su pierna alrededor de mi cadera. Su jadeo de placer era justo lo que necesitaba escuchar—. ¿Qué tal así? —La besé mientras me retiraba muy despacio y después volvía a deslizarme hacia dentro. Se estremeció cuando me retiré hasta la mitad—. ¿Y así? —pregunté.

Tenía los ojos entornados.

—Eso..., eso está bien. Eso es..., oh. —Entonces cerró los ojos y meció la cadera hacia arriba en busca de los centímetros perdidos—. Oh, joder.

—Sí —rugí—. Joder.

Syd repitió el mismo movimiento y yo planté la mano en la almohada que ella tenía al lado de la cabeza. La dejé marcar el ritmo y, Dios, cuando le cogió el truco me rodeó las caderas con las piernas y perdí el control. La embestí profundamente una y otra vez. Sus suaves gemidos fueron aumentando hasta que la intensidad y el ritmo se volvieron febriles. Yo empecé a moverme más deprisa, contoneando la cadera contra la suya, y levantándome un poco para tener más ángulo y poder internarme más adentro. Los movimientos de Syd empezaron a ser frenéticos, y yo perdí la cabeza cuando ella gritó mi nombre y su cuerpo empezó a palpitar a mi alrededor en firmes y sensuales ondas. No aguantaba más. Ya no. Dos embestidas después, enterré la cara en su hombro y seguí hasta que alcancé el clímax.

Cuando me estremecí dentro de ella, lo entendí por fin. Vaya. Comprendí en ese momento algo que se me había escapado durante todos aquellos años. El sexo tenía sentido —ya lo creo que lo tenía— cuando se hacía con una persona que significaba algo.

Tenía sentido con Sydney.

17

Sydney

Me dolían todas las zonas adecuadas del cuerpo de un modo genial y desconocido para mí. Dios, por fin entendía por qué todo el mundo estaba tan obsesionado con el sexo. Lo que habíamos hecho había sido alucinante. No era tan ingenua como para no saber que no siempre era así de sublime, pero yo nunca había sentido nada parecido, jamás había llegado al clímax de esa forma ni me había sentido tan —*Dios, no podía creerme que estuviera pensando eso*— satisfecha y completa.

No tenía ni idea de que el sexo pudiera ser así.

Mi corazón tardó una eternidad en tranquilizarse y sabía que a Kyler le estaba pasando lo mismo, porque cuando salió de dentro de mí se tumbó boca arriba arrastrándome con él. Yo estaba medio encima de él, medio fuera. Tenía un brazo y una pierna sobre su cuerpo, y la mejilla apoyada encima de su corazón. No quedamos de esa forma mientras él me dibujaba círculos en la espalda con la mano. No podía estar más pegada a él, y estaba más feliz de lo que me había sentido jamás.

Todo parecía irreal. Estar allí tumbada junto al fuego en medio de una ventisca después de haber hecho algo maravilloso. ¿En cuántas novelas románticas se describía alguna escena de sexo apasionado junto a una chimenea? En más de las que podía contar. Estuve a punto de echarme a reír, pero...

Pero Kyler todavía no había hablado.

Abrí los ojos y contemplé las llamas, que se enroscaban en los troncos, mientras me decía que no debía asustarme y arruinar aquello, fuera lo que fuese. Pero, evidentemente, mi cerebro no me hizo ningún caso y empezó a lanzarme preguntas como si fuera un niño malcriado. ¿Por qué no había dicho nada? ¿Se arrepentía? ¿Se lo había pasado bien? ¿Habría estado fría y Kyler estaba impaciente por escapar corriendo? Seguí pensando en todas esas cosas hasta que me dieron ganas de darme una bofetada, pero la verdad era que Kyler no había dicho *nada*, ¿no debería haber dicho algo? Hasta Nate había hablado después, cuando me dijo que había disfrutado, cosa que resultó ser mentira, pero por lo menos había abierto la boca.

Oh, Dios, ¿y si todo había sido un error?

Cerré los ojos. Yo jamás lo vería como un error. Imposible, pero ¿y Kyler? Noté cómo dejaba de mover la mano en mi espalda, y me di cuenta de que me había quedado completamente rígida.

—¿Syd?

Una parte de mí quería esconder la cabeza debajo de la manta, pero la teníamos enroscada en las caderas y habría sido muy extraño que metiera allí la cabeza. Me obligué a levantar el rostro para mirarlo. Tenía los ojos entornados, pero yo sabía que me estaba viendo, que lo veía todo.

—¿En qué estás pensando? —preguntó.

Me ardieron las mejillas y empecé a incorporarme.

—En nada. O sea, estaba pensando un poco en todo. Lo que hemos hecho ha sido alucinante. De verdad. Y espero que tú...

—Un momento. —Me agarró con fuerza de la cintura para inmovilizarme, ahora tenía los ojos abiertos como platos—. ¿*Esperas* que yo también haya pensado que ha sido alucinante?

Me sentí demasiado desnuda y me crucé de brazos mientras asentía.

—¿Estás loca?

Alcé las cejas.

—¿Perdona?

—¿Que si me ha parecido alucinante? No. No ha sido alucinante. Ha sido lo mejor que he sentido jamás, nena.

Me lo quedé mirando con la boca abierta.

—Y es la verdad. Así que deja de pensar tonterías. *Nada* puede compararse a la sensación de estar contigo. —Se sentó a toda prisa y me posó sobre su regazo—. ¿Me sientes?

Me agarré a sus hombros y jadeé. Ya lo creo que lo *sentía*. Se me formó una bola de lava ardiente en la tripa.

—Sí que te siento.

—Me alegro, porque es la verdad.

Me posó las manos en las caderas y se me aceleró el corazón. Vi un brillo en sus profundos ojos marrones, había esbozado una sonrisa traviesa.

No podía estar...

Kyler se movió un poco y se presionó contra mi sexo, caliente y preparado. Joder, era inhumano. Se rio al ver mi expresión.

—¿Qué? Pareces sorprendida, nena.

—¿Ya estás listo para hacerlo otra vez?

Esbozó media sonrisa.

—Yo siempre estoy listo para ti, pero no...

—¿No qué? —Me había quedado alucinada con eso de que «siempre estaba listo para mí»—. ¿No quieres volver a hacerlo?

Echó la cabeza para atrás y me miró.

—No hay nada que me apetezca más que volver a hacerlo, pero no tenemos por qué. —Me cogió de la mejilla y me deslizó el pulgar por el labio inferior—. Podemos relajarnos un rato y ya está.

No pensaba que fuera capaz de relajarme cuando lo estaba sintiendo y, además, estaba un poco sorprendida de descubrir que yo estaba tan preparada como él para hacerlo otra vez. Y lo estaba. Estaba empapada, y él tenía que saberlo.

Mi corazón volvió a desbocarse cuando bajé la vista.

—Quiero hacerlo.

Le palpitó la polla.

—Syd...

Volví la cabeza y noté cómo me volvía a acariciar el labio inferior y, con un descaro que no sabía que tenía, le chupé la yema del pulgar.

Kyler se estremeció de pies a cabeza y se le escapó el sonido más sexy que he escuchado en mi vida.

—Joder, nena...

Alimentada por su reacción, me metí todo el pulgar en la boca y me incliné sobre él. Percibí la suavidad de su pecho contra mi piel sensible y gemí con su pulgar en la boca cerrando los ojos mientras mi cuerpo se estremecía.

—Joder —rugió Kyler aferrándose a mi cadera al tiempo que empujaba hacia arriba—. Dios. No me sacio de ti.

—Soy tuya. —Le cogí la mano y me la puse en el pecho, gemí cuando sus dedos se me posaron sobre el pecho—. Toda entera.

Kyler se incorporó mientras me besaba. Despacio. Con intensidad. Noté un dolor entre las piernas, al compás de mi corazón desbocado. Me deslizó las manos por los costados y me movió las piernas hasta que quedé sentada a horcajadas encima de él, y después colocó la punta de la polla en la entrada de mi sexo. Quizá hubiera sido yo quien lo había empezado, pero él tomó todo el control. Me cogió los pechos y yo eché la cabeza hacia atrás arqueando el cuerpo entero.

Me chupó uno de los pezones y yo me olvidé de respirar. Lo que me hizo con los labios, la lengua y los dientes me provocó varias punzadas de placer por todo el cuerpo, y justo en ese momento supe que Kyler podía ser mucho más salvaje de lo que estaba siendo. Y eso me excitó todavía más.

Metí la mano entre los dos y agarré su polla palpitante. Se le escapó un rugido que me hizo estremecer. Empecé a acariciarlo muy despacio mientras pegaba la frente a la suya.

—Por favor —susurré con los ojos cerrados.

—Nena, no tienes que suplicarme. —Me mordió el labio inferior—. Solo tienes que decirme lo que quieres y lo tendrás.

Lo agarré con más fuerza y me obligué a decirlo.

—Te deseo. Quiero que me hagas el amor.

Abrí los ojos justo cuando decía las tres últimas palabras. Quería retirarlas. Oh, Dios, no debería...

Kyler se movió tan deprisa que pareció que el mundo girara de golpe. Me agarró por la cintura, me levantó y me tumbó boca arriba. En cuanto toqué los almohadones con la espalda, ya lo tenía encima.

Me sobresalté cuando me abrió de piernas y se abalanzó sobre mi sexo como si estuviera hambriento. Enterré una mano en la manta y enrosqué la otra en su pelo sedoso, al que me agarré mientras me penetraba con la lengua. Pensé que me iba a desmoronar allí mismo. Estaba muy cerca, pero sus caricias eran arrebatadoramente suaves.

—Qué bien sabes —dijo penetrándome con el dedo—. Y estás superfirme. Eres perfecta, ¿sabes? —Levantó la cabeza y me miró a los ojos—. Y me encanta cómo me miras cuando te estoy haciendo esto. —Para enfatizar sus palabras flexionó el dedo hasta encontrar un punto que yo no sabía ni que existía, y grité—. Y te juro que me encanta *ese* sonido.

Me quedé sin palabras. Agitaba la cabeza de un lado a otro mientras él me lamía, enroscaba el dedo en mi interior y me penetraba. Y entonces me posó los labios sobre el sexo y me arrancó un gemido. Kyler gimió con la boca pegada a mí justo cuando mi cuerpo empezaba a temblar. Me metió otro dedo y me destrozó, me dejé arrastrar por el placer.

Cuando grité por última vez, Kyler ya tenía el preservativo puesto. Cuando nos miramos a los ojos todo lo demás pareció emborronarse. Su mirada ardiente me iluminó de nuevo. Por su atractivo rostro desfilaron un montón de emociones distintas. Me agarró de las caderas y me puso de rodillas. Yo me sentía muy débil y le posé las manos en el pecho. Se movía cada vez que él respiraba.

Me pegó a él, se tumbó y me colocó sobre su regazo estirando las piernas por detrás de mí.

—Móntame —dijo con los ojos en llamas.

Le posé las manos en los hombros y separé un poco más las piernas.

—¿Otra primera vez?

—Ya lo creo —admitió agarrándosela con la mano—. Es otra primera vez.

Aquello me hizo muy feliz, y cuando volví a mirarlo a los ojos no estaba preparada para la mirada feroz y posesiva que descubrí en ellos. Me agarró de la cadera con la mano que tenía libre y me guió hacia abajo. La punzada de dolor inicial que sentí cuando se internó en mí desapareció enseguida para convertirse en una maravillosa sensación de presión y plenitud.

Tardamos un momento en coger el ritmo, pero Kyler enseguida empezó a embestir hacia arriba cuando yo empujaba hacia abajo, y nuestros cuerpos se movían en perfecta sintonía. Me besó al mismo tiempo que me agarraba de la cintura y me pegó a su pecho mientras, con la lengua, acompasaba las embestidas de nuestras caderas.

—Sydney —rugió; le temblaba todo el cuerpo.

Yo me contoneé sobre él, pero no fue suficiente. Se me escapó un quejido y, de un rapidísimo movimiento, Kyler me tumbó boca arriba y sus caderas se pegaron a las mías. Me agarró de la cadera y me levantó mientras se internaba más y más profundamente en mí. Me pasó un brazo por debajo de la cintura y me pegó una mano sobre la tripa para inmovilizarme. No me podía mover.

Era lo que Kyler quería.

—Joder, no quiero terminar. Quiero sentirlo, justo *ahí*. —Contoneó la cadera y me estremecí de pies a cabeza—. Quiero seguir sintiendo esto para siempre.

—Sí. Oh, Dios... —La tensión aumentó tan rápido que no podía respirar. Eché la cabeza hacia atrás con los ojos abiertos como platos, pero sin ver nada. Se me escapaban las palabras—: Más rápido. Por favor. Kyler, *por favor*. Te quie...

Me embistió cortando mis palabras, y yo estallé, fue tan rápido que Kyler aulló y alcanzó el clímax automáticamente, los espasmos le recorrían todo el cuerpo. Las palabras que salieron de su boca por poco me llevan al orgasmo otra vez. Eran plegarias. Maldiciones. Palabras incoherentes que, de alguna forma, tenían sentido para mí. Cuando se dejó caer encima de mí, me enterró la cara en el pelo y consiguió aguantar con los brazos la mayor parte de su peso. No me habría importado que se hubiera dejado caer encima de mí.

Entonces me di cuenta de que todavía tenía las piernas enroscadas a su cintura. Las bajé y gemí al notar una punzada de placer.

Kyler murmuró algo y después dijo:

—No quiero moverme.

Yo sonreí con la boca pegada a la piel sudada de su pecho.

—No lo hagas.

Su carcajada me resonó por todo el cuerpo.

—¿Cómo estás?

—Mmmm.

—Yo igual, nena, yo igual.

Kyler

Fuimos un paso más allá de las patatas fritas de bolsa y los vegetales crudos y comimos queso y galletas saladas durante nuestra comida tardía o cena temprana.

—Vamos a darnos un festín, nena.

Coloqué la bandeja entre los dos.

Se rio e hizo una hilera con cinco galletitas.

—¿Has visto qué sofisticados somos?

Me encantaba escucharla reír. Dejé de mirar sus galletitas y la miré a ella, y estuve a punto de apartar la comida de un manotazo y abalanzarme sobre ella como un animal. Le había puesto mi sudadera a Syd, y estaba completamente comestible sentada sobre las piernas mientras el dobladillo de la prenda le rozaba la suave piel de los muslos; no llevaba nada más.

Si tengo que ser sincero, me gustaba verla llevando mi ropa y medio desnuda. Por la facilidad de acceso y esas cosas, un acceso que pensaba utilizar en breve.

También me encantaba ver cómo ella no dejaba de mirar la cintura de mis pantalones. Cada vez que me posaba los ojos en las caderas, se sonrojaba y se mordía el labio o apretaba los muslos.

Me parecía mentira lo que Nate había dicho sobre ella. Me dieron ganas de volver a partirle la cara, y quizá también las costillas. ¿Fría? Aquella chica era todo lo contrario a fría: era una desvergonzada lujuriosa que me volvía loco.

Cogió el cuchillo que yo estaba utilizando para cortar el queso y cortó unas orejas de Mickey. Se rio, las puso encima de una galletita y me la metió en la boca.

Sí, podría llegar a acostumbrarme a aquello.

Después de darnos de comer mutuamente, me trajo la guitarra. Se tumbó a mi lado con las piernas desnudas junto al fuego y me escuchó tocar, y estuve tocando durante horas, parando de vez en cuando para tocarla, besarla, acariciarla.

No me saciaba de ella.

Era como una droga que yo quería seguir consumiendo. Era adicto a las sensaciones que me provocaba y a los sonidos que hacía. Por un momento pensé que quizá las cosas entre nosotros se pondrían raras después de aquellas sesiones de sexo alucinante, y hubo un momento o dos durante los que ninguno de los dos parecía saber qué decir. O quizá los dos quisiéramos decir algo pero no podíamos. Pero pasaron rápido. Todo era como siempre, aunque ahora parecía más claro y mejor. Sí, ya sé que sonaba cursi, pero era la verdad.

De pronto, cada mirada, cada caricia y cada palabra significaban algo más profundo.

Syd se quedó dormida mientras yo tocaba la guitarra y, aunque no quería separarme de ella, fui a comprobar puertas y ventanas. No encontré nada raro. No había nadie mirando por la ventana ni habían intentado entrar. Si no hubiera sido por los cables cortados del generador, no habría estado tan paranoico. La buena noticia era que ya casi había dejado de nevar. Al día siguiente pensaba sacar la moto de nieve para ir al hotel y averiguar cómo estaban las carreteras. Las máquinas quitanieves ya debían de haber llegado a las autopistas, y necesitaba comprobar si tenía cobertura en el móvil, pero en ese momento no tenía ganas.

Volví al salón y noté cómo me aleteaba el corazón al ver a Syd. Estaba tumbada boca arriba, tenía la colcha sobre las piernas y los labios separados, era la criatura más preciosa y seductora que había visto en mi vida.

Sí, solo quería pensar en Syd.

Porque no tenía ni idea de cómo nos iría cuando volviéramos al mundo real y estuviéramos rodeados de amigos y familiares. ¿Aquello era el principio de una relación o solo una aventura? La verdad es que no lo sabía. Había escuchado lo que ella había estado a punto de decir cuando llegó al orgasmo, pero yo también había dicho muchas locuras en el calor del momento. Los susurros acaramelados que escapaban durante el sexo nunca podían tomarse en serio. Cuando uno estaba a punto de llegar al clímax amaba a todo el mundo, incluso al profesor de biología.

Y Syd —la inocente y preciosa Syd— no tenía mucha experiencia en ese sentido. Algo que me excitaba muchísimo, pero en realidad siempre era difícil descifrar los sentimientos de alguien cuando se sumaba el sexo a la ecuación.

Yo sabía que ella me quería mucho. Eso estaba claro, pero ¿me amaba de verdad? ¿Sentía esa clase de amor que habían compartido mis padres antes de que él muriera? La clase de amor que yo sentía...

Joder.

Me arrodillé a su lado y cerré los ojos. Es gracioso pensar que, si no terminas una frase en tu cabeza, lo que estás pensando no es verdad. Cosa que es una estupidez, porque el hecho de que el cerebro se tome unas vacaciones repentinas no cambia absolutamente nada.

Estaba *enamorado* de Syd.

Total, loca e irremediablemente enamorado. Llevaba años enamorado de Syd. Pensé en el tatuaje que me había hecho cuando terminamos el instituto, el que tenía en la espalda, y negué con la cabeza. Quizá no hubiera querido admitirlo antes, y puede que yo fuera un capullo integral por haberme liado con todas esas chicas, pero ya no podía seguir ignorando lo que sentía por ella.

Alargué la mano, le aparté un mechón de pelo de la mejilla y dejé allí la mano mientras la miraba. ¿Habríamos llegado así de lejos si no nos hubiéramos quedado atrapados por la nieve? No lo creía. Yo habría seguido follando con otras tías y ella habría encontrado a alguien que no se dedicara a restregarle a otras chicas por las narices. Alguien que hubiera sido bueno con ella.

Alguien con las cosas claras. Que la hubiera tratado como si fuera lo más valioso del mundo. Habría sido un hijo de puta con suerte.

Yo quería ser ese hombre.

Y *podía* ser ese hombre, si ella me aceptaba.

Tardé un buen rato en tumbarme a su lado sin despertarla, en especial cuando se puso de lado y me pegó el trasero al cuerpo. Jodeeeer. Pero, igual que había ocurrido la noche anterior, me quedé dormido bastante rápido y me desperté antes que ella, extrañamente fresco después de haber descansado en un colchón en el suelo y con una erección de campeonato.

La desperté posándole la boca entre los muslos.

Syd se apoyó en los codos, tenía el pelo enredado sobre los hombros y el pecho agitado.

—Kyler, ¿qué estás...? —Tenía la voz ronca del sueño y la excitación. Me encantaba ese sonido—. Oh, Dios...

Sonreí con la boca pegada a ella, interné un dedo en su cálida humedad y le dibujé un círculo en el clítoris con la lengua. Me encantaba su sabor, su olor y cómo me hacía sentir. Podría pasar una eternidad entre sus piernas. La miré mientras le insertaba otro dedo y la chupaba con fuerza. Apoyó todo el peso de su cuerpo en los codos y echó la cabeza hacia atrás. El grave gemido entrecortado que se le escapó casi me hace perder los papeles allí mismo. Syd levantó la cadera y empezó a mecerla contra mi mano y mi boca. Era lo más excitante que había visto en la vida.

—Oh... —jadeó—. Kyler, me voy a...

—¿Te vas a correr? —Le lamí el sexo y ella aceleró el ritmo—. ¿Sí? Eso es lo que quiero, nena. Déjate ir.

Y lo hizo.

Syd se dejó caer y arqueó todo el cuerpo, cosa que hizo que la sudadera le trepara por el estómago. Se le escapó una retahíla de palabras mientras sus músculos interiores me atenazaban los dedos. Tenía el ceño fruncido y tragaba saliva. Contemplé cómo se corría como un degenerado, pero me encantaba.

Era una preciosidad.

No recuerdo haberme movido, pero de alguna forma conseguí quitarle la sudadera y lancé mis pantalones hasta la otra punta del salón. La lujuria se apoderó de mí. La cogí de los brazos, se los estiré por encima de la cabeza y la inmovilicé por las muñecas.

Me interné en ella de una profunda y poderosa embestida, hasta el fondo. Su cuerpo estalló a mi alrededor por segunda vez y capturé su grito con los labios. La embestí una y otra vez y me perdí en ella una vez más. Hubo algo distinto esa vez. Fue salvaje. Animal. Su tersa humedad me estrechó como un guante de satén y le metí la lengua en la boca. La sentía en todos mis poros, se empapaba de mis músculos y mis huesos, se internaba en mi pecho.

El clímax me asaltó, y mis caderas siguieron meciéndose hasta que me di cuenta de que los músculos de Syd empezaban a contraerse una vez más. Jamás me había sentido de esa forma, tan conectado y...

Joder, lo imposible había pasado, algo que pensaba que no me iba a ocurrir nunca. Había olvidado ponerme el condón.

18

Sydney

Tardé unos segundos en darme cuenta del motivo por el que sentía tan bien a Kyler, tan caliente y palpitante, y la sensación era arrebatadoramente intensa. Cada centímetro de su erección era un tormento delicioso y cada embestida era embriagadora.

No llevaba preservativo.

Oh, Dios mío...

Me quedé de piedra. Le había creído cuando había dicho que siempre utilizaba preservativo. Kyler no era tonto, pero esa vez no lo había hecho, ni siquiera se había parado a pensarlo. Por un momento muy breve sentí pánico, pero después la sensación dio paso a una embriagadora oleada de placer. Saber que Kyler estaba haciendo aquello por primera vez, combinado con la forma en que me estaba inmovilizando, me provocó otro poderoso orgasmo.

—Sydney —rugió, y se retiró en lo que yo sabía que era el último segundo.

Me besó y se pegó a mi estómago convulsionándose. Entonces me soltó las muñecas.

Lo agarré con fuerza de los hombros mientras el placer lo recorría. No se movió hasta que se le relajó la respiración y sus latidos se normalizaron. Después apoyó la mayor parte de su peso en un costado.

Miró hacia abajo.

—Mierda. Lo siento.

Sonreí mientras me giraba y le di un beso en el pecho.

—No pasa nada.

—Yo siempre uso preservativo. Es que... —Soltó una suave carcajada—. Joder.

—No pasa nada. —Le enrosqué los dedos en el pelo de la nuca—. Estoy tomando la píldora —le recordé—. Podrías haber..., ya sabes.

Me rozó la cara con los labios.

—Ya me acuerdo, pero estoy tan acostumbrado a llevar condón. Es como si me costara dejar de hacerlo. —Se reclinó y carraspeó—. No es que pretenda dejar de hacerlo.

Separé los labios, pero de pronto tenía la boca seca. ¿Qué había querido decir con eso? ¿No pretendía dejar de hacerlo porque pensaba seguir acostándose con otras chicas? Cerré los ojos y solté un montón de palabrotas mentales. Solo se refería a que no solía olvidarse el condón. Eso era todo.

Esperaba.

Pero ¿y si no cambiaba nada cuando nos marcháramos de allí?

Dios, no podría...

Intenté olvidar aquello, pero se me asentó en el estómago como una comida en mal estado. Teníamos que hablar, pero cada vez que yo abría la boca no salía nada. No sabía qué decir ni cómo iniciar la conversación. *Perdona, pero ¿tienes pensado seguir siendo un picaflor?* Sí, eso sería estupendo. Aunque Kyler me había dicho que yo merecía más que una aventura, yo no le había pedido nada más, y él tampoco se había ofrecido.

Teníamos que hablar.

Abrí los ojos y eché la cabeza hacia atrás. Kyler me estaba mirando con una sonrisa en la cara. Parecía tan... relajado. Más de lo que lo había visto jamás: era el momento perfecto para decir algo.

—Necesito ducharme.

Eso fue lo que salió de mi boca.

Kyler me miró la tripa.

—Sí, lo siento. Te he dejado hecha un desastre.

Eso no era lo que yo quería decir. Me ardieron las mejillas, y más cuando él sonrió de oreja a oreja.

—No pasa nada. A veces el sexo es un poco desastroso y estas cosas pasan y... será mejor que me calle.

Kyler se rio y me dio un beso en la punta de la nariz.

—¿Te he dicho que eres adorable?

¿Adorable? Esperaba que me dijera que era sexy o excitante. Encogí un hombro.

—Eres completamente adorable. —Agaché un poco más la cabeza y me besó. Fue un beso rápido y suave, pero me hizo encoger los dedos de los pies de todas formas—. Creo que los dos necesitamos una ducha. Pero va a ser fría.

Esbocé una mueca al recordar el chorro de agua fría que me había caído encima cuando se había apagado el generador.

—Ufff.

—Supongo que depende de las ganas que tengas de ducharte.

Lo pensé y decidí que tenía muchas ganas de ducharme. Suspiré, me aparté de Kyler y me senté. Cogí la manta y me la llevé al pecho. Las llamas de la chimenea eran pequeñas, casi se habían extinguido. Escuché con atención un momento y me di cuenta de que ya no se oía el viento. Miré por la pequeña abertura de las cortinas y no supe decidir si debía sentirme alegre o triste de que la ventisca hubiera pasado.

Kyler me rozó el hombro con los labios y me volví hacia él. Le colgaban algunos mechones de pelo por la frente, lo tenía muy despeinado. Esbozó esa sonrisa suya de medio lado y a mí se me encogió el corazón.

—¿Una ducha?

—Sí —contesté.

—¿Juntos?

Me ardió el estómago.

—¿Sí?

La sonrisa infantil de Kyler se volvió traviesa.

—Quizá así no nos demos cuenta de que el agua está fría.

Un minuto después, nos dimos cuenta de que el agua estaba congelada. Por muy sexy que fuera Kyler desnudo, era imposible cambiar eso.

—Joder —exclamó metiendo la cabeza debajo del agua—. La leche.

Me reí mientras saltaba delante de él, rodeándome con los brazos. Él estaba debajo de la cascada helada y a mí solo me llegaba alguna gota de vez en cuando. Tenía toda la piel de gallina y, por muy absurdo que pareciera, estaba helada y caliente al mismo tiempo.

Kyler se había enjabonado y le resbalaba la espuma por ese estómago tan impecable que tenía, se le deslizaba por los músculos y desaparecía entre sus piernas. No podía dejar de mirarlo. Era vergonzoso. Era emocionante. Hubo un momento en que se dio la vuelta y me quedé mirando el tatuaje que tenía en la espalda. ¿En qué idioma estaría escrito? Después se puso de frente.

—Vale —jadeó negando con la cabeza—. ¿Estás preparada?

Levanté la vista y asentí.

—La verdad es que no.

—Intentaré hacerlo lo más rápido e indoloro posible.

Me rodeó con los brazos y me pegó a su cuerpo. Tenía la piel caliente en algunas zonas, fría en otras, y yo sabía que él notaba lo duros que tenía los pezones. No estaba segura de si era por el frío o por Kyler.

Básicamente, por Kyler.

—Prepárate —murmuró girándose despacio.

Me sobresalté cuando el agua me tocó la espalda, y casi trepo por su cuerpo. Kyler cogió el jabón sin soltarme. Me castañeaban los dientes mientras él me ayudaba a lavarme. Era incapaz de estarme quieta, y Kyler era muy consciente de mis movimientos. Tenía el pecho muy agitado y, aunque yo tenía la piel como un cubito, me ardían las venas. Cuando me deslizó la mano entre los muslos, me mordí el labio. Se tomó su tiempo en esa zona.

Era la ducha más fría y más caliente de mi vida.

Después me envolvió en una toalla esponjosa y me dejó delante del fuego. Se cambió de ropa a toda prisa y fue al garaje a por más leña. Se había puesto tenso después de la ducha. No había hablado mucho, y cuando me miraba se le veían los ojos negros como un par de obsidianas.

Me retorcí, algo incómoda.

—Voy a bajar al hotel para averiguar si saben algo de las carreteras principales. —Se puso en cuclillas delante de mí, el pelo húmedo se le enroscaba alrededor de las orejas—. No tardaré mucho. ¿Vale?

Asentí y empecé a levantarme.

—Puedo ir contigo. Solo déjame...

—Quédate aquí. —Me posó las manos en los hombros y me empujó con suavidad—. Y sigue calentita. Ya no nieva, pero la casa está helada. Volveré antes de que te des cuenta de que me he marchado.

Me sentí como si ya se hubiera ido.

Pero no dije nada mientras lo veía equiparse como si se fuera a hacer *snowboard*. No me dio un beso antes de marcharse y, aunque estaba sentada delante del fuego, me sentí inexplicablemente fría.

Kyler se detuvo en la puerta que conducía al sótano y se metió el móvil en el bolsillo.

—No salgas mientras no esté, ¿vale? Ya sé que no ha vuelto a pasar nada desde lo del generador, pero no quiero riesgos.

—Vale.

Me volví hacia él; quería decir algo —lo que fuera—, pero había perdido la capacidad para formar frases.

Se detuvo y se volvió. Me miró y abrió la boca, pero después negó con la cabeza y desapareció escaleras abajo.

No sé cuánto tiempo me quedé mirando el hueco donde lo había visto plantado por última vez mientras me decía que no debía dramatizar, pero ya lo estaba haciendo, como una auténtica reina del drama. Tendrían que haberme puesto una corona y todo. En el corto espacio de tiempo que pasó entre que se marchó y escuché la moto de nieve fuera, ya había sentido la necesidad de abofetearme varias veces por no decirle lo que sentía.

Fue entonces cuando me di cuenta de que no tenía las cosas tan claras como había imaginado. Tenía veintiún años y era incapaz de mantener una conversación seria y sincera con Kyler y decirle la verdad. Y, si ese era el caso, probablemente no debería estar acostándome con él.

Tenía que madurar.

Me dije que sería lo primero que hiciera cuando él volviera y me levanté para subir a por ropa limpia. Una vez vestida, me puse las botas y los vaqueros y me senté en el sofá a tamborilear con los dedos en mis rodillas.

Vale. Quizá lo primero que hiciera cuando él volviera no sería acosarlo con el estatus de nuestra cuestionable relación. Primero dejaría que me explicara cómo estaban las carreteras, y después hablaríamos.

Como era incapaz de quedarme sentada, fui a buscar mi móvil. Seguía metido en el cuenco de arroz en la cocina. Lo saqué, le limpié los granos de arroz y lo monté con muchas esperanzas. Se encendió, pero en la pantalla solo aparecieron unas preciosas ondas verdes y azules.

—Mierda —gimoteé, reprimiendo las ganas de lanzarlo hasta la otra punta de la cocina como si fuera un balón de fútbol.

Miré el reloj de la cocina. Ya había pasado media hora desde que Kyler se había ido y yo ya me estaba volviendo loca. Quería salir de la casa. Él no estaba y yo empezaba a padecer un grave caso de claustrofobia.

Me paré junto al árbol de Navidad, me acurruqué en mi suéter y me puse a mirar por el enorme ventanal. Me sentía diferente. Era extraño que solo hubieran pasado unos cuantos días desde que habíamos llegado a Snowshoe, pero parecía toda una vida.

Se me escapó una sonrisita y cerré los ojos recordando cómo le había dicho a Kyler que lo deseaba. Me retorcí un poco, avergonzada, y después me reí, porque la verdad era que jamás en mi vida habría pensado que tendría el valor de comportarme de esa forma, y hasta ese momento no me había dado cuenta del miedo que había tenido. Y comprendí, como una tonta, que esa no era forma de vivir.

Y esa sensación distinta no tenía nada que ver con el sexo. Bueno, sí que tenía doloridas algunas zonas que no pensaba que pudieran dolerme, pero era más que eso. Nunca me había lanzado a por nada que hubiera deseado. Siempre había sido demasiado cautelosa, y desde el modo en que había acabado todo con Nate había tenido más miedo de dejarme ir, de perder el control y hacer cosas que tuvieran el potencial de acabar doliéndome mucho.

En cierto modo, era como si me hubiera envuelto en una especie de manta de seguridad. Y decirle a Kyler que lo deseaba había sido como quitarme esa manta. Ahora solo tenía que seguir adelante y decírselo todo.

Necesitaba decirle a Kyler que lo quería.

Se me paró un segundo el corazón solo de pensar en decírselo. Iba a tener miedo. Iba a ser dolorosamente incómodo, y prefería golpearme la cabeza contra la pared que hacerlo, pero lo iba a hacer de todas formas.

Cuando llevaba una hora a solas con esos pensamientos, ya no pude aguantarlo más. Me decidí sin pensar realmente en ello. Me puse el abrigo, los guantes y un gorro y bajé al garaje.

Sacar la otra moto de nieve hasta la nieve de la entrada fue un rollo. Como no teníamos electricidad, tardé un rato en cerrar la puerta del garaje a mano, y no la cerré del todo, dejé un hueco de unos cinco centímetros para poder abrirla de nuevo cuando volviera. Hacía muchísimo frío, y me puse el casco a toda prisa.

No era ninguna experta conduciendo motos de nieve, pero había tanta que el vehículo se deslizaba con facilidad levantando un poco de polvo de nieve al pasar. Incluso a pesar de los guantes, cuando paré delante del hotel tenía la sensación de que se me estaban congelando los dedos.

Había gente delante de sus comercios en la calle; iban armados con palas, y empezaban a despejar las entradas. En algunas zonas los coches estaban tan cubiertos de nieve que solo asomaban algunas partes. Era alucinante y una locura ver de lo que era capaz la Madre Naturaleza cuando estaba enfadada o aburrida.

Había varias motos de nieve aparcadas delante del camino despejado, y no supe distinguir cuál era la de Kyler. A mí todas me parecían iguales. Mientras avanzaba por el camino escuché ruido de máquinas a lo lejos, probablemente fueran las quitanieves.

Dentro del hotel se estaba supercalentito, había luz y vi la televisión encendida. Cuando me quité el casco y miré a mi alrededor fue como si hubiera entrado en el paraíso. Era evidente que allí no se habían quedado sin electricidad. Bastardos con suerte.

Aunque la verdad era que lo de la electricidad no me molestaba tanto. Haber pasado aquellos días acurrucada con Kyler había hecho que valieran la pena toda la comida basura y las duchas heladas.

A un lado había una sala de juegos y una sala de estar, y percibí el olor a café recién hecho y a beicon. Aposté a que Kyler estaría allí, poniéndose morado. Aunque no lo culpaba. Yo también haría lo que fuera por unos huevos revueltos.

Había mucha gente reunida alrededor de los juegos y los sofás. Algunos de ellos estaban hablando de las horas que habían pasado sin electricidad o de cuándo pensaban marcharse. Examiné a la multitud, pero no vi a Kyler por ninguna parte. Sin embargo, sí que reconocí al camarero de la primera noche que habíamos estado allí.

Se volvió y me sonrió cuando me vio.

—Ey, me alegro de ver que has sobrevivido a la ventisca del siglo.

Sostuve el casco pegado a la cadera y me acerqué.

—Sí, hemos sobrevivido sin electricidad.

—Eso he escuchado. —Tomó un sorbo de café y mis papilas gustativas empezaron a babear—. Tu amigo me ha dicho que un árbol tiró los cables.

Alcé las cejas.

—¿Kyler?

Asintió.

—Sí, estaba aquí hace un momento. Me ha dicho que cree que alguien ha estado boicoteando la casa durante la tormenta, algo sobre un tiro a una ventana y que han cortado los cables del generador.

—Sí. Yo esperaba que... —Se me apagaron las palabras cuando comprendí lo que me acababa de decir—. Espera. ¿Acabas de decir que Kyler *ha estado* aquí?

Se rascó la mandíbula y volvió a asentir.

—Sí, también ha preguntado por las carreteras. Parecía tener muchas ganas de marcharse. Aunque no me extraña. La nieve es divertida cuando puedes salir a disfrutar de ella, pero cuando te aísla de esta forma, ya no lo es tanto.

—Ah. —Me cambié el casco de mano—. He debido de cruzarme con él, entonces. —Sin embargo, en cuanto lo dije supe que no tenía sentido. Solo había un camino para ir de la casa al hotel, y lo habría visto. El pánico me congeló la sangre. ¿Y si se había caído y se había hecho daño?—. ¿Cuánto hace que se ha marchado? —pregunté.

Frunció el ceño concentrado.

—Em, pues hará una media hora.

Se me paró el corazón. Juro que dejó de latir por unos segundos.

—Sí, eso creo. Él y Sasha se marcharon sobre las 9:30.

—¿Qué? —No podía ser, no podía haberlo escuchado bien. Era imposible. Mis oídos me estaban engañando. No podía estar refiriéndose a la sexy Sasha, a la escultural morena a la que Kyler conocía desde hacía tanto tiempo—. ¿Se ha marchado con Sasha?

—Sí. —El camarero sonrió y no me gustó esa sonrisa. Era una sonrisa cómplice—. También parecía muy contento de verla, pero ellos dos siempre salen juntos cuando Kyler viene por aquí.

Me lo quedé mirando. Kyler venía muchas veces durante la temporada, a veces solo y otras con Tanner y los demás. Yo solo subía en Navidad, así que no me costó suponer que el camarero conocería bien a Kyler.

A Kyler y a Sasha juntos, por lo visto.

El camarero negó con la cabeza y sonrió.

—Me parece que han ido a casa de Sasha. Ella también ha estado sin electricidad, pero dudo mucho que él haya ido a arreglar eso.

Sí, yo también lo dudaba porque —*oh, Dios*— Kyler no tenía ni idea de circuitos eléctricos. Estaba con Sasha.

Se estaba follando a Sasha.

Di un paso atrás con la boca abierta, pero no sabía qué decir. Se me revolvió el estómago y noté una dolorosa punzada en el pecho. Estaba a punto de vomitar.

—Oye —dijo el camarero posándome la mano en el hombro mientras yo me agachaba—. ¿Estás bien?

—Sí. —Mi voz sonó débil y muy lejana—. Estoy bien.

Pero no lo estaba. Estaba muy lejos de estar bien. El dolor que había sentido en el pecho se estaba deslizando por mis venas y me trepaba por la garganta. Me ardieron los ojos y noté cómo se me entumecía todo el cuerpo.

—Oh, mierda. —El camarero me soltó el hombro y torció el gesto como si acabara de decirme que yo padecía alguna enfermedad incurable—. Oh, mierda, mierda, mierda. Estás con Kyler, ¿verdad? O sea, ¿estáis *juntos*? —No me dio oportunidad de contestar—. Oye, solo estaba hablando por hablar. Estoy seguro de que solo ha ido a comprobar lo de la luz y ya está.

La verdad es que no escuché ni una palabra más de su retractación. Solo escuchaba los latidos de mi corazón retumbándome en los oídos. Parecía que el suelo se hubiera hundido bajo mis pies y, aunque seguía allí plantada, tenía la sensación de estar cayendo al vacío. Una parte de mí quería patear al mensajero. Abalanzarme sobre él, aporrearle el estómago y hacerle retirar lo que había dicho, pero no era culpa suya. Tenía que seguir repitiéndome eso.

—No estoy con él —espeté.

Frunció el ceño.

—¿Qué?

—Que no estoy con él —repetí, y me dolió. Me dolió físicamente.

Como si alguien me hubiera clavado un cuchillo oxidado en el pecho y lo hubiera retorcido, porque era la verdad. Yo no estaba con Kyler. Había practicado sexo con él, pero no estaba *con* él. No le habíamos puesto ninguna etiqueta a lo nuestro, no nos habíamos hecho promesas. Él dijo que yo merecía algo más que una simple aventura, pero eso era lo que había. Al final, yo no era más que un rollo.

Y eso, *eso* era típico de Kyler, lo de pasar de una chica a otra. Ni siquiera sería la primera vez que estaba con dos chicas el mismo día, o a la vez. Se había quedado muy callado después de la ducha, estaba muy tenso. ¿Había decidido que ya tenía suficiente?

Yo lo conocía mejor que nadie. El sexo no significaba nada para él. Siempre había dicho que solo eran dos personas dándose placer. Solo porque me hubiera follado de frente y hubiera olvidado ponerse el preservativo una vez... ¿Acaso pensaba en serio que *eso* significaba algo?

Pues sí. Dios, de verdad había pensado que significaba más.

—Cielo —dijo el camarero—. Lo siento mucho.

Me di media vuelta sin decir una sola palabra más y me marché hacia el salón principal. Fui hacia la puerta, pero me detuve y me acerqué a la recepción.

—¿Puedo usar el teléfono?

Dejé el casco sobre el mostrador. No reconocía mi propia voz.

La chica que aguardaba detrás del mostrador asintió y me dio el teléfono. Estuve a punto de llamar a Andrea, pero no podía hablar con ella. Se habría dado cuenta en cuanto hubiera escuchado mi voz. Sonó dos veces antes de que contestaran.

—¿Mamá?

Escuché una pausa llena de estática.

—¿Sydney? ¿Eres tú?

A menos que tuviera otra hija...

—Sí, soy yo.

—Oh, gracias a Dios. Estaba preocupadísima con la tormenta, y no contestabas al teléfono. La madre de Kyler me dijo que le había pasado algo al teléfono y que estabais bien y sabía que estarías bien con él, pero...

Torcí el gesto al escuchar su nombre y estuve a punto de perder el control.

—Mamá, ¿cómo están las carreteras por allí?

—Las principales ya están casi despejadas. Tu padre me ha dicho que las autopistas están bien.

—Vale. —Cerré los ojos para aliviar la quemazón—. Crees que..., ¿crees que podéis venir a buscarme?

—Sí. Claro, pero ¿y Kyler? ¿Va a quedarse unos días más? ¿O es que se le ha estropeado el coche?

Mi madre, la reina de las preguntas que yo era incapaz de contestar.

—A su coche no le pasa nada. Yo solo..., solo quiero irme a casa. Por favor.

Se hizo otra pausa y estoy segura de que escuché cómo mi madre respiraba hondo.

—¿Estás bien, cariño?

—Sí —grazné obligándome a abrir los ojos. La chica que seguía detrás del mostrador me estaba mirando como si yo fuera una paciente de alguna institución mental—. Creo que estoy incubando algo.

Mi madre dijo algo sobre que iba a estar enferma para Navidad y después colgó para ir a buscar a mi padre. Me sentí muy mal por pedirles que condujeran durante más de una hora para venir a buscarme, pero ya no podía estar en la casa con Kyler después de aquello. No creía que pudiera volver a estar con él jamás.

Le di las gracias a la chica, le devolví el teléfono y salí a buscar la moto de nieve. No recuerdo el trayecto de vuelta a la casa. Solo me acuerdo de que cuando bajé de la moto me di cuenta de que me había dejado el casco en el hotel. Ni siquiera había sentido el azote del viento cuando volvía a la casa. Crucé la nieve completamente entumecida.

Primero vi las huellas. No eran huellas de moto de nieve, eran dos pares de huellas que procedían de uno de los laterales de la casa, como las marcas que dejan los esquís o las que quedan después de arrastrar los pies por la nieve.

Se me encogió el estómago.

¿Kyler habría vuelto mientras yo estaba en el hotel? ¿Y se habría traído a Sasha?

Me quedé mirando las marcas de la nieve. No. Era imposible que hubiera sido tan descarado. A menos que no le importara. Oh, Dios, ni siquiera podía pensar en ello. Me llevé una mano enguantada a la chaqueta. Si estaba allí con Sasha le iba a dar una patada en los testículos.

Noté una punzada de dolor en el pecho y empezó a arderme la garganta. Parpadeé para reprimir las lágrimas y me volví hacia la puerta del garaje. No estaba cerrada del todo, y el hueco de la base era mucho más grande del que yo había dejado.

Por un momento pensé en volver al hotel y esperar allí a que llegaran mis padres, pero como era una completa idiota no les había dicho a mis padres que pensaba esperarlos en el hotel. Irían primero a la casa y, además, tenía que coger mis cosas.

Podía hacerlo. No pensaba escapar como una niña pequeña. Ya era lo bastante terrible que hubiera llamado a mis padres. Podía hacerlo.

Me obligué a poner un pie detrás de otro y me limpié con rabia la lágrima que me resbalaba por la mejilla. Sabía que, con la suerte que tenía, la lágrima se me congelaría en la cara, y que todo el mundo se daría cuenta de que estaba a punto de ponerme a llorar como si fuera una niña a la que acababan de decirle que Papá Noel no existía.

Yo había llorado cuando me lo explicaron.

Y estaba a punto de volver a hacerlo.

Cuando llegué a la puerta del garaje me pregunté por qué Kyler habría aparcado en la parte de atrás. No tenía sentido, pero en ese momento me importaba un pimiento. Cada vez me dolía más el pecho. Levanté la puerta, respiré hondo y me quedé de piedra.

Parpadeé muy despacio pensando que acababa de teletransportarme a un episodio de *Ley y orden*.

Había dos hombres arrodillados detrás del SUV de Kyler, junto a la rueda trasera. Llevaban sendos pasamontañas que les ocultaban la cara. Uno de ellos tenía un cuchillo y lo estaba clavando en la goma de la rueda, y el otro llevaba un bate de beisbol. Los dos se me quedaron mirando. Empezaron a levantarse.

Mierda.

19

Sydney

Todo pareció ocurrir a cámara lenta. Una parte de mí no podía creer lo que estaba viendo. Mi cerebro se negó a asimilar lo que estaba ocurriendo, pero mi corazón y mi cuerpo sí que reaccionaron. Se me aceleró el pulso y el instinto tomó el mando.

El hombre levantó el bate de beisbol.

—Mierda.

Reculé y abrí la boca para gritar, porque gritar era una gran idea, pero mi pie impactó contra la nieve que estaba amontonada junto a la puerta del garaje. Empecé a caer agitando los brazos. Caí de espaldas contra el duro cemento y me quedé sin aire.

Uno de los hombres se rio, y no estaba segura de si debía enfadarme o sentir más miedo.

El que llevaba el bate se cernió sobre mí y ladeó la cabeza.

—Mierda —repitió, y se volvió hacia el otro tipo—. Tenemos que...

Yo di un grito ensordecedor mientras me arrastraba hacia atrás por la nieve. Me di media vuelta y me levanté. Tenía que llegar hasta la moto de nieve, volver al...

Alguien me agarró de la cintura y me levantó del suelo. El tipo me tapó la boca y sofocó mis gritos. El corazón me aporreaba las costillas. Empecé a forcejear agitando las piernas.

—Vaya, vaya, ¿qué tenemos aquí?

La voz me resultó familiar, pero estaba demasiado aterrorizada como para pensar mucho en eso, en especial cuando el tipo que llevaba el bate de beisbol se plantó delante de nosotros. Eso significaba que el que me estaba agarrando era el hombre del cuchillo. El pánico se apoderó de mí.

—Oye, tío, ¿qué haces? —preguntó el del bate.

El tipo del cuchillo siguió reculando hasta el SUV sin inmutarse por mi forcejeo.

—¿Qué? Solo vamos a divertirnos un rato. Nada serio.

Se me desbocó el corazón. Aquello no podía estar pasando. Estaba horrorizada y giré la cabeza mientras intentaba soltarme. Recordé todos los vídeos de seguridad que nos había obligado a ver la policía del campus. En ellos nos habían advertido que no dejáramos que nadie nos metiera en un coche o nos alejara de la gente. Y ya estábamos muy alejados de la gente allí. Aquello no era bueno. Oh, Dios, no era nada bueno.

—Esto no formaba parte del plan —dijo el tipo del bate, y lo soltó. Levantó las manos mientras el bate resonaba contra el cemento. Su voz destilaba un pánico muy distinto—. Dijiste que solo le íbamos a joder las ruedas. No pienso...

—¡Cállate! Joder. —El tipo del cuchillo volvió a pegarme la cabeza a su pecho y noté varias punzadas de dolor en el cuello—. No seas gallina. No vamos a hacer nada grave.

Le supliqué con los ojos al tipo del bate. No parecía querer formar parte de aquello, fuera lo que fuese. Aquel hombre era mi única esperanza.

—¿Grave? —Gesticuló en nuestra dirección, pero no me miró a los ojos—. ¿Y qué crees que es esto? ¿Qué piensas hacerle? Esto es una mierda.

—Venga, tío. —El tipo del cuchillo se cambió de postura—. Tú abre la puerta, nenaza. Solo vamos a asustarla. Eso es todo.

Se me desbocó el corazón y abrí los ojos como platos, se me llenaron de lágrimas. *Esto no está pasando*. No paraba de repetir lo mismo una y otra vez. No podía comprender cómo era posible que mi mañana hubiera empezado de una forma, tan llena de esperanza y amor, y se hubiera convertido en una mierda en un nanosegundo.

El tipo del bate maldijo entre dientes mientras esquivaba mis patadas y abrió la puerta del sótano. Se me encogió el estómago. Cuando me llevaban hacia el sótano me quedé congelada un segundo. El pánico me paralizó. Se internó en mí y amenazó con asfixiarme.

Cuando estuve en aquel entorno conocido, con las mesas de billar tapadas, la mesa de hockey de aire y la fotografía de niño de Kyler con su padre, pude por fin reaccionar.

Giré la cabeza de golpe y le moví lo suficiente la mano como para morderle los dedos. Le clavé los dientes en la piel y apreté hasta que noté cómo la atravesaba y percibía el sabor metálico de la sangre en la boca.

El tipo del cuchillo aulló y apartó la mano. Dejó de apretarme la cintura lo suficiente como para que pudiera soltarme. Bloqueó la única salida que había y, mientras mi mente reproducía todas las películas de terror que había visto en mi vida, no tuve otra opción que internarme más en la casa.

Corrí más rápido que nunca. Tenía las suelas de las botas mojadas y resbaladizas y se deslizaban por los suelos de madera. Llegué a la escalera a una velocidad de vértigo. Noté un peso en la espalda que me tiró en las escaleras. Conseguí parar la caída antes de golpearme la cara contra los escalones.

—Maldita zorra —rugió agarrándome del pelo mientras me clavaba las rodillas en las caderas. Me tiró hacia atrás de la cabeza y noté una punzada de dolor muy intensa en la espalda cuando estiró hacia arriba. Me di media vuelta y le di una patada en la espinilla.

No vi el golpe hasta que lo noté. Me dolía toda la cara, era una sensación caliente y punzante. Grité y le clavé las uñas en la mano con la que me estiraba del pelo.

—¿Qué estás haciendo? —le gritó el otro tipo—. Joder, ¿es que te has vuelto loco?

El tipo del cuchillo lo ignoró y me arrastró escaleras arriba. Me ardía todo el cuero cabelludo cuando llegamos al salón y clavé los ojos en la cama que nos habíamos hecho Kyler y yo. Estaba toda desordenada de lo que habíamos hecho aquella mañana, y al verla en ese momento me dieron nauseas.

Esto no está pasando.

—Odio a las zorras pijas como tú —dijo el tipo del cuchillo empujándome.

Me tambaleé, perdí el equilibrio y caí de rodillas al lado de la mesita de noche. La desesperación me nublaba los sentidos. Caí presa del pánico.

—¿Por qué? —Hice una mueca, me dolía mucho el labio—. ¿Por qué haces esto?

—¿Por qué? —se burló poniendo el mismo tono que yo—. Porque sois unos mierdas que venís aquí cada año y os pensáis que este sitio es vuestro, os creéis mejores que nosotros. Y no lo sois. No sois nada.

Parpadeé al notar que se me llenaban los ojos de lágrimas. Aquel comentario me sonaba.

Me arrastró junto a la mesita hasta llegar a las mantas.

—¿Y ese gilipollas de Kyler? Se cree el puto amo, ¿no? Cree que puede decirme lo que puedo y lo que no puedo hacer.

Y lo entendí. Por un segundo no pude moverme mientras lo asimilaba. Ya sabía quién se escondía detrás de aquel pasamontañas. Estuve a punto de decir su nombre, pero cerré la boca. Si Zach no sabía que yo había descubierto que era él, probablemente tuviera alguna posibilidad de salir ilesa de aquello. Por lo menos, eso esperaba, y me aferré a ese pensamiento.

—Venga, tío, ya está bien —dijo el tipo del bate por detrás de nosotros—. Ya la has asustado, ¿vale? Tenemos que pirarnos. Ya les has tocado bastante las narices. Esto ha ido demasiado lejos.

—¿Demasiado lejos? —Zach me siseó al oído, y yo me estremecí del asco—. ¿Y no fue Kyler demasiado lejos cuando se folló a mi novia? O justo en este momento, porque está con ella, ¿sabes?

Joder, ¿se refería a *Sasha*? Kyler había mencionado que había habido algo entre Zach y Sasha, pero no me había dicho que hubiera pasado nada entre él y la chica. De pronto comprendí la antipatía que se demostraron en el bar.

Kyler me había mentido, totalmente. Y ahora él estaba con Sasha y yo estaba con Zach. Era increíblemente retorcido.

Kyler se *había* acostado con la novia de Zach en algún momento.

El cuchillo oxidado que se me había clavado en el corazón cuando había averiguado dónde estaba Kyler se internó más adentro, y después se rompió. Yo estaba en aquella situación por culpa de Kyler y su incapacidad de mantener la polla dentro de los pantalones. Así de simple. El dolor emocional que me atenazaba era tan potente como el que sentía en el labio y en los músculos de todo el cuerpo, y las heridas internas tardarían muchísimo más en desaparecer que las que, sin duda, me salpicaban la piel. El dolor ascendió hasta un nuevo nivel, y se adentró tan profundamente en mí que supe que sería incapaz de subsanarlo.

Eso, siempre que saliera de aquella con vida.

Me esforcé por recuperar el control de mi respiración en medio de todo aquel dolor y pánico.

—Lo siento —murmuré. Tenía el labio inferior entumecido y me hacía tartamudear—. Siento que Zach se acostara con tu novia. Estoy muy...

—¿Que lo *sientes*? —Zach se rio con aspereza y me empujó—. Ese pequeño bastardo es quien debería sentirlo.

Vale. Estaba claro que simpatizar con el psicópata no me iba a ayudar. Me levanté, me di media vuelta e intenté llegar a la puerta del vestíbulo. Podía llegar a la puerta principal y, después, ¿qué?, correría como una loca.

Crucé la mitad del salón antes de que me agarrara de la chaqueta. En mi frenético intento por escapar, me bajé la cremallera y me quité la prenda. Casi había llegado a la puerta cuando me atacó por detrás. Me desplomé en el suelo con fuerza. Mi aullido se perdió entre los gritos del tipo del bate. Zach me dio media vuelta y casi muero del miedo. Intenté golpearlo y le rocé la mandíbula con los nudillos, pero me cogió de las manos y me las inmovilizó a ambos lados de la cabeza.

—Vaya, eres muy peleona para ser tan bajita, ¿no? —Zach se rio y pude ver, por los agujeros del pasamontañas, que en sus ojos relucía un brillo aterrador—. Tú y Kyler solo sois amigos, ¿eh? Más bien follaamigos, por lo que parece. Sí, os vi por la ventana. Te habría sacado mucho antes del bar si hubiera sabido que solo eras otra de las zorritas de Kyler.

Solo otra de las zorritas de Kyler.

Me recorrió una oleada de rabia, un ardor feroz que se deslizó por mis venas como si fuera veneno. Encorvé las caderas intentando quitármelo de encima.

—¡Apártate de mí!

—¡Ey! —gritó el tipo del bate lanzando un aullido agudo—. ¡Esto está yendo demasiado lejos! ¡Yo no pretendía hacer nada de todo esto! Lo de joderles la casa es una cosa, ¿pero esto? De eso nada. No pienso tener nada que ver con esto.

—Haz lo que quieras —rugió Zach—. Ya puedes largarte si quieres.

Respiré hondo y miré a Zach a los ojos. ¿Hasta dónde pensaba llegar? Era evidente que lo que estaba pasando no formaba parte de ningún plan. El tipo del bate estaba demasiado asustado como para que lo tuvieran planeado. Debían de haber estado vigilando. Vieron cómo se marchaba Kyler y después me vieron salir a mí. Probablemente no esperaban que yo apareciera mientras le destrozaban el coche a Kyler. Pero ¿qué iba a pasar ahora? Mi cerebro era incapaz de entender cómo iba a acabar todo aquello. No me podía estar pasando eso.

Una puerta se cerró en algún lugar de la casa y perdí la esperanza. El tipo del bate se había marchado. Estaba sola con Zach, y la venganza le brillaba en los ojos.

Kyler

Maldije entre dientes mientras me deslizaba por la nieve. Había pasado demasiado tiempo desde que me había ido al hotel. Seguro que Syd estaba pensando que se me había comido el Yeti o algo así. No había pretendido tardar tanto. La buena noticia era que había descubierto que ya habían empezado a despejar las carreteras del pueblo, y que ya se podía circular con precaución por las principales.

Pero todavía estaba aturdido por lo que había pasado cuando Sasha había entrado en el hotel. Se reducía a dos conceptos: que el pasado siempre vuelve y que las buenas acciones también se pagan.

Dios.

Lo único que quería hacer era recoger a Syd y salir de allí lo antes posible. Me paré al lado de la otra moto de nieve y fruncí el ceño. ¿Qué diantre hacía allí fuera? ¿Syd había ido a alguna parte y había vuelto?

Me puse como una fiera mientras apagaba el motor. Maldita sea, ¿es que no podía hacerme caso ni una sola vez? Lo último que quería era que se paseara por allí ella sola, en especial después de lo que me había explicado Sasha.

El imbécil de Zach —ese maldito paleto— había estado detrás de todo lo que había pasado en casa. Por lo visto, a ella también le había reventado un par de ventanas. Ese matón del tres al cuarto todavía no había superado que Sasha siguiera con su vida. Cualquiera habría dicho, por la forma en que Zach había actuado hacía un año, que Sasha tenía una vagina de oro o algo así.

Tuve que esforzarme mucho para no ir a buscar a Zach a su casa y molerlo a palos. Su obsesión retorcida por Sasha podría haber lastimado a Syd, o algo peor.

Y habría sido culpa tuya, susurró una voz traicionera.

Joder. Era verdad.

Me quité el casco y bajé de la moto de nieve justo cuando alguien salía corriendo por debajo de la puerta del garaje.

Lo primero que pensé fue: ¿de qué narices va esto?

Lo segundo fue que el desgraciado llevaba un pasamontañas, y ¿estaba saliendo de mi casa, donde estaba Syd? Oh, Dios-mío-no.

Solté el casco y agarré a aquel desgraciado por la cintura cuando intentaba rodear la casa. Lo tiré a la nieve y le planté la rodilla en el estómago.

—¿Quién narices eres? —le pregunté agarrándolo de los hombros—. ¡Contéstame!

El tipo levantó las manos.

—Yo no tengo nada que ver con esto. Lo juro. Él me dijo que solo quería hacerte algunas cosas en la casa y en el coche. Eso fue...

Le quité el pasamontañas a aquel imbécil. Era uno de los amigotes de Zach. Había estado en el bar hacía algunas noches. Le di un puñetazo en la cara sin pensármelo dos veces.

—¿Dónde está?

El tipo hizo un gesto con la barbilla para señalar el garaje, parecía que estuviera a punto de orinarse encima. Le temblaban los malditos labios.

—Lo siento. Se suponía que la cosa no tenía que llegar tan lejos, pero Zach, tío, te odia por lo que pasó con Sasha. Está dentro, tío.

Me quedé paralizado un segundo. Fue como si el mundo entero me hubiera caído encima. El miedo me estalló en la garganta, tuve la sensación de haber tomado un trago de sangre.

Me levanté de encima de aquel imbécil, crucé la nieve y resbalé por el suelo de cemento. Me empotré contra el lateral del SUV y reboté. Dejó de funcionarme la cabeza cuando abrí la puerta y empecé a buscar a Syd por todas partes.

Escuché pasos en el piso de arriba y después un grito que me paró el corazón. Mierda, parecía Syd. Oh, Dios mío, parecía ella. Apreté los puños, me ardía la sangre; pero entonces escuché un disparo y se me heló de golpe. Oh, Dios: Syd. Juré por Dios que si le había hecho daño iba a matar a aquel bastardo. Nadie podría detenerme.

Rodeé la mesa de billar a toda prisa, zigzagueé hasta la escalera mientras escuchaba unos pies que cruzaban el piso de arriba y bajaban los escalones. Un segundo después, otro desgraciado con pasamontañas salió de la escalera y se quedó de piedra cuando me vio. Sabía que era Zach. Reconocí su silueta. Y se le veía la mitad de la cara por debajo del pasamontañas medio roto. Clavé los ojos en sus manos. Las tenía llenas de sangre.

Perdí la cabeza.

Me abalancé sobre Zach y lo tiré al suelo. El muy imbécil intentó darme un puñetazo, pero lo esquivé. Lo agarré del cuello del suéter y lo levanté con una mano. Eché el otro brazo hacia atrás y le di un buen puñetazo en la mandíbula. Una. Dos. Tres veces. Él no me dio ni una sola vez. De eso nada. Había sangre, cortes en la piel y destellos de dolor. No era suficiente. Quería matarlo, pero cuando Zach dejó caer la cabeza hacia atrás lo solté y me obligué a levantarme.

Me temblaban las manos, tenía los nudillos pelados y ensangrentados.

Me costó mucho volver a respirar, pero no tanto como apartarme de Zach. Solo lo hice porque tenía que encontrar a Syd. *Un disparo, oh Dios.* Si estaba herida o... Jamás me lo perdonaría. Era así de sencillo. No debería haberla dejado allí sola.

Cuando pasé por encima de Zach, se puso de lado y gimió. Reprimí las ganas que me dieron de darle una patada en la cabeza. Subí corriendo las escaleras con el corazón desbocado. «¡Syd!», creí gritar, pero me atraganté con su nombre abrumado por lo que le podía haber pasado.

Entré a toda velocidad y me quedé de piedra cuando la vi.

Estaba sentada en el borde de la mesita, mirando fijamente el fuego casi apagado, y se rodeaba la cintura con los brazos. Tenía la melena echada hacia delante y el pelo le escondía el rostro.

Tenía el rifle de mi padrastro sobre las rodillas.

—¿Sydney?

La rodeé y abrí las manos. Me paré delante de ella, me arrodillé y sentí cómo se me partía el corazón. Se astilló. Tenía rasgada la tela del cuello y la piel de la barbilla roja y llena de manchas. Tenía el labio inferior roto y muy rojo. Enfurecí. Quise volver a bajar y patearle la cabeza a Zach.

—Syd, nena, mírame.

Alargué los brazos, quería abrazarla, necesitaba hacerlo.

—No. —Se apartó de mí y se levantó aferrándose al rifle, y reculó a toda prisa—. No me toques.

20

Sydney

Estaba junto al árbol de Navidad, viendo cómo la quitanieves avanzaba por la carretera mientras las palas apartaban la nieve y la depositaban en los laterales de la calzada. Las sirenas resonaban a lo lejos. Kyler debía de haber llamado a la policía. Era buena idea. Yo ni siquiera lo había pensado. Era como si mi cerebro no funcionara con normalidad.

Me dolían la mandíbula y el labio, pero yo tenía la sensación de estar separada de ellos. Me recorrió una punzada de terror residual y adrenalina. En realidad no me había hecho nada. Aparte del puñetazo que me había dado Zach, estaba bastante bien. Por el aspecto de los nudillos de Kyler, suponía que Zach estaría bastante peor que yo. Y la bala había impactado en la pared del salón.

Zach había querido asustarme y lo había conseguido. La verdad es que no sé qué habría pasado si yo no hubiera sido capaz de soltarme y coger el rifle de donde lo había dejado Kyler. ¿Y si lo hubiera cogido Zach? En ese momento no podía pensar en todo lo que podría haber pasado. Si algo había aprendido en mis cursos de psicología era que los seres humanos eran capaces de hacer cualquier cosa y Zach..., sí, estaba claro que le pasaba algo. Cuando yo había cogido el rifle, me había temblado tanto entre las manos al apuntar a Zach que había visto la duda en sus ojos: _¿Tendrá las agallas de apretar el gatillo? ¿Estará cargado siquiera?_

Yo también me lo había preguntado.

Me temblaban tanto las rodillas que estaba sorprendida de seguir en pie y de no haberme caído ya encima del árbol de Navidad. Sabía que era por la conmoción. No era mortal, pero era una conmoción.

—¿Syd?

Cuando escuché la voz de Kyler me ardieron los ojos. No me di la vuelta.

—La policía ya casi ha llegado. Van a querer saber lo que ha pasado. —Se volvió a hacer el silencio y, cuando volvió a hablar, parecía que estuviera más cerca—. ¿Estás bien?

—Sí —grazné, deseando que se marchara.

Todavía no estaba preparada para enfrentarme a él. No creía que fuera a estarlo nunca. El pecho era la parte del cuerpo que más me dolía.

Se hizo una pausa.

—¿Te ha hecho daño? O sea, ¿aparte de lo que se ve?

Negué con la cabeza y tragué saliva con fuerza. Las sirenas estaban más cerca. Me daba mucho miedo hablar con la policía.

—Syd, puedes... ¿puedes mirarme?

No quería hacerlo, pero me obligué a darme la vuelta. Estaba tan pálido como me sentía yo, tenía los ojos abiertos como platos y negros como un par de obsidianas. Me armé de valor, porque mirarlo me dolía de una forma profunda e imperdonable.

—¿Qué quieres, Kyler?

Parecía que fuera a dar un paso adelante, pero se paró.

—¿Qué..., qué está pasando? ¿Por qué no quieres que te toque? —Ladeó la cabeza y un mechón de pelo se le descolgó por la frente—. Yo tengo muchas ganas de abrazarte. No tienes ni idea de lo mucho que me asusté cuando descubrí que él estaba aquí dentro. Yo jamás...

—Para, para ya. —Levanté la mano y me di cuenta de que seguía sosteniendo el rifle con la otra. Lo dejé en el suelo con un nudo en la garganta. Todo brotó a la superficie a una velocidad de vértigo. No era el momento indicado para aquello, pero no pude contenerme—. ¿Es que crees que no sé dónde estabas?

Alzó las cejas y dio un paso atrás.

—Syd, yo...

—Fui al hotel a buscarte. Sí, ya sé que se suponía que debía quedarme aquí, y quizá no hubiera pasado nada de todo esto si lo hubiera hecho, pero fui al hotel y tú *no estabas*. —Me ardía la garganta—. Estabas con Sasha, quien, por lo que escuché, parecía *muy* contenta de verte, y tú no te lo pensaste dos veces y te marchaste a su casa. Ni siquiera después de que nosotros... —Se me apagó la voz y negué con la cabeza parpadeando para evitar que se me escaparan las lágrimas—. Me mentiste.

Kyler abrió la boca, pero yo le corté.

—Me dijiste que entre tú y Sasha no había nada, pero es evidente que no es así, ¿verdad? Todo lo que ha pasado, lo de la ventana, el generador y Zach, todo es por ella y por ti. ¡Zach vino aquí porque te acostaste con su novia!

Kyler torció el gesto y se me encogió el estómago. Odiaba que me importara.

—Oh, Dios —dijo—. Syd, nena, estoy tan...

—¡No lo digas! —Se me quebró la voz. Se me escapó una lágrima y me la limpié con rabia—. Nunca me habías mentido. ¡Jamás! Pero me mentiste sobre ella, ¡y él se coló en esta casa porque tú eres incapaz de mantener la polla en los pantalones ni dos segundos! —Era un golpe bajo. Lo sabía. También sabía que, en realidad, lo que Zach había hecho no era culpa de Kyler, pero estaba dolida. Estaba destrozada, y quería que él se sintiera tan mal como yo—. Dime una cosa. ¿Con ella sí que te has puesto preservativo? ¿Te las has follado de frente? ¿O todo eso de hacerlo por detrás era otra mentira? Dios, debes de pensar que soy la tía más ingenua del mundo por habérmelo creído.

Kyler puso una cara como si acabara de recibir una patada en los testículos.

—¿Qué? No. Yo no pienso eso, y no era una mentira, Syd. Yo...

—Da igual. —Respiré hondo y el aire me abrasó la garganta—. Soy muchas cosas, pero no soy tonta.

Antes de que pudiera decir nada más, la voz de un desconocido sonó desde el piso de abajo —un agente de policía— y di un paso, me temblaba todo el cuerpo.

—Tenías razón Kyler. —Las lágrimas me atenazaban la garganta—. Me merezco algo mejor que esto.

Kyler

Habría preferido que alguien me pateara los testículos que estar allí, delante de Syd, ver lo dolida que estaba y saber que yo tenía la culpa. En parte era culpa mía. Qué diantre, la mayor parte era culpa mía, y me habría metido encantado en un nido de serpientes de cascabel para borrar todo lo que había pasado.

Zach se había colado en mi casa por lo que había pasado entre Sasha y yo hacía más de un año. Aquel psicótico hijo de puta había pagado sus historias conmigo y con Syd, y eso me tenía destrozado. Deseaba haberle dicho que no a Sasha cuando me pidió que la ayudara a poner lona en sus ventanas. Tendría que haber estado allí para proteger a Syd, no intentando arreglar ventanas rotas ni evitando las continuas insinuaciones de Sasha. Sí, a Sasha no le habría importado echar uno rápido. Esa chica siempre estaba dispuesta a cualquier cosa en cualquier momento, pero no había pasado. Ni de lejos.

Pero ¿había pasado antes?

Pues sí.

Intenté recordar desesperadamente lo que le había explicado a Syd. ¿Le había mentido sobre Sasha o había evitado contestar? En cualquier caso, no le había dicho toda la verdad. El daño estaba hecho. Era demasiado tarde. Lo vi en los ojos de Syd, lo escuché en su voz.

Syd se volvió cuando escuchó el ruido de unos pasos que se acercaban. Los policías entraron gritando algo. Apenas los escuchaba. El mundo que se me había caído encima cuando estaba fuera seguía descomponiéndose. Syd estaba callada, pero le temblaban los hombros, y supe que si se diera la vuelta descubriría que estaba llorando. Me moría por abrazarla. Empecé a acercarme a ella, porque no podía soportar verla así. No importaba lo que yo hubiera hecho en el pasado, no podía soportarlo. Tenía que haber alguna forma de arreglarlo.

Avancé unos treinta centímetros.

Alguien me agarró por detrás, me tiró de los brazos y estuve esposado en menos de un segundo. Probablemente tuviera que ver con el hecho de que hubiera un tío medio muerto en el piso de abajo, y el policía no tenía ni idea de quién había hecho el qué. Maldije entre dientes con la mejilla pegada al suelo.

—¡Un momento! —Escuché la sorprendida voz de Syd, y me esforcé por levantar la barbilla. La confusión nublaba su pálido rostro—. No es él a quien deben esposar. Es...

—Señora, apártese hasta que tengamos la situación controlada.

El agente me levantó y los músculos de mis brazos y la espalda protestaron arrancándome un rugido.

Syd abrió como platos los ojos llorosos.

—¡Le está haciendo daño! Oh, Dios, por favor, pare. Él ha sido quien les ha llamado.

Aquello era muy desagradable, pero de una forma retorcida agradecí el dolor. Amortiguaba el ardor que sentía por dentro. Otro agente de policía apreció de golpe en el vestíbulo y Syd se sobresaltó. Los adornos plateados del árbol se agitaron. Una de las bolas cayó al suelo y se rompió. El segundo agente vio el rifle en el suelo, donde lo había dejado Syd. Se apresuró a apartarlo de ella con la bota.

El primer agente gritó algunas ordenes y nos sacó toda la historia: Syd llegó a casa y sorprendió a dos tipos reventándome las ruedas del SUV, uno de los tipos se marchó corriendo y Zach dijo que quería asustar a Syd. No comentó nada sobre Sasha ni explicó cómo se había roto el labio, pero esas respuestas llegaron cuando los agentes me quitaron las esposas y aparecieron los equipos de emergencias.

Por lo visto, Zach se estaba moviendo. Una lástima.

Intenté observar a Syd mientras uno de los médicos la examinaba y yo les hablaba a los agentes sobre Zach, pero cuando ella hizo una mueca de dolor al sentir que el tipo le tocaba el labio no me lo pensé dos veces. Hice ademán de acercarme a ella.

—Está bien, hijo. —El agente me puso una mano en el hombro—. Ya se están ocupando de ella. Lo mejor que puedes hacer por ella es darme toda la información que puedas. Empieza desde el principio.

Estaba a punto de decirle al agente que se fuera a la mierda, pero entonces Syd y yo nos miramos a los ojos. El contacto visual duró una eternidad, y después ella bajó la vista. Tenía las pestañas salpicadas de lágrimas, parecían cristales, yo sabía que no se debían al labio roto.

En ese momento me odié más que nunca.

—¿Hijo?

Me pasé la mano por la cara, me di la vuelta y me concentré en el agente. Empecé por el principio y le expliqué lo de la moto de nieve. Había muchos agentes entrando y saliendo de la casa —por lo visto, demasiados— y perdí a Syd durante un rato. Sabía que en ese momento me odiaba y que me lo merecía, pero me molestaba no saber dónde estaba y si estaría bien.

Reapareció acompañada del médico de emergencias y con una bolsa de hielo pegada a la mandíbula inferior. Un oficial se puso en medio y me impidió verla mientras le tomaba declaración.

Aquello..., bueno, fue la peor parte, escucharla explicarle al agente lo que había pasado. Y cada vez que le temblaba la voz era como si alguien me diera un puñetazo en el pecho. Syd era increíblemente fuerte y valiente, pero jamás había tenido que pasar por algo como aquello.

Jamás hubiera pensado que yo la acabaría poniendo en peligro. Había estado cuidando de ella durante años, preocupándome de que no se metiera en líos. Nunca se me hubiera ocurrido que podríamos llegar a esa situación.

No sé cuánto tiempo pasaron interrogándonos. Escuché que Zach acabaría en la cárcel después de hacer una parada en el hospital. También había delatado a su amigo. El agente nos aseguró que ambos serían acusados de allanamiento, vandalismo y asalto, y que quizá incluso los acusaran de intento de asesinato por lo del disparo contra la ventana. Si acababa pasando la vida entre rejas se lo habría tenido bien merecido.

Los agentes seguían por allí y me era imposible hablar con Syd. No creía que fuera capaz de explicarme lo suficiente como para arreglar las cosas, pero necesitaba disculparme por todo lo que había pasado, y hacerle saber que nunca había querido hacerle daño.

La vi en la cocina, estaba junto a un policía joven. Él le había apoyado la mano en el hombro y ella ya no llevaba la bolsa de hielo en la cara. Dudaba mucho que fuera bueno que se olvidara del hielo tan rápido.

—¡Sydney!

Me giré hacia el salón, sorprendido de escuchar la voz de su padre. ¿Qué estaba haciendo allí? Un segundo después vi entrar a un hombre grande como un oso. Cuando era un niño, el padre de Syd me había dado mucho miedo. El señor Bell era la clase de hombre que compraba en la sección de tallas grandes y lanzaba unas miradas que hacían que muchos tipos quisieran salir corriendo. Cuando vio a su hija se quedó de piedra mientras se quitaba los guantes. Adoptó una expresión horrorizada, y después se puso rojo de la rabia.

Acto seguido me miró a mí, y me dieron ganas de meterme en un agujero. Le había decepcionado. Había dejado que le hicieran daño a su hija. No podía haber nada peor.

Un segundo después una figura más bajita rodeó al señor Bell. La madre de Syd parecía una niña al lado de su marido. Syd había heredado la altura de su madre, igual que la espesa melena oscura y la cara en forma de corazón. Pero los impactantes ojos azules eran iguales que los de su padre.

—Cariño —gritó la señora Bell, que casi tira al suelo a un agente al pasar corriendo para ir en busca de su hija—. Oh, Dios mío, ¿qué ha pasado? Mírate. ¿Qué ha pasado?

Syd se separó del policía y fue a abrazar a su madre.

—Kyler.

Cuando escuché mi nombre fue como recibir un golpe en la espalda con una barra de acero. Me volví hacia su padre y, en ese corto periodo de tiempo, Sydney y su madre desaparecieron.

El señor Bell dio un paso adelante, era uno de los pocos hombres del mundo que me hacía sentir como si midiera medio metro.

—¿Qué diantre le ha pasado a mi hija?

21

Sydney

Era un alivio estar en casa, en mi vieja habitación, calentita, y rodeada de todas mis cosas de cuando era niña. Pero había estado deprimida desde que habíamos llegado a Hagerstown hacía tres días.

Necesitaba animarme. Faltaban dos días para Navidad, y siempre había sido mi fiesta preferida: la comida, la familia, los regalos, todo.

Vaya.

Me sentía un poco extraña en mi habitación, era como estar en una cápsula del tiempo. Nunca me había importado, pero en ese momento era distinto. Quería coger un martillo y destrozarla. Me avergonzaba de los ositos marrones y blancos que descansaban junto a los almohadones. Cogí uno, era un oso rojo que Kyler me había regalado cuando cumplí once años. Sentí una punzada de dolor en el pecho, dejé el oso en la cama y me di media vuelta. Estaba harta de aquellas estanterías llenas de libros hasta los topes. Ya no me importaban los lazos que mi madre había pegado a la pared, justo por encima del escritorio, colgados en línea junto a todos los premios académicos que yo había ganado en el instituto. Había recortes del Dean's List. Hice ademán de ir a poner recto uno de los marcos, pero me paré y lo dejé como estaba. Torcido. Desequilibrado. Imperfecto.

Di la espalda a los premios, los lazos y los recortes, cogí mi viejo móvil de la cama y me lo metí en el bolsillo. Bajé la escalera y me encontré a mi madre en la cocina. Papá seguía en el despacho. Había cosas que no cambiaban nunca, como eso de que papá siempre trabajara hasta tarde.

Toda la planta baja olía a tarta de manzana y a canela, que solía ser mi preferida. Mamá levantó la vista de la revista que estaba leyendo y me senté a su lado.

—¿Todavía piensas salir con Andrea esta noche?

Planté los codos en la mesa y me apoyé la barbilla en las manos.

—Sí, viene en coche desde Frederick, me recogerá dentro de un rato. Vamos a cenar algo.

Y tenía la sospecha de que después ella se iría a ver a Tanner, que estaba en Smithsburg, a unos diez minutos de allí.

—Bien. —Mamá me guiñó el ojo—. No había preparado el pollo suficiente para ti *y* para tu padre.

—Qué bien.

Se rio por lo bajo mientras pasaba la página.

—¿Te sigue doliendo el labio?

—No. Está bien. —Prácticamente, solo me quedaba una pequeña marca, cerca de la comisura, y ya no me dolía la mandíbula—. No te preocupes.

—Claro que me preocupo. Cuando pienso en lo que pasaste... —Respiró hondo y cerró la revista. Levantó la vista y me clavó los ojos—. Cariño, yo...

—No quiero hablar de eso. —Apoyé las manos en la mesa de la cocina—. Estoy bien. Ya pasó. Ha quedado atrás.

—Hasta que salga el juicio —me recordó con delicadeza.

—Quizá se declare culpable y así no tendré que declarar. —Y, Dios, esperaba que fuera así—. Pero si tengo que hacerlo, lo haré.

Mi madre guardó silencio un momento mientras me miraba. Suspiré y me recosté en la silla, sabía que iba a decirme algo que no quería escuchar. Tenía esa pose de madre.

—Cariño —empezó a decir, y mis sospechas se confirmaron—, he estado hablando con la señora Banks sobre lo que pasó. Ya sabes, la terapeuta de la escuela.

Oh. Dios.

—Y ella me ha sugerido lo mismo que yo pienso —prosiguió hablando con cautela—. Creo que deberías hablar con alguien sobre lo que te ha pasado.

—¿Qué? —Me quedé boquiabierta—. Estás de broma, ¿no?

Mamá frunció el ceño.

—Cariño, estás estudiando para ser psiquiatra...

—Psicóloga —la corregí.

Frunció el ceño con más fuerza.

—*Es igual,* tú sabes mejor que nadie lo importante que es para las personas hablar de las cosas y no guardarlas dentro.

Resistí el impulso de poner los ojos en blanco. Ya sabía que era importante. Y aunque los momentos que pasé con Zach fueron los más aterradores de mi vida —y todavía había ratos en que el recuerdo me atormentaba—, no necesitaba hablar del tema y malgastar el tiempo que algún terapeuta podía emplear en ayudar a alguien que lo necesitara.

—Mamá, no necesito hablar con nadie. Estoy bien. De verdad. Te lo prometo.

Entornó los ojos.

—Y entonces, ¿por qué llevas varios días paseándote por la casa con esa cara de pena como si alguien hubiera tirado tu osito preferido a la calle?

Torcí el gesto, pero se me hizo un nudo en el estómago.

—Muy bonito, mamá.

—Ya sabes a qué me refiero.

Me encogí de hombros mientras repasaba con el dedo una veta de la mesa de madera.

—Yo no pongo cara de pena.

—Claro que sí. —Cogió su taza y se levantó para llevarla al fregadero, donde la aclaró antes de meterla en el lavagaplatos. Cuando terminó, me miró y se cruzó de brazos—. Nunca te había visto tan apática y triste faltando tan poco para Navidad. Así que, si no es por lo que te ha pasado, ¿qué es?

—No es nada. Estaré de bajón o algo.

Mamá suspiró.

—Cariño, ya sabes que puedes hablar conmigo, ¿verdad? Sobre lo que sea. No eres demasiado mayor para eso.

—Ya lo sé.

Pero lo que me preocupaba no pensaba hablarlo con mi madre.

Frunció los labios.

—¿Es por Kyler?

Ah, allí estaba. Aquella horrible sensación de hundimiento se extendió por todo mi cuerpo cuando escuché su nombre. Me quedé inmóvil y sentí un vacío en el pecho. Fue como si alguien me hubiera golpeado. Kyler. Kyler. Kyler. Había intentado no pensar en él desde que me había marchado de Snowshoe. Era tan fácil y tan divertido como jugar al Frogger.

Daba igual lo que hiciera, Kyler siempre aparecía en mis pensamientos. Y lo peor era que dos de las tres noches que había pasado en casa había soñado con él. Dios, aquello me hacía más patética que de costumbre.

Pero en ese momento sentía algo que nunca había experimentado.

Así era como se sentía uno cuando se le rompía el corazón. Qué tonta había sido al pensar que sabía lo que se sentía cada vez que veía a Kyler con otra chica. Eso no tenía nada que ver con el dolor que me embargaba en ese momento.

Me eché el pelo para atrás y decidí contestar:

—¿Por qué crees que tiene algo que ver con Kyler?

—Bueno, para empezar, no estoy ciega.

Alcé las cejas.

—Kyler no ha aparecido por aquí desde que volviste. Ese chico prácticamente vive en esta casa cuando tú estás por aquí. Y no ha pasado por aquí ni una sola vez, y eso es como un aviso de que se acerca el apocalipsis.

Me habría reído, pero era verdad y empezó a arderme la garganta.

—Me pareció un poco raro que te marcharas sin despedirte de él, pero lo achaqué a la conmoción de lo que había pasado. —Mi madre se acercó a la mesa y se sentó delante de mí—. Y, además, estoy bastante segura de que tampoco te ha llamado.

Vaya. Gracias por recordármelo. Aunque tampoco pensé que fuera a llamar. Yo le había dejado las cosas bastante claras en Snowshoe, pero el hecho de que no hubiera llamado me escocía como la picadura de un abejorro. Y era una estupidez, porque no estaba preparada para hablar con él, aunque, si tenía que ser sincera conmigo misma —cosa que me fastidiaba mucho, y nadie quería hacerlo—, yo sabía muy bien lo que quería en realidad.

Quería que Kyler se arrastrara suplicando y pidiendo perdón, un perdón que no estaba segura de poder darle.

—Por eso imagino que ha pasado algo entre vosotros —dijo mamá.

—Ya sabes lo que dicen de las presunciones...

Mi madre puso cara de haber chupado un limón.

—Muy graciosa.

Suspiré. No sabía qué decirle. ¿Qué podía explicarle?

—Mamá...

Me llegó un mensaje de Andrea. Estaba fuera. Me levanté de la mesa aliviada.

—Tengo que marcharme. Andrea ya está aquí.

—Sydney...

—Mamá, estoy bien. No ha pasado nada entre Kyler y yo. —Le di un abrazo rápido—. De verdad.

Salí de casa antes de que mamá pudiera detenerme y cogí la chaqueta que había colgada en el respaldo del sofá. Casi me rompo el cuello al cruzar el camino helado, pero conseguí meterme en el calentito Honda de Andrea sin problemas.

—Hola, tía, qué tal... —me saludó Andrea con alegría observándome a la luz tenue como si yo fuera algún experimento científico—. No estás tan magullada.

Puse los ojos en blanco.

—Muchas gracias.

Se apartó un rizo rojo de la frente.

—Me alegro mucho. Madre mía, tía, no me lo puedo creer. ¡Podrías haber muerto! O algo peor.

Me pregunté qué sería peor que morir.

—O podrías haber acabado en la tele o algo así. —Negó con la cabeza mientras arrancaba el coche—. Quizá en algún episodio de *Ley y orden* basado en lo que pasó.

Me reí.

—Estás fatal.

—Pero me quieres —contestó internándose en la calle—. Y yo te quiero a ti. Así que ahora en serio, lo que quiero hacer es volver a Snowshoe para apuñalar a ese desgraciado en el ojo.

—Yo también.

Andrea me sonrió.

—¿Adónde vamos?

Como allí no había mucho donde elegir, le dije que tomara la 11 en dirección a la 81.

—¿Qué te apetece comer?

—Mmmm. —Se dio unos golpecitos en la barbilla con el dedo enguantado—. Me apetece carne.

—Qué raro.

Me dio una palmada en el brazo.

—O lo que sea.

Enumeré las opciones que teníamos y nos decidimos por Outback. Tardamos un poco más que de costumbre en recorrer todo el trayecto, porque los arcenes de la autopista seguían cubiertos de nieve y el viento soplaba con fuerza.

Cuando salimos del coche, Andrea me dio un abrazo de oso.

—Lo siento —dijo al retirarse—. Me puse muy triste cuando me explicaste lo que había pasado. No sé qué haría si...

—No pasa nada. Mira, lo que pasó fue terrible, pero estoy perfectamente bien.

Se dio la vuelta muy rápido y me pareció ver cómo se enjugaba una lágrima, pero yo debía de estar alucinando, porque jamás la había visto llorar. Ni siquiera lloró cuando vimos *El diario de Noah*, o durante esos anuncios de ayuda humanitaria que a mí me ponían tan triste.

El restaurante estaba lleno de gente —se encontraba justo al lado de un centro comercial y había muchas personas que volvían de hacer sus ultimas compras—, y yo fui al baño mientras ella pedía mesa.

No tuvimos que esperar mucho. Cuando el camarero nos tomó nota de la bebida y nos trajo un poco de pan, Andrea cogió el cuchillo y me señaló con él.

—Vale. Ahora que ya no estoy conduciendo y puedo prestarte toda mi atención, tú y yo tenemos que hablar.

Me recosté en el tapizado del sillón del reservado.

—¿Y tienes que apuntarme con un cuchillo?

—Ah, sí, no creo que sea lo más adecuado. Perdona. —Lo dejó lentamente sobre la servilleta—. Vale, tenemos que hablar de Kyler.

Parpadeé, eso no me lo esperaba. No le había dicho absolutamente nada sobre Kyler. No se lo había dicho *a nadie*.

—¿A..., a qué te refieres?

—Estás tartamudeando, y eso ya me dice muchas cosas. —Cogió el vaso y tomó un sorbo—. Sé que ha pasado algo entre vosotros, porque Tanner me ha llamado esta mañana.

Por poco se me salen los ojos de las órbitas.

—¿Te ha llamado *Tanner*?

—Sí —contestó como si llevara un cestito lleno de secretos.

Me agarré al borde de la mesa.

—¿Y qué te ha dicho?

—Más bien ha sido lo que no ha dicho. —Andrea cortó una rebanada de pan y me la puso en el plato, pero yo estaba demasiado nerviosa como para pensar siquiera en comer—. Me llamó para preguntarme si sabía lo que había pasado entre Kyler y tú en Snowshoe. Supuse que se refería al paleto psicópata, pero cuando se lo dije se puso en plan «oh, joder, no». Me dijo que sabía que había pasado algo entre vosotros.

Abrí la boca, pero no sabía qué decir. Me ardieron las mejillas, cosa que me delató del todo.

Andrea entornó los ojos.

—Oh, qué perra, ha pasado algo y no me lo has explicado. ¡debería renegar de ti!

La pareja de ancianos que estaban en la mesa de al lado nos miró y a mí me dieron ganas de esconderme debajo de la mesa.

—Andrea, para.

—Soy tu mejor amiga —dijo sin un ápice de vergüenza—. Estás obligada a explicarme estas cosas por las leyes del feminismo.

Recuperé el habla de golpe.

—Ufff. Me parece que no has entendido muy bien de qué va el feminismo.

—Lo que tú digas. —Puso los ojos en blanco—. Tienes que explicarme lo que ha pasado, porque Tanner me dijo que Kyler parece que haya muerto, haya ido al infierno y se haya quedado allí.

Se me encogió el corazón.

—¿En serio?

Asintió.

—Por lo visto, llevaba borracho dos días y hoy es el primer día que ha estado sobrio. Así que no sé qué ha pasado, pero está claro que no ha tenido un final muy Disney. Lo único que digo es que tienes que decirme lo que pasa, y espero que incluya algunos detalles para mayores de 18 años.

Fruncí el ceño.

—¿Qué? —Levantó las manos—. Una también puede vivir de las experiencias ajenas, ¿no? O sea, ¿qué chica no querría protagonizar un video pornográfico con Kyler?; así que me muero por saber si de verdad lo hace tan bien.

—Pues sí.

Se me escaparon las palabras antes de poder contenerlas.

Andrea plantó ambas manos en la mesa de golpe.

—Oh, Dios mío, ¿te has acostado con Kyler?

Miré a mi alrededor con las mejillas en llamas.

—Vale. ¿Podemos bajar un poco el volumen?

—Lo siento. Es que estoy muy emocionada. No es que me emocione entender que es evidente que la ha cagado, porque ya sé que no has sido tú quien la ha fastidiado. Ha sido él, siempre es culpa del tío.

Negué con la cabeza y solté el aire. Fue un poco extraño, pero me sentó bien sacar todo aquello. Todavía me dolía mucho y le recé a Dios para no ponerme a llorar como una loca en el restaurante, pero fue un alivio poder verbalizar lo que había ocurrido. Le di una rápida —y poco picante— versión de lo que había pasado, omitiendo los detalles que moriría antes de explicarle a nadie. Andrea se deshizo del camarero cuando se acercó a ver si ya queríamos pedir para que yo acabara de explicarle lo de Sasha y el motivo por el que Zach había empezado a molestarnos.

Cuando terminé me quedé hundida en el reservado, completamente exhausta.

—Así que eso es todo.

Andrea abrió la boca y la cerró varias veces como si fuera un pez fuera del agua.

—Joder...

Tomé un sorbo de Coca-Cola.

—Sí.

—Vaya, espera, deja que me aclare. —Se apartó los rizos de la cara—. Te emborrachaste e intentaste tirarle la caña. Él te rechazó y después te dijo que merecías algo más que un rollo mientras te metía mano. Y luego, los dos os dejasteis llevar por una lujuria salvaje y lo hicisteis varias veces de formas que él afirmaba que eran nuevas para él.

Por suerte, bajó la voz al decir todo eso.

—Exacto.

—¿Y pasasteis un día entero haciéndolo mientras comíais galletitas saladas y os hacíais arrumacos, y no fue incómodo ni nada?

Negué con la cabeza.

—Mmmm. —Jugueteó con la pajita—. Y él no se puso en plan raro, ¿no?

—No. Todo lo contrario, Andrea. Fue..., fue perfecto. Pensé que debía de tener muchas ganas de estar conmigo, ¿sabes? Y esa mañana incluso nos dimos una ducha fría juntos. Kyler fue superdulce, y entonces... —Suspiré sintiéndome como una tonta—. Esa mañana parecía raro, pero entonces pasó todo aquello.

Andrea frunció los labios.

—Así que está claro que fue a casa de Sasha, pero ¿cómo sabes que hizo algo con ella?

Le lancé una mirada cómplice.

—Vale. —Levantó las manos—. Hablamos de Kyler, pero no sabes lo que hizo allí. Ya sé que da que pensar, y ya entiendo que creas eso, pero en realidad no lo sabes.

No era que no hubiera considerado la posibilidad de que Kyler no se hubiera acostado con Sasha ese día. Cuando había llegado a casa y me había tranquilizado un poco, aquella teoría había cruzado mi cabeza cada cinco segundos. Volví a negar con la cabeza. ¿Y si mi sospecha inicial había sido la correcta pero me hubiera convencido de lo contrario y después averiguara que tenía razón desde el principio? Se me volvería a romper el corazón.

—Pero me mintió, Andrea. Le pregunté por Sasha y me dijo que no iban de eso. —Cogí un trozo de pan, tenía ganas de lanzarlo—. Nunca me había mentido.

—Claro —concedió mientras se estiraba uno de los rizos cobrizos y lo alisaba con la mano—. Y el hecho de que el paleto psicópata te atacara por culpa de las aventuras sexuales interminables de Kyler. Eso es difícil de ignorar.

—Sí —murmuré, y me metí el pan en la boca preguntándome dónde se habría metido nuestro camarero. Probablemente, Andrea lo había asustado.

—Pero... —Andrea soltó el rizo y el pelo volvió a formar una espiral perfecta. Me puse celosa—. En realidad eso no es culpa suya, ¿no? O sea, sí, quizá se acostara con una tía y cabreara a su novio hacía un año, pero ¿de verdad crees que es la primera vez que hace una cosa así?

—Espero que sí. —Puse los ojos en blanco—. No. Probablemente no fuera la primera vez.

—Y ya sé que te molestaba, no digo que no fuera así—, pero seguías queriéndolo mucho. —Me miró a los ojos—. Supongo que lo que intento decir es que debería compensarte de alguna forma por haberte puesto en esa situación, pero no creo que todo esto sea insalvable.

Una pequeña llama de esperanza ardió en mi estómago, y la aplasté.

—Vale. Pongamos que no se acostara con Sasha hace un par de días, y que yo puedo aceptar que no me dijera la verdad acerca de su pasado con ella y todo lo que había pasado con Zach, pero no creo que para él significara tanto. Ese es el problema.

—No sé si estoy de acuerdo. Mira, a nadie se le escapa que llevas años locamente enamorada de él. Y a él le pasaba lo mismo.

—¿En serio? —contesté con sequedad—. ¿Tan evidente que sus pantalones parecían una parada de autobús?

Andrea resopló.

Los tíos llevan fatal eso del amor no correspondido. Las chicas lo pasamos mal y, básicamente, no volvemos a separar las piernas mientras estamos enamoradas de alguien a quien no podemos tener. Los tíos van metiéndola en el primer agujero que encuentran en su intento por olvidar a la que de verdad quieren.

—Vaya. —Me reí—. Qué elocuente.

Sonrió.

—Es verdad. Es como cualquier ley física. Es así y punto, y eso me lleva a hacerte una pregunta muy importante: ¿sigues queriéndolo?

Se me desbocó el corazón.

—Nunca he dicho que lo quisiera.

Andrea puso los ojos en blanco.

—Vale. Basta de tonterías. Como ya te he dicho, para mí es evidente desde que te conozco que estás enamorada de él. Y al escuchar cómo explicas lo que ha pasado, te lo noto en la voz. Contesta a la pregunta.

Estaba atrapada en la mirada fija de mi amiga. Andrea tenía que plantearse seriamente ingresar en el cuerpo de policía o algo así. Ya sabía que jamás haría algo así teniendo en cuenta su pasado, pero tenía ese tono áspero propio de un buen detective. Tenía que elegir: o le contestaba lo que quería decir o le decía la verdad. A veces mentir era lo más fácil, en especial cuando me estaba mintiendo a mí misma. Y decir la verdad en voz alta significaría que ya no podría volver a negarla.

—Está bien —dije—. Lo sigo queriendo. —Cuando dije aquellas palabras pensé que empezarían a caer globos llenos de purpurina del techo. Evidentemente, no pasó nada de eso—. Estoy *enamorada* de él.

Andrea asintió muy despacio.

—Y entonces, ¿qué quieres, Sydney?

Dejé el panecillo mordisqueado en el plato.

—No lo sé. Supongo que pensaba que él intentaría arreglar nuestra amistad o algo.

—Pero tú no quieres solo una amistad.

—No.

Alzó las cejas.

—¿Y no quieres una relación?

Abrí la boca.

Andrea se inclinó hacia delante.

—Entiendo que estés enfadada y, confía en mí, tienes todo el derecho. Kyler ha pasado una eternidad de flor en flor. Y tiene muchas cosas que compensarte, porque sus acciones te han hecho *daño*. Y no estoy diciendo que tengas que perdonarlo. La verdad es que entendería perfectamente que no lo hicieras. Los tíos son un asco, Kyler también, pero... —Tamborileó los dedos en la mesa—. Pero si estás *enamorada* de él, y *no* perdonarle te duele más que hacerlo, Syd, y él quiere compensarte, serías tonta por no aceptarlo.

Se me hizo un nudo en el estómago mientras miraba a mi amiga. No perdonar a Kyler me dolería más al final, incluso si seguíamos siendo solo amigos. Si me aferraba a la rabia solo conseguiría amargarme. Pero tampoco quería ser una persona que diera tanto de sí misma a alguien que no lo merecía, ni quería acabar sin sentirme completa.

Suspiré, no sabía qué hacer ni qué decir.

—No sé, Andrea. Quizá cuando pase algún tiempo las cosas vuelvan a la normalidad. —Me sentí más fuerte al decir eso. Esperanzada. Quizá pudiéramos superar aquello, al final. Eso parecía más probable que la posibilidad de que Kyler me confesara su amor eterno—. Supongo que ya se verá.

—Tienes razón. Ya se verá.

La miré alzando una ceja.

Andrea se recostó en la silla y dejó caer las manos sobre las piernas.

—Está bien, bueno, no me odies.

En mi mente floreció una sospecha y se extendió como las malas hierbas.

—¿Por qué iba a odiarte?

Adoptó una expresión avergonzada.

—Andrea.

Se mordió el labio inferior y se encogió haciendo un gesto avergonzado.

—Digamos que vamos a tener invitados.

Me dio un vuelco el corazón.

—¿Qué?

—Bueno, es que le dije a Tanner que íbamos a salir a cenar y él me sugirió que sería buena idea invitar a Kyler, así que en realidad es culpa de Tanner, no mía.

Durante algunos segundos fui incapaz de hacer otra cosa que mirarla fijamente, mientras otra parte de mí empezó a dar volteretas en el aire y otra quería levantarse y salir corriendo de allí.

—Dime que no lo has hecho.

—Em...

—¡Andrea! —susurré.

Esbozó una sonrisa vacilante.

—Les he enviado un mensaje diciéndoles dónde estamos, llegarán en cualquier momento.

22

Kyler

—Es muy posible que esta sea la idea más mala que hayas tenido en tu vida. —Apagué el motor y me recosté en el asiento del coche apretando las llaves hasta que los dientes se me clavaron en la palma—. En serio.

Tanner resopló.

—Se me podría ocurrir una lista entera de ideas peores, pero oye, estás sobrio por primera vez en dos días. Y justo antes de Navidad.

Me apoyé en el reposacabezas y rugí.

—Sigo teniendo la sensación de que alguien me está clavando un pica-hielos en las sienes.

—*Estabas* bastante borracho —comentó Tanner cogiendo la manecilla de la puerta—. Por eso creo que esto es una gran idea.

Me pasé la mano por la barbilla y fruncí el ceño cuando noté el tacto de la barba incipiente. No me había vuelto a afeitar desde la primera noche que pasé en Snowshoe.

—Ya, claro, tú piensas eso porque Syd no te odia.

Tanner puso los ojos en blanco.

—No te odia. Me parece que eso es directamente imposible.

—Oh, sí que es posible. Confía en mí.

—Mira, no sé qué pasó exactamente entre vosotros dos, pero está claro que hubo algo. No es el fin del mundo. —Tanner abrió la puerta del pasajero y una ráfaga de aire gélido se coló en el SUV—. Así que deja de ser tan llorica y sal del coche.

Le fulminé con la mirada, pero me bajé del coche. Cuando lo alcancé al otro lado, le hice la misma pregunta que le había formulado una docena de veces.

—Ella sabe que voy a estar aquí, ¿no?

—Sí. —Tanner abrió la puerta y me hizo pasar. Cuando dejamos atrás a la recepcionista del restaurante, me miró—. Vale, te he mentido. No creo que Syd lo sepa.

—¿Qué? —Me paré en medio del pasillo y un camarero estuvo a punto de chocar conmigo. Fulminé a Tanner con la mirada—. ¿Me tomas el pelo?

Tanner me dio una palmada en el hombro y me apartó de la mesa redonda llena de gente que yo tenía delante.

—No. Relájate. Estoy seguro de que ahora ya lo sabe.

Para él era muy fácil decirme que me relajara, pero yo me sentía como si estuviera a punto de ponerme delante de un pelotón de fusilamiento. Desde que Syd se había marchado de Snowshoe, yo había peleado un montón de veces contra la necesidad de llamarla. Lo único que quería era escuchar su voz y verla. Y sí, tenía el corazón destrozado, pero Syd me había dejado las cosas muy claras.

—Eres un bastardo —rugí, pasándome la mano por el pelo.

Vaya, desearía haberme afeitado. Me había duchado, pero estaba seguro de que seguía oliendo a whisky. Esa mierda iba a estar saliéndome de los poros durante varios días.

Vi a Andrea antes de ver a Syd y se me aceleró el corazón como si acabara de hacer una carrera: estaba sudando como una prostituta en la iglesia un domingo. Tanner me adelantó no sé cómo y me quedó perfectamente claro que yo estaba arrastrando los pies.

El muy desgraciado se sentó al lado de Andrea, que estaba esbozando la mayor y más falsa sonrisa que jamás se haya visto. Claro que yo *quería* sentarme al lado de Sydney. También quería tocarla, abrazarla y besarla. Y quería hacerle más cosas, cosas que me quitaban el sueño y me hacían vivir en ese estupor de ebriedad con la mano entre las piernas.

Pero estaba seguro de que ella me iba a dar una patada en los testículos.

Necesitaba mantener la calma, y me dije que lo mejor que podía hacer era actuar con normalidad. Y, con eso en mente, me planté al lado de la mesa y miré a Syd.

Un segundo después, ella levantó la vista y me clavó esos enormes ojos azules, y fue como ver a Jesús. Vale. Quizá no fuera como ver a Jesús, pero fue como recibir una descarga en el pecho y escuchar cantar a los ángeles.

Cielo santo. Era preciosa. No era que lo hubiera olvidado, pero, tal como acabaron las cosas entre nosotros, tenía la sensación de que habían pasado años y no días desde la última vez que la había visto. Tenía unos ojos sorprendentemente azules y claros. Impactantes. Por debajo asomaban sendas manchas negras, de un tono un poco más oscuro que su piel. Quería borrárselas, pero me las arreglé para tener las manos quietas. Aunque después le miré los labios y ella los separó para tomar aire. Se le sonrojaron un poco las mejillas y me dieron ganas de perseguir ese rubor con los dedos, la boca, la lengua...

Todos me estaban mirando.

Carraspeé, me obligué a sentarme y apoyé las manos en la mesa. Miré a Syd.

—Hola.

Estaba roja como un pimiento. Nadie se sonrojaba como ella.

—Hola.

Tanner alzó una ceja al otro lado de la mesa. Andrea empezó a juguetear con un pedazo de pan como si tuviera dos años. Nadie hablaba, y Syd estaba tan tensa que pensé que se iba a partir por la mitad.

Vaya, aquello era muy incómodo. Tenía que marcharme.

—Bueno, ¿tenéis ganas de que sea Navidad? —comentó Andrea con alegría.

Tanner la miró y le contestó con sarcasmo:

—Estoy emocionadísimo.

Ella entornó los ojos.

—No lo parece.

—Bueno, no tengo doce años. —Tanner ladeó la cabeza—. La Navidad ya no es tan interesante cuando creces.

—¿Qué? —jadeó ella con los ojos abiertos como platos—. ¿La Navidad *deja* de ser interesante cuando creces?

Él se encogió de hombros.

—Eres antiamericano —lo acusó.

Syd frunció los labios.

A Tanner no pareció afectarle.

—Mira, a mí solo me gusta no tener que ir a clase y la comida. Ya está.

—Pero la Navidad significa mucho más que eso. —Andrea negó con la cabeza y sus rizos volaron hacia todas direcciones—. ¿Qué me dices de los regalos?

—Ya, no creo que la Navidad vaya de eso —comenté.

Andrea resopló.

—De *eso* va la Navidad. Cualquiera que diga lo contrario está intentando hacerse el espiritual y toda esa mierda. Yo soy realista.

Miré a Syd y ella me miró a mí, alzando las cejas. Nos miramos a los ojos y por un momento, por una décima de segundo, las cosas fueron como antes. Los dos allí sentados, viendo cómo Andrea y Tanner se ponían de los nervios el uno al otro. Deberíamos tener palomitas cada vez que se enzarzaban.

Pero entonces Syd clavó los ojos en su vaso y se puso a juguetear con la cañita, y fue el frío recordatorio de que las cosas no eran normales. Syd nunca estaba tan callada, y nunca estábamos tan tensos.

Sin embargo, no podía decir que me arrepintiera de lo que había pasado entre nosotros, porque no era verdad. Odiaba cómo había terminado. Al mirar atrás, pensaba que había muchas chicas con las que deseaba no haberme acostado, pero Syd nunca sería una de ellas.

Apareció un camarero que nos tomó nota de la bebida y la comida. Charlamos de cosas sin importancia, básicamente fueron Tanner y Andrea. Hablaban sin parar para evitar los silencios incómodos, pero estar allí sentado sin hablar con Syd estaba mal en muchos sentidos.

Me recliné en el asiento y la miré. Ella levantó la barbilla en cuanto nuestras miradas se encontraron durante otro segundo. Me sentí como un colegial inepto. Era espantoso.

—El labio se te ve mucho mejor.

Parpadeó. Yo parecía idiota.

—Se me curó bastante rápido —contestó clavando la vista en el vaso—. Solo me ha quedado una marquita.

Me alegraba de escucharlo.

—¿Y la mandíbula?

—No me duele nada.

Me aliviaba mucho saberlo. Incluso cuando había estado borracho perdido, me había vuelto loco de preocupación por ella.

—Tú todavía tienes los nudillos un poco magullados —comentó ella, y yo levanté la vista.

Nos miramos un buen rato esa vez.

—¿Qué?

—Tus nudillos —dijo alargando el brazo hacia la mano que yo había posado en la mesa. Contuve la respiración mientras me pasaba los dedos por los nudillos. Fue una caricia muy suave, pero me recorrió de pies a cabeza y me sobresalté. Ella retiró la mano y se quedó mirando la mesa—. ¿Te duelen?

—No. —Tenía la voz apelmazada—. No me duelen nada, nena.

Levantó la vista y me miró como si estuviera buscando algo en mi rostro, pero después miró hacia el otro lado de la mesa.

Andrea carraspeó.

—¿Habéis oído que por lo visto va a haber otra tormenta de nieve la semana que viene? Justo para fin de año.

Y así es como transcurrió la conversación durante un rato. Andrea y Tanner acababan con los silencios incómodos diciendo lo primero que les venía a la cabeza, Syd y yo apenas nos dirigimos más que una frase entera el uno al otro, y entonces nos trajeron la comida.

Syd había pedido un bistec, pero lo único que hizo fue cortarlo en pedacitos y pasearlos por el plato con el tenedor.

—¿No tienes hambre?

Levantó la vista y se puso el pelo por detrás de la oreja con la mano que tenía libre.

—Me parece que he comido demasiado pan.

Miré la mitad del panecillo que seguía sobre la mesa y alcé una ceja.

—No parece que hayas comido tanto.

Syd apretó la empuñadura del cuchillo con fuerza y me pregunté si estaría fantaseando con clavármelo.

—¿Cómo sabes que no es el segundo panecillo?

—Es el primero —anunció Andrea haciendo una pausa en su conversación acerca de las diferencias entre los zombis que salían en *The Walking Dead* y los de *28 días después*.

Syd fulminó a su amiga con la mirada y yo escondí una sonrisa. Andrea se encogió de hombros y se volvió hacia Tanner.

—Los infectados no son iguales que los zombis de *The Walking Dead*.

Tanner negó con la cabeza.

—¿Y qué diferencia hay?

Yo también negué con la cabeza mientras ella se disponía a ofrecerle una descripción detallada de las diferencias. Por el rabillo del ojo vi cómo Syd sonreía mientras pinchaba un trozo de carne con el tenedor. Me miró:

—Los infectados *son* diferentes —susurró.

Sonreí y se me ensanchó el corazón.

—Te creo.

Se me quedó mirando un momento y después pinchó otro trozo de carne y lo untó con un poco de puré de patatas.

—¿Vas a ir a casa de tus abuelos en Navidad?

Era la mayor estupidez que podía preguntarle. Siempre iba, pero quería decir algo.

Syd asintió.

—Mis padres quieren salir el día antes y pasar la Nochebuena con ellos. ¿Y tú?

—Este año mi abuelo viene a casa y pasará la mañana de Navidad con nosotros.

—Vaya. ¿Va a venir conduciendo desde Morgan County?

—Sí —contesté con orgullo—. Es más viejo que Matusalén, pero sigue viviendo como si tuviera veinte años.

—Tu abuelo es superdivertido. ¿Te acuerdas de cuando intentó construir un parque infantil cutre con una grúa en el jardín de tu madre?

Me reí.

—Sí, a mi madre no le hizo mucha gracia.

—Ni a los vecinos tampoco.

Por costumbre —y yo sabía qué era lo que lo había provocado—, Syd cogió la mitad de la gamba de la brocheta y me la puso en el plato. No pareció darse cuenta de lo que había hecho hasta que estuvo hecho, pero entonces frunció el ceño y guardó silencio.

Yo añoré automáticamente aquella conversación tan cómoda y noté la frialdad como si fuera una ráfaga helada de viento ártico.

—Le comenté a mi madre lo de que quiero estudiar veterinaria.

—¿Qué? —Soltó el cuchillo y se volvió hacia mí—. ¿Se lo has dicho?

Estaba tan emocionado de haber captado toda su atención que ignoré a Andrea y a Tanner, que habían dejado de discutir cinco segundos.

—Sí.

—¿Y? —La emoción convirtió sus ojos en un par de zafiros brillantes—. ¿Qué te ha dicho?

La temida conversación había tenido lugar unos quince minutos después de que yo cruzara la puerta cuando había vuelto de Snowshoe. Y, otros quince minutos después de eso, yo había empezado a beber.

—Pues no se emocionó mucho. Hubo lágrimas, pero supongo que en el fondo sabe que es lo que yo quiero.

—¿Lloró? —Syd hizo una mueca de dolor—. Vaya.

Asentí.

—Ahora parece que ya lo lleva mejor, pero me parece que le va a costar un poco acostumbrarse. —Me recosté en el asiento y separé las piernas hasta que mi muslo tocó el suyo. Lo hice completamente a propósito, y ella no se apartó. Me lo tomé como una buena señal—. Me alegro de haberlo soltado. En realidad, es gracias a ti.

—¿A mí? —graznó.

Tanner ladeó la cabeza alzando las cejas.

Iba a partirle la cara luego.

—Bueno, ya sabes, después de hablar contigo supe que tenía que decirle algo cuanto antes. Tú me diste el valor para hacerlo.

Tanner se atragantó con la comida.

Decididamente, iba a matarlo, pero Syd sonrió, y fue una sonrisa tan intensa y preciosa que quizá Tanner conservara sus testículos después de todo.

—Es genial —dijo—. Me alegro por ti. En serio. Yo sé que es lo que de verdad quieres hacer, y se te va a dar genial.

Noté una presión en el pecho. Tenía tantas cosas que decirle... Ese no era el momento, pero tenía que decir algo, porque estaba a dos segundos de abalanzarme sobre ella.

—¿Qué haces luego?

—Nada —contestó Andrea por ella—. No hace absolutamente nada.

Syd se volvió muy despacio hacia Andrea y a mí me dieron ganas de abrazarla por haber intervenido.

—Pues, si no tienes nada que hacer... —comenté antes de que Syd pudiera decir nada. Syd se volvió hacia mí y tuve la sensación de que todo dependía de aquel minuto. Si decía que no, sabía que se habría terminado. Me puse tenso—. ¿Podemos...?

—Kyler Quinn —me interrumpió una sedosa voz ronca—. Vaya, me parece que va a ser mi noche de suerte.

Sydney

La cena había empezado tan mal que parecía que estuviéramos en los siete círculos del infierno, pero a lo largo de la comida, me había ido relajando. No del todo, porque estar sentada al lado de Kyler era una auténtica prueba de autocontrol. Me debatía entre las ganas que tenía de acurrucarme entre sus brazos y el impulso de echarlo del reservado a patadas.

Pero me estaba mirando como si yo fuera lo único que necesitara en la vida. Y estaba empezando a plantearme lo de acurrucarme entre sus brazos cuando una voz creada para que se le bajaran los pantalones a cualquier hombre se arrastró por mi piel como una serpiente.

Me obligué a dejar de mirar los oscuros ojos marrones de Kyler, y al levantar la vista me topé con una chica a la que apenas conocía. Tardé algunos segundos en recordar que se llamaba Corie. Habíamos ido juntas al instituto. No tenía ni idea de lo que había estado haciendo todos aquellos años, pero sí que recordaba con quién se lo había montado varias veces en el instituto.

Recorrí con los ojos su suéter rojo superajustado. Corie tenía unos pechos de ensueño. Me miró y me di cuenta de que había decidido ignorarme automáticamente. Como si fuera imposible que significara algo el hecho de que Kyler estuviera sentado a mi lado en una mesa.

Era muy probable que aquello no me hubiera molestado en cualquier otro momento. Ya estaba acostumbrada a que las tías se abalanzaran sobre Kyler en cualquier parte. El chico había tenido muchas experiencias, pero en ese momento, y después de todo lo que había pasado, ya no estaba tan cómoda.

Andrea murmuró algo entre dientes mientras Kyler se volvía despacio.

—Hola —la saludó con calma—. ¿Qué tal, Corie?

Corie se posó la mano en la cadera y sonrió con sus labios rojos.

—Bien. Hacía mucho que no te veía. Supongo que has vuelto a casa a pasar las Navidades, ¿no?

—No me digas —murmuró Andrea entre dientes, pero yo estaba segura de que Corie no la había escuchado.

Tanner apretó los labios, y de pronto parecía interesado por la comida que tenía en el plato.

—Sí, he venido a pasar unos días. —Kyler posó el brazo en el respaldo del asiento por detrás de mí—. Después volveremos a la universidad.

Si ese plural era alguna especie de código secreto para algo, nadie lo entendió, y mucho menos Corie. Se pasó sus preciosas ondas rubias por encima del hombro y se cruzó de brazos. Hasta *yo* le miré el canalillo.

—Yo también estoy de vacaciones, de Shepherd, hasta el quince de enero. Podríamos quedar.

Fue como si yo fuera invisible.

—No sé si podré —contestó Kyler con diplomacia—. Voy a estar muy liado, pero me alegro de verte.

Corie parpadeó y dibujó una O perfecta con los labios. Yo estaba haciendo exactamente lo mismo. No recordaba ni una sola vez en la que Kyler hubiera rechazado a una chica guapa. Era evidente que podía deberse a que yo estaba allí sentada y, teniendo en cuenta nuestra historia reciente, estaba siendo un poco más discreto de lo habitual.

Miré a Andrea y me sorprendió la sonrisa de gato travieso que tenía en los labios, y no pude evitar sonreír yo también.

—Bueno, llámame. Te haré un hueco si tú me lo haces a mí. —Corie sonrió, pero ya no demostraba la confianza de hacía un momento—. Nos vemos.

Kyler asintió.

Cuando Corie se marchó, el silencio se apoderó de la mesa y yo perdí la sonrisa. La incomodidad me revolvió el estómago y deseé no haber comido aquello. Tanner seguía estudiando su comida como si alguien fuera a hacerle un examen al respecto. Andrea estaba muy callada, y eso significaba que había llegado el apocalipsis, y Kyler tenía la mirada perdida y estaba apretando los dientes. No sé qué fue lo que hizo encajar todas las piezas, pero de pronto me di cuenta, comprendí *de verdad* que lo que había pasado entre nosotros afectaba a todos los aspectos de nuestra vida.

También a nuestros amigos.

Porque, en ese momento, era muy probable que Tanner y Andrea estuvieran experimentando un grave caso de vergüenza ajena, o quizá no supieran como afrontar la situación. Quizá se sintieran mal por mí, o se sintieran incómodos por Kyler. Probablemente estuvieran esperando ver cómo reaccionaba yo, si me enfadaba, me ponía celosa o me echaba a llorar.

Incluso aunque Kyler y yo superásemos aquello y siguiéramos siendo amigos, nuestros conocidos siempre estarían incómodos. El peso de ese descubrimiento se me posó en los hombros y me los hundió, y solo quise volver a casa y meterme en la cama.

La verdad era que no importaba lo que hubiera dicho Andrea ni lo que yo quisiera creer, lo cierto era que Kyler no era la clase de chico que se comprometiera con nadie. Y si hubiera querido estar conmigo me habría llamado o habría hecho algo cuando me marché. Cualquier cosa hubiera sido mejor que emborracharse y, probablemente, lo que quería era salvar nuestra amistad. Porque era así de buen tío.

Andrea me sonrió: pareció percibir mi bajón.

—¿Nos vamos?

Ignoré la áspera mirada de Kyler y asentí. No creía que hubiera nada que deseara más en aquel momento que salir de allí.

23

Kyler

Las chicas se marcharon a toda prisa y nos dejaron solos a Tanner y a mí. Él pidió una cerveza y, si yo no hubiera tenido que conducir, habría pedido una botella entera de Jim Beam.

—Ha ido superbien —dije frotándome las sienes.

Tanner se rio.

—A mí no me ha parecido que fuera tan mal. Bueno, cuando ha aparecido la rubia ha sido superincómodo, pero...

—¿Solo incómodo? —No podía creerme que Corie se hubiera presentado allí. Justo parecía que Syd y yo estábamos llegando a alguna parte y entonces, ¡bam!, aparece un fantasma del pasado. Justo en el momento perfecto—. Estoy seguro de que Syd ha disfrutado muchísimo.

Tomó un sorbo de cerveza.

—Tío, tienes que explicarme lo que ha pasado entre vosotros, porque hace una semana es muy posible que Sydney no se hubiera inmutado por eso, pero no ha podido molestarla más. Así que déjate de tonterías y explícame lo que ha pasado.

Lo miré alzando una ceja.

Tanner parpadeó.

—O conseguiré la versión femenina de Andrea y quedarás como un capullo. Cuéntame tu versión de la historia.

—*Soy* un capullo.

Agachó la cabeza.

—Cuéntamelo.

Lo último que me apetecía era ponerme a hablar de problemas de chicas con Tanner, pero ya me había dado cuenta, por como había actuado Andrea, de que ella lo sabía. Mi amigo lo averiguaría antes o después. Por eso le expliqué lo básico. No pensaba entrar en detalles, y menos cuando se trataba de Syd, porque eso estaba mal. Cuando terminé de hablar no me sentí mejor. Eso confirmó lo imbécil que había sido todo ese tiempo, había pasado años siendo el Rey de los Imbéciles.

Tanner se reclinó en el asiento negando lentamente con la cabeza.

—Creo que necesito otra cerveza para asimilar todo lo que me has contado.

—Joder. Yo también necesito una. —Me pasé una mano por el pelo—. Así que sí, la cagué. Como nunca.

—Bueno, hay quien la caga mucho más que tú, colega. Confía en mí. —Se inclinó hacia delante, muy serio—. Lo que pasó con Zach es horrible, pero tú no sabías que iba a pasar todo eso. Sydney es una chica razonable. Lo superará.

—Pero no creo que yo pueda superarlo. —Hice una pausa y me quedé mirando la mesa—. Ese malnacido le hizo *daño* por culpa de algo que yo había hecho. Si no hubiera sido por mí, ella nunca habría tenido que pasar por eso.

—Pero no se lo hiciste tú.

—¿Hay alguna diferencia?

—Sí —dijo Tanner con obstinación—. Hay una gran diferencia. Tú creaste la situación, pero tú no obligaste a ese paleto a hacer nada. No es culpa tuya, colega. Para nada.

Entendía lo que me estaba diciendo, pero yo iba a tardar mucho en dejar de sentirme culpable.

—Y eso no es lo más importante —opinó Tanner mirándome—. ¿Le mentiste sobre Sasha?

—Joder. —Levanté las manos—. La verdad es que no lo sé. Syd me preguntó por ella antes de que pasara nada entre nosotros. No pensé que Syd tuviera una opinión distinta sobre mí. Lo único que le dije es que entre Sasha y yo no había nada. Y no lo hay. Nos liamos una vez hace un año. No estaba pensando en eso cuando se lo dije a Syd.

—Mmmm, los tecnicismos son una mierda. —Tanner apuró la cerveza con los ojos entornados—. ¿De verdad pensabas que Sydney no estaba colgada por ti?

—Pues no. No podía pensar eso, porque...

—Porque eso habría comprometido vuestra amistad. Eso ya lo pillo, pero, joder, esa chica... Has debido de pasar una superfase de negación. —Se encogió de hombros—. Aunque tiene sentido, eso de que la hayas estado deseando en secreto y todo eso.

—¿Ah, sí?

Tanner se rio.

—Ya lo creo, tío, no te gustaba ni que la miraran. Te enfadabas incluso cuando la miraba yo. ¿Y cuando fuiste a por Nate? Eso fue una demostración de amistad muy fuerte.

—Cállate —rugí.

Sonrió.

—¿Y qué vas a hacer ahora? ¿Te vas a poner a lloriquear o lo vas a arreglar?

—¿Disculpa? —Negué con la cabeza—. Tío, tienes suerte de caerme bien.

—Y tú tienes suerte de que no me guste andarme por las ramas. —Me guiñó el ojo y se bajó la manga del suéter ocultando uno de los muchos tatuajes que llevaba en el brazo—. Mira. Hablo en serio. Tú la quieres, ¿verdad?

Por una vez en mi vida, no vacilé.

—Sí. La quiero, Tanner. —Joder, era la primera vez que lo decía en voz alta. Me estremecí, tenía la voz apelmazada—. La quiero más que a nada.

—Y entonces, ¿cuál es el problema?

Me lo quedé mirando.

—Me parece que te acabo de dar una lista de todos los problemas que hay.

—Lo que has hecho es una lista de casualidades desafortunadas. Nada que no pueda arreglarse. No has hecho nada imperdonable. Y no ha muerto ninguno de los dos.

Al principio no sabía qué decir.

—Mierda...

Y no se me ocurrió qué más decir.

Tanner suspiró.

—Mucha gente mataría por tener la oportunidad de estar con la persona a la que ama. No la cagues.

Mi amigo nunca hablaba de su pasado y, aparte de la extraña relación que mantenía con Andrea, no solía hablar con las chicas. El estilo de Tanner era más bien el de saltar de cama en cama.

—¿Y qué hay de ti? —pregunté.

—¿Yo? —Volvió a reírse—. Yo soy alérgico a eso. ¿Amor? No. Eso solo destroza a las personas y les jode la vida. No quiero nada de eso.

Alcé las cejas, sorprendido.

—Vaya. Eso es muy positivo.

—Lo que tú digas. No estamos hablando de mí y no vamos a hacerlo, así que deja de mirarme así.

Levanté las manos.

—Mensaje recibido.

Tanner ladeó la cabeza y esbozó una sonrisa tensa.

—Bueno, lo que intento decir es: ¿por qué sigues aquí hablando conmigo?

Me lo quedé mirando y me encogí de hombros.

—¿Y quién va a llevar a casa a un gruñón como tú?

Sydney

Me puse el pantalón del pijama y una chaquetilla encima de la camiseta de tirantes y bajé la escalera en zapatillas de estar por casa. Tenía muchas ganas de estar con mi madre, y me decepcionó mucho encontrármela dormida en el sofá junto a papá, iluminados por las luces de colores del árbol de Navidad. Resistí la tentación de sentarme entre los dos y robarles un poco de atención.

Entré en la cocina y cogí el bote de chocolate en polvo del armario. Cuando estuvo preparado, me llevé mi chocodelicia arriba y dejé la taza en la mesita para que se enfriara. Me recogí el pelo en un moño informal mientras rebuscaba en la estantería. Lo que necesitaba era perderme en un buen libro, alguno donde hubiera un montón de sexo y desesperación con un increíble final feliz de esos que me hacían amar y odiar el libro al mismo tiempo.

Mientras mis ojos se deslizaban por los lomos de los libros, algunos lisos y otros arrugados, mi cerebro se internó en un territorio irritante. Y tenía nombre propio: Kyler. Dios. No quería pensar en él. No quería pensar en cómo me había mirado cuando me había marchado con Andrea, como si hubiera herido sus sentimientos o algo.

Cogí uno de mis libros preferidos, volví a la cama y me dejé caer en el colchón. Dejé el libro encima de la colcha y cogí el chocolate caliente deseando haber pensado en ponerle algunas nubes.

Intenté meterme en la historia, pero me descubrí leyendo el mismo párrafo dos o tres veces sin tener ni idea de lo que estaba leyendo. Me tumbé boca arriba, me tapé la cara con los brazos y rugí. Tenía ganas de llorar, gritar, enfadarme y meter la cabeza debajo de la almohada.

Era raro, pero tenía la sensación de que había pasado un año desde que me había marchado a Snowshoe. Habían cambiado muchas cosas en muy poco tiempo. ¿Había sido la semana pasada cuando me estaba planteando descubrir si Paul estaría interesado en mí? ¿Era la semana pasada cuando tenía el corazón un poco magullado pero entero? En ese momento ni siquiera podía plantearme la idea de salir con alguien.

Y tenía el corazón completamente destrozado.

¿Qué se suponía que debía hacer a partir de ese momento? ¿Intentar fingir que no había pasado nada? Eso no iba a funcionar. ¿Tenía que evitarlo? Eso iba a ser muy difícil, y casi imposible considerarlo siquiera. Cerré los ojos con fuerza para impedir las lágrimas. ¿Cómo iba a evitarlo, cuando estaba tan conectado a mi vida?

¿Y si ahora Kyler pensaba que yo era tan fría como había dicho Nate?

Me di la vuelta y hundí la cabeza en la almohada. Iba a volverme loca, porque no tenía respuestas para nada de todo aquello. Y no había...

Clic.

Me apoyé en los codos para incorporarme y fruncí el ceño. ¿Ya me había vuelto loca? Porque habría jurado que había escuchado un...

Clic.

Me puse de rodillas y me di la vuelta para estudiar la habitación. No vi nada que pudiera estar haciendo ese ruido.

—Vale —susurré, levantándome de la cama. Me planté en medio de la habitación y me quedé completamente quieta.

Clic.

Me sobresalté.

Oh, Dios mío. ¿Y si mi casa estaba encantada? ¿Y si me estaba volviendo tan loca como la bailarina de *El cisne negro*?

¿Y si...?

Clic.

Me volví hacia la ventana. ¡Ajá! Procedía de la ventana de mi habitación, pero... estaba en el segundo piso. ¿Qué diantre podía ser?

Y entonces lo entendí. Ese sonido —oh-Dios-santo—, ese sonido me resultaba familiar. No era un fantasma, pero la locura seguía siendo una opción, porque no podía ser lo que yo creía que era.

Hacía algunos años, Kyler siempre había tirado piedrecitas a mi ventana antes de trepar por el enorme nogal que había delante de mi habitación. Era un cliché y completamente ridículo, pero lo estuvo haciendo hasta secundaria.

No podía ser.

Me temblaron las piernas cuando di un paso, y otro. Cuando llegué a la ventana me temblaban también las manos, y descorrí las cortinas blancas. Un segundo después, una piedrecita impactó contra el grueso cristal de la ventana.

Me quedé helada con el corazón desbocado, y entonces me tambaleé hacia delante para abrir el minúsculo pasador y subir la ventana. Después me asomé al helado aire de diciembre.

Y se me paró el corazón.

Kyler estaba abajo, junto al reno lleno de luces de colores, llevaba un gorro de punto y tenía un brazo levantado. Lanzó la piedra antes de verme.

—¡Mierda!

Salté para atrás justo cuando una piedrecita me pasaba rozando. Dios. Me llevé la mano al corazón desbocado y volví a acercarme a la ventana con cuidado. Me asomé.

Kyler hizo ondear el brazo.

—¡Lo siento!

—No pasa nada. —Aquello era completamente surrealista. Quizá estuviera soñando—. ¿Qué estás haciendo, Kyler?

—Hablar contigo.

—Eso ya lo veo. ¿Por qué..., por qué no me has llamado?

Esa parecía ser la forma más sencilla de hablar conmigo.

Se cambió el peso de pie acurrucado en su chaqueta.

—Necesitaba hablar contigo en persona.

La luz del porche se encendió y yo hice una mueca. Era imposible mantener una conversación mientras él siguiera allí abajo y cuando era evidente que uno de mis padres estaba despierto, o quizá incluso los dos.

—Kyler...

—Espera —gritó—. Voy a subir.

¿Voy a subir? Entonces me di cuenta de que no pensaba entrar por la puerta. Oh, cielos, estaba trepando por el árbol. ¡Se iba a matar! Me asomé a la ventana y de mi boca empezaron a salir pequeñas nubes blancas. Kyler empezó a trepar por el tronco.

—Kyler, ¿estás loco?

—No. Sí. —Se agarró a la primera de las ramas más gruesas. Se puso derecho y miró hacia el suelo con el ceño fruncido—. Vaya, esto es más difícil de lo que recordaba.

Me quedé boquiabierta.

—Quizá deberías bajar y entrar por la puerta como, no sé, ¿como una persona normal?

—Ya casi estoy. —Colocó el pie en una ranura y se empujó hasta la rama que quedaba más cerca de mi ventana. La rodeó con las manos y me miró, tenía las mejillas sonrosadas del frío y le brillaban los ojos a la luz de la luna—. Si me caigo y me rompo el cuello, ¿dirás algo bonito en mi funeral? ¿Algo como «Normalmente, Kyler era más hábil»?

—Oh, Dios mío...

Kyler se rio mientras se impulsaba hasta quedar agachado contra el tronco gigantesco, y se agarró a la rama que tenía encima.

—No te preocupes. Ya estoy.

Clavé la vista en el *durísimo* suelo cubierto de nieve. Yo no estaba tan segura.

—¿Por qué no has llamado a la puerta?

Ladeó la cabeza, como si no lo hubiera pensado.

—No pensé que fueras a abrirme.

—Claro que hubiera abierto —contesté.

—Ahora ya es demasiado tarde. —Me guiñó el ojo, y me dio un brinco el corazón—. ¿Puedes retirarte un poco?

Reculé y contuve la respiración mientras él se apoyaba en la rama, cosa que hizo que todo el árbol se agitara como si fuera un saco de huesos. Oh, Dios, no podía mirar. Cuando él avanzó por la rama hasta llegar casi a la punta y miró hacia abajo, a mí me dieron ganas de cerrar los ojos. Después, levantó la cabeza y pareció valorar la distancia que quedaba hasta la ventana.

Se me paró el corazón.

—Kyler, no...

Demasiado tarde.

Kyler medio saltó, medio se lanzó por mi ventana abierta. Yo estaba muerta de miedo. Cerré los ojos, me llevé los puños al pecho y solté un gritito. Escuché el ruido de un cuerpo impactando contra la madera y abrí los ojos. Había entrado por la ventana abierta y había aterrizado de pie como si fuera un gato. Se tambaleó y chocó contra mi escritorio, cosa que hizo que se tambaleasen algunos libros y el ordenador.

Se llevó las manos a los costados y miró a su alrededor antes de mirarme a mí.

—Soy el mejor.

Yo apenas podía respirar.

—Sí.

Alguien llamó a la puerta de mi habitación un segundo antes de abrir. Mi padre asomó la cabeza con los ojos abiertos como platos.

—Solo quería asegurarme de que había llegado vivo.

Asentí y Kyler sonrió.

—Estoy entero.

—Me alegro de verlo. —Mi padre empezó a cerrar la puerta, pero se paró—. La próxima vez, entra por la puerta, Kyler.

—Sí, señor —contestó Kyler.

Mi padre cerró la puerta, negando con la cabeza, y Kyler y yo nos quedamos a solas en mi habitación. No era la primera vez. Cuando habíamos vuelto a casa durante las vacaciones de otoño él también había estado allí, pero ahora...

Ahora, todo parecía diferente.

Tenerlo allí, tan cerca de la cama —y cuando yo no llevaba sujetador ni bragas debajo de la ropa— me abrasó la piel. Aquello no podía traer nada bueno.

Kyler se quitó el gorrito de punto y se detuvo cuando se estaba quitando la chaqueta.

—¿Te importa?

Negué con la cabeza mientras me abrochaba la chaquetilla.

Vi cómo se le flexionaban los músculos de los brazos al quitarse la chaqueta negra y la colgaba en el respaldo de la silla de mi escritorio. Después se volvió hacia mí y me quedé sin aire. Nunca lo había visto tan inseguro y vulnerable. Tragó saliva varias veces y después se sentó en la silla del escritorio y soltó el aire.

—Tenemos que hablar —dijo apoyándose las manos en las rodillas.

—Ya lo sé —susurré, porque no tenía sentido mentir ni negar lo inevitable. No podía sentarme, así que me quedé de pie—. Siento haberme marchado de Snowshoe sin decir nada. Es que necesitaba salir de allí.

Asintió.

—Lo entiendo perfectamente.

Pensé en lo que había dicho Andrea sobre Zach y lo que había hecho. La culpabilidad me ardía como una bola de ácido en el estómago.

—No debería haber dicho algunas de las cosas que te dije sobre Zach. No fue culpa tuya. Y no estuvo bien que te hiciera responsable, lo siento.

Kyler parpadeó.

—¿Te estás disculpando?

El tono de incredulidad que le teñía la voz me puso nerviosa. Como si no quisiera aceptar mis disculpas, como si fuera demasiado tarde para eso.

—Sí, no tendría que haberte dicho esas cosas. Y sobre lo que hiciste hace un año...

—Espera. —Kyler levantó la mano—. No puedes hablar en serio.

Respiré hondo, pero el aire se me quedó atrapado en la garganta. Se me aceleró el corazón, y de pronto necesitaba sentarme. Me senté a los pies de la cama con la sensación de que estábamos a punto de romper, aunque en realidad ni siquiera estábamos juntos.

Kyler se impulsó con los pies hacia delante y las ruedas de la silla chirriaron al desplazarse por el suelo de madera.

—No tienes por qué disculparte, Syd. Las palabras «lo siento» no deberían haber salido de tus labios.

—¿No?

—No. —Se frotó la barba incipiente con la mano—. Todo es culpa mía. La cagué, Syd. La cagué tanto y tantas veces, que ni siquiera debería estar sentado aquí. No deberías estar hablando conmigo.

—¿Eh?

No estaba segura de cómo procesar aquello.

Soltó una bocanada de aire temblorosa y se enderezó. Me puse tensa, porque él tenía aspecto de estar armándose de valor. Como si estuviera a punto de arrancarse una tirita, y quizá ese fuera el motivo de que estuviera allí. Quizá hubiera venido para decirme que no debería haber pasado nada entre nosotros, que deberíamos seguir siendo solo amigos, que siempre tendríamos que haber sido solo amigos, y que lamentaba haber dejado que las cosas hubieran ido más lejos. No quería escucharlo, pero sabía que tenía que hacerlo. Y me iba a doler, me iba a doler muchísimo. Pensé en Nate y en lo que había dicho de mí, y en las ganas que tenía de meterme debajo de la cama, pero me obligué a quedarme allí. Se había acabado eso de huir. Nada de esconderse. La vida era imperfecta. Y ese iba a ser uno de esos momentos.

Nos miramos a los ojos.

—Lamento muchas cosas —empezó a decir Kyler mirándome fijamente—. Desearía que no hubieras tenido que pasar por todo lo que pasó con Zach. Te hizo daño. Ya sé que dices que estás bien, pero ese imbécil te puso las manos encima y fue por algo que había hecho yo. Jamás me lo perdonaré.

—No fue culpa tuya. —La culpabilidad que había sentido hacía un rato se multiplicó como una mala hierba—. Por favor, no quiero que pienses eso. Está claro que ese tío no estaba bien de la cabeza y...

—Ya lo sé, pero me va a costar mucho superarlo —admitió abiertamente—. No dejo de revivirlo todo una y otra vez, y cada vez que pienso que te hizo daño, me muero un poco. Lo digo en serio y lo siento, Syd. Lo siento mucho.

Me dolía el corazón de escucharlo hablar de esa forma.

—Kyler...

—Pero eso no es lo que más lamento —prosiguió, y yo pensé: ahora me lo va a decir. Me esforcé todo lo que pude por prepararme, pero ya se me estaba haciendo un nudo en la garganta. Kyler se pasó las manos por el pelo—. Lo que más lamento es haberte hecho daño a ti. Sé que lo he hecho. Sé que te hice daño cuando me lié con todas esas chicas. Te hice daño cuando no fui sincero sobre Sasha. No pretendía mentir. Lo que pasa es que no estaba pensando en eso, porque entre Sasha y yo no hay nada, pero debería haberte dicho que nos habíamos liado. Y no volví a acostarme con ella. Te juro que no me acosté con ella cuando fui a su casa a ayudarla a arreglar las ventanas rotas...

—¿Las ventanas rotas?

—Zach le había roto las ventanas la noche anterior. Vive sola y necesitaba ayuda —me explicó—. Pero desearía no haber ido a ayudarla. Tendría que haber estado allí contigo y no estuve. No puedo perdonármelo.

Cerré los ojos, sintiendo tantas cosas que no sabía por dónde empezar. Tenía un torbellino de emociones en mi interior y era incapaz de digerir todo aquello.

—Oh, Kyler...

—Y no espero que mis disculpas supongan ninguna diferencia. Créeme —se apresuró a añadir, y abrí los ojos parpadeando para reprimir las lágrimas—. Ya sé que todavía tengo que compensarte muchas cosas. Sé que te dejé plantada muchas veces para ir al cine con otra chica, que rompí planes para acostarme con otra, esas cosas. Porque solo era eso, sexo, ¿entiendes? Y entonces llegó el baile. Ni siquiera bailé contigo. Y todo ese tiempo estuviste allí conmigo, y yo... —Negó con la cabeza—. Estoy divagando. Ya sé que probablemente no pueda arreglar ninguna de esas cosas. No te culparé si me echas a patadas de tu casa, pero quiero que sepas que hay muchas cosas que desearía haber hecho de otra forma, y que solo hay una cosa de la que no me arrepentiré nunca.

Me quedé de piedra con el pulso acelerado.

Kyler se levantó, se acercó a mí y se arrodilló. Echó la cabeza hacia atrás para poder mirarme a los ojos cuando dijo lo siguiente:

—Nunca me arrepentiré de haberme acostado contigo, Syd. *Jamás*. Y desearía poder volver atrás y revivir aquellas horas. Me gustaría poder volver atrás y, en lugar de liarme con la primera que pasaba por allí, haberme armado de valor y haberte dicho lo que realmente sentía por ti, lo que *siempre* he sentido por ti.

Abrí la boca y jadeé, pero no tenía palabras. Estudié su precioso rostro y él me miró a los ojos, fue una mirada abierta y sincera; por fin lo tenía allí delante. Se me estaba hinchando el corazón y tenía la sensación de que me iba a explotar. La esperanza brillaba como la Estrella Polar.

—¿Lo que siempre has sentido por mí?

—Te he amado toda mi vida —dijo mirándome fijamente—. Y te querré durante el resto de lo que queda de ella si tú me dejas, Syd.

24

Kyler

En cuanto pronuncié las palabras, supe que era lo que debía decir. Ya no tenía ninguna duda. Era lo que debería haberle dicho hacía años, desde el momento en que me di cuenta de lo enamorado que estaba de ella. Y era muy probable que ya fuera demasiado tarde, pero me quité un peso de encima. Había dicho la verdad. No esperaba que me bastara con disculparme, pero confesarle cómo me sentía podía abrir una puerta para más adelante. Por lo menos, eso esperaba.

Y, sin embargo, cuanto más tiempo pasaba Syd en silencio, más me preocupaba yo. Parecía muy asombrada. No se movía. Tenía las manos flácidas sobre el regazo, con las palmas hacia arriba. No decía nada. Tenía separados sus preciosos labios rosados. Solo me miraba.

Me sentí como si alguien me hubiera dado una patada en los testículos. ¿Tanto la había cagado, que mi declaración de amor le había sentado incluso mal? Oh, tío, no me gustaba nada sentirme de esa forma. Era muy probable que lo mereciera, pero eso no me lo ponía más fácil, en especial cuando a ella se le pusieron los ojos vidriosos, como si estuviera conteniendo las lágrimas.

Ese no era el plan. Joder.

—Syd, nena, di algo, por favor. —Me posé las manos en los muslos para evitar abrazarla—. *Por favor.*

Ella negó un poco con la cabeza y se le soltaron algunos de los mechones más cortos de la melena. El pelo oscuro le rozaba las sienes y la nuca. Y entonces se inclinó hacia delante. Antes de que yo me diera cuenta de lo que hacía, me cogió de las mejillas con las manos temblorosas.

Vale. Eso era bueno. Aquello iba en una dirección en la que...

—Tengo ganas de estrangularte —dijo con la voz entrecortada.

Bueno, aquello no estaba bien. En absoluto.

—No tienes ni idea de las ganas que tengo de pegarte en este momento —añadió.

Y eso fue peor. Eso no era...

—Te quiero —dijo, y tragó saliva—. Te he querido desde la primera vez que me empujaste en el patio. Te juro que te quiero desde entonces.

—Yo..., ¿qué? —Me la quedé mirando—. ¿Qué acabas de decir?

Syd me besó.

Tenía los labios muy suaves; el gesto fue vacilante y arrebatadoramente propio *de Syd*, y muy dulce. Respiré su fragancia a través de ese beso, y me la metí dentro. Se me paró el cerebro mientras me deleitaba en su beso, como un perro que se tumba boca arriba para que su dueño lo acaricie. Me levanté sin pensar y la agarré de las caderas. Ella se agarró a mis brazos y me clavó los dedos en el suéter de tal forma que me palpitó todo el cuerpo.

—Dilo otra vez —le supliqué.

Sonrió.

—Te quiero, Kyler.

Me estremecí. La levanté y la apoyé en la cama. Me tumbé encima de ella y le devolví el beso. Nuestros cuerpos se fundieron el uno con el otro en cuestión de segundos. Mi lengua superó la barrera de sus labios y ella gimió provocándome un escalofrío. Me deslizó las manos por la espalda y yo colé la mía por debajo de la chaquetilla que llevaba, pero por encima de la camiseta. Ella arqueó la espalda como si quisiera que yo siguiera subiendo las manos. Me incorporé un poco y paseé la vista por su rostro ligeramente acalorado, por su cuello largo y elegante y las duras puntas de sus pezones pegadas a la fina tela. Me tembló todo el cuerpo del esfuerzo que tuve que hacer para no desnudarla.

Oh, joder.

Mi mano parecía enorme sobre su estómago, estaba justo debajo de sus pechos. Vaya. Tenía que frenar un poco, pero me moría por estar dentro de ella, por sentir que no había nada entre nosotros.

Syd bajó la mano y me paseó los dedos por la mandíbula. Me pegué a su mano y cerré los ojos mientras le suplicaba a mi corazón que se relajara.

—¿Me quieres? —preguntó.

—Siempre —contesté pegándole los labios en el centro de la palma—. Ya sé que he tenido una forma horrible de demostrártelo, pero te he querido desde que me hiciste comer pastel de barro.

Me paseó la mano por el pecho y se detuvo encima de mi corazón.

—Sí, creo que ha sido una forma un poco rara.

Abrí los ojos dispuesto a seguir disculpándome. Y entonces vi la suave sonrisa de Syd y se me desbocó el corazón. Abrí la boca, pero la miré y me quedé sin palabras.

—¿La verdad?

—La verdad —susurró.

—Nunca pensé que me vieras como más que un amigo. —Agaché la cabeza y la besé en los labios, porque parecía que se sintieran solos—. Y no me di cuenta de que yo quería más hasta que tú empezaste a salir con Nate, y entonces pensé que ya era demasiado tarde. Incluso después de que rompierais, yo tenía la impresión de haber perdido mi oportunidad.

Torció el gesto.

—¿Por qué nunca me dijiste nada?

—¿Y tú?

Frunció los labios.

—Por lo mismo que tú. Nunca pensé que me vieras como más que una amiga, y las...

—Sí, ya lo sé. Las chicas... —Pegué la frente a la suya—. Pensaba que no podía tenerte y quería olvidarme de cómo me sentía. Fue una idea horrorosa.

Ella entornó los ojos.

—Pues sí.

Realmente, mi pasado era para enmarcarlo.

—Desearía poder volver atrás para cambiar todo lo que hice. Desearía...

Me posó un dedo en los labios, le olía a chocolate.

—Ya pasó. No podemos hacer nada. Y oye, yo podría haberte dicho algo. Haber conseguido un buen par de testículos femeninos.

—¿Testículos femeninos?

Alcé las cejas.

—Ajá.

Torcí el gesto y me tumbé a su lado.

—La verdad es que no quiero imaginarte con testículos, Syd.

Ella se rio y el sonido de su risa me hizo sonreír a mí también. Atrapé ese ligero y feliz sonido con los labios.

—Si lo hubieras hecho, yo habría sido... —Negué con la cabeza—. No importa. Lo que importa es lo que haré a partir de ahora. Eso es lo único que importa. Pasaré el resto de mi vida compensándotelo. Lo juro.

Al principio pensé que había dicho algo equivocado. Se le llenaron los ojos de lágrimas muy rápido, se puso de lado y me enterró la cabeza en el pecho. Oh, mierda, estaba claro que había dicho algo incorrecto. Y así de rápido. Vaya. Debía de haber batido algún record.

—Oye. —Le posé los dedos bajo la barbilla—. ¿Qué pasa?

Se resistió un poco, pero al final dejó que le levantara la cabeza.

—Lo siento. No es por nada que hayas hecho. Es que estoy un poco sensible ahora mismo.

La respuesta no era lo bastante buena para mí. Me senté, me la senté sobre el regazo y ella se apoyó en mí.

—Syd...

Ella se limpió las mejillas y se rio con suavidad.

—Son lágrimas de felicidad. Te lo prometo. Es que jamás imaginé que pasaría esto. La verdad, y pensaba..., pensaba que te arrepentías de haberte acostado conmigo, y que por eso querías hablar conmigo. Que pensabas que yo era fría, como Nate.

—Ufff. Un momento. —Le giré la cabeza hacia mí—. Eres todo lo contrario a eso, y yo jamás pensé ni por un momento que eso pudiera ser cierto. Joder, tengo ganas de volver a partirle la cara. No puedo creer que sigas preocupada por eso.

Ella sorbió por la nariz.

—Ya sé que es una tontería.

—No es una tontería.

Le limpié una lágrima de la mejilla.

Syd se inclinó sobre mí y me rodeó la cintura con los brazos.

—Sí que lo *es*. He dejado que me afecte durante un montón de años. Y supongo que por eso pensé enseguida que te habías liado con Sasha y reaccioné tan mal.

—No reaccionaste mal. —La abracé con fuerza y apoyé la barbilla en lo alto de su cabeza. Dios. No me di cuenta de lo bien que me iba a sentir abrazándola hasta que lo estuve haciendo—. Merecía escuchar todo lo que me dijiste.

—Kyler.

Suspiró.

—Ya lo sé. —Me reí—. Ya es pasado, ¿no? —Asintió, y yo resistí las ganas de estrecharla con fuerza—. ¿Sabes qué más es pasado ya?

—¿Qué?

—Estos malditos ositos de peluche de tu cama. Creo que el marrón lo tienes desde que eras niña. Seguro que está lleno de tus microbios.

Syd se retiró y me dio una bofetada en el pecho.

—¡De eso nada, idiota!

Me reí y me tumbé entre los osos —muchos se cayeron al suelo— y me la llevé conmigo. Me di la vuelta para que estuviéramos frente a frente.

—Oye. —Alargué la mano y cogí uno rojo que estaba hecho jirones—. ¿Este es el que te regalé para tu cumpleaños hace años? ¿Todavía lo tienes?

—Sí. —Me lo quitó y lo metió entre nuestros pechos—. Claro que lo conservo.

Noté una superpresión en el pecho. Me la quedé mirando sin decir nada.

—¿Qué? —me preguntó mirándome a los ojos.

A veces las palabras no alcanzan, no consiguen transmitir bien los sentimientos. Y esa era una de esas veces. Así que me acerqué a ella y la besé imprimiendo en ese beso todo lo que sentía por ella, todas las promesas que le había hecho. Cuando me retiré, ella volvía a tener los ojos vidriosos y yo quise lanzar el osito a la otra punta de la habitación y abalanzarme sobre ella.

Pero sus padres estaban abajo y la puerta de su habitación no estaba cerrada con pestillo. Imposible. Además, yo estaba superemocionado de estar allí con ella.

—Este es el mejor regalo de Navidad adelantado que he recibido en la vida —le dije.

Su radiante sonrisa me cogió por sorpresa.

—Creo que es lo más inteligente que te he escuchado decir, y estoy de acuerdo.

—¿Ah, sí? —Le cogí un mechón de pelo y me lo enrosqué en el dedo—. Tengo mucha suerte. Ya lo sé. Tengo mucha suerte de tener tu amor.

Se me acercó un poco más y el osito se chafó entre los dos. Me besó como jamás podría hacerlo nadie más, porque se trataba de Syd. La cogí de la nuca y la inmovilicé mientras me apropiaba del beso. Poco después, el oso terminó en el suelo y entrelazamos las piernas y los brazos. Estábamos liándonos como un par de adolescentes que se esconden unos segundos. Ella estaba debajo de mí y contoneaba la cadera contra la mía, provocándome. Sus pantalones eran tan finos que era como si no llevara nada. El deseo me estaba volviendo loco, me palpitaba en las venas, y no quería parar, incluso a pesar de saber que no podía ir más lejos. Y me sentía demasiado bien como para frenar, y la forma en que ella se contoneaba contra mí era demasiado perfecta, y sus gemidos, suaves y prácticamente inaudibles, eran demasiado dulces como para ignorarlos.

No sé cuanto tiempo estuvimos así, besándonos y tocándonos, susurrándonos el uno al otro y riendo. Ya era tarde cuando miré el reloj.

—¿Puedes quedarte un poco más? —me preguntó.

Dudaba mucho que a su padre fuera a hacerle mucha gracia sorprenderme en su cama por la mañana, pero no podía negarme.

—¿Qué te parece si me quedo hasta que te duermas?

—Perfecto —murmuró apoyándome la mejilla en el pecho—. Pero sal por la puerta después.

Sonreí y le acaricié la espalda; me encantaba la forma que tenía de pegarse a mí, encajando su cuerpo al mío como si estuviéramos hechos el uno para el otro. Qué diantre, creo que era verdad, que estábamos hechos el uno para el otro, y solo había tardado una maldita eternidad en darme cuenta. Pero al final lo hice, y es lo que cuenta.

La quería. Dios, la quería mucho. No podía creerme que hubiera tardado tanto en decírselo. Era un idiota, pero era un idiota con mucha suerte.

25

Sydney

Desde que era pequeña siempre me había gustado más Nochebuena que Navidad. Esa noche tenía algo, saber lo que aguardaba al día siguiente, de querer que el tiempo pasara rápido y, al mismo tiempo, querer parar el tiempo.

Ese año no era distinto, pero al mismo tiempo lo era.

No podía parar de sonreír, y estaba segura de que mis padres estaban pensando que parecía medio tonta mientras hacía las galletas de nueces para llevarlas a casa de mis abuelos. Me descubrí en más de un momento perdiendo la concentración y soñando despierta mientras les ponía las nueces encima.

Todo parecía surrealista. Suponía que, después de haber pasado tanto tiempo deseando algo —a *alguien*—, cuando por fin había ocurrido apenas podía creérmelo. No paraba de pensar que iba a despertar, pero era real.

Kyler me quería.

El día anterior, cuando había despertado, él ya se había marchado, pero mis almohadas seguían oliendo a la colonia que llevaba y a esa fragancia como de aire libre tan suya. Me había dejado una nota donde ponía que volvería, y que iba a salir por la puerta.

Había vuelto justo después de comer y no se había marchado hasta después de cenar. Mis padres no parecieron sorprendidos de verlo, y también parecieron alegrarse de advertir el cambio en nuestra relación. Mi madre había sido admiradora del equipo Kyler-Sydney desde que íbamos al instituto, así que lo de vernos juntos debía de haberle alegrado la vida.

A mí, desde luego, sí que me la estaba alegrando.

—Cariño. —Mamá se rio y la miré—. ¿Qué estás haciendo?

Fruncí el ceño, bajé la vista y me reí yo también. Había puesto tres nueces encima de la misma galleta. Las quité y las dejé a un lado.

—Ups.

—Ajá —dijo mamá con una mirada cómplice—. No tienes la cabeza en su sitio.

—No —admití mientras metía las galletas en una cesta—. Probablemente no debería estar haciendo esto.

—Tienes que hacerlo. —Mi madre se lavó las manos. Toda la cocina olía al relleno que había hecho para llevarnos—. Tu abuelo le dará un bastonazo a alguien si no le llevamos las galletas.

Valoré las ventajas de poder ver a mi abuelo persiguiendo a todo el mundo con su bastón. Metí las galletas en el horno y programé el temporizador para que me avisara tres minutos después, el tiempo suficiente para que se fundieran el caramelo y el chocolate.

—Bueno... —empezó a decir mamá mientras miraba por la ventana que había encima del fregadero. La puesta de sol empezó a alargar las sombras azules del atardecer. Tendríamos que salir pronto si queríamos que nos diera tiempo de dejar parte de la comida en la iglesia antes de ir a casa de mis abuelos.

Alcé una ceja y esperé.

Mi madre sonrió.

—Tú y Kyler parecías muy acaramelados ayer.

Ya estábamos.

—Mamá, por favor, no digas «acaramelados».

Me miró fijamente mientras tapaba el cuenco del relleno con papel de aluminio. Yo estaba segura de que no era muy saludable preparar el relleno del pavo la noche anterior, pero mi familia llevaba años haciéndolo.

—Sonreí.

Ella suspiró.

—¿Vas a confesar?

—¿Confesar el qué? —pregunté con inocencia.

Mi madre se cruzó de brazos.

Me reí.

—Kyler y yo estamos juntos.

—Eso ya lo imaginaba —contestó con sequedad—. Pero prefiero saber los detalles.

El temporizador sonó y yo cogí una manopla. Abrí la puerta del horno y saqué la bandeja. Me moví con agilidad y empecé a meter las galletas en una bolsa.

—Estamos juntos —le dije cogiendo una galleta para mí—. No sé qué más decirte.

Mamá apoyó la cadera en la encimera.

—Bueno, ¿cómo ha surgido todo?

No pensaba explicarle lo que había pasado. Me sonrojé y empecé a recoger la segunda hilera de galletas.

—Las cosas han ocurrido, sin más, y los dos hemos acabado admitiendo que sentíamos algo el uno por el otro. Ya sabes, algo más que amistad.

No dijo nada y la miré. Tenía lágrimas en los ojos. Dejé las galletas.

—Mamá.

—¿Qué? —Parpadeó muy rápido y se rio—. Lo siento. Es que siempre he sabido que ese chico te gustaba más de lo que querías admitir, y que Kyler sentía lo mismo por ti. Me alegro de que por fin os lo hayáis confesado. —Guardó silencio un momento y después añadió—: Habéis tardado un montón.

Fruncí el ceño mientras me apresuraba a meter el resto de las galletas en la bolsa antes de que se enfriaran.

—Estoy empezando a pensar que Kyler y yo éramos los únicos que no nos habíamos dado cuenta.

—Seguro. —Se acercó y me dio un beso en la mejilla—. Es un buen chico, cariño. No podría estar más contenta por ti.

Sonreí de oreja a oreja.

—Estoy contenta. Mucho.

Y entonces me puse más contenta de lo que estaba hacía media hora, porque mi padre vino a decirme que Kyler había aparcado al lado de su coche en la entrada. No me había enviado ningún mensaje para avisarme, y no pensaba que lo iba a ver aquella noche, pero me encantaba lo cómodo que se sentía apareciendo de repente.

Tapé el recipiente donde había metido las galletas y corrí por la casa como una loca, casi tiro a mi madre. Abrí la puerta antes de que Kyler pudiera siquiera llamar al timbre y me lancé, literalmente, a sus brazos.

Me cogió en el ultimo segundo, agarrándome de la cintura, y dio un paso atrás para amortiguar el impacto.

—Hola —dijo abrazándome—. Te alegras de verme.

—Siempre me alegro de verte.

Le rodeé el cuello con los brazos mientras resbalaba por su cuerpo hasta tocar el suelo con los pies, y él me posó las manos en la cadera.

Hizo un sonido gutural mientras me daba un besito justo debajo de la oreja. Y entonces, con un tono tan grave que me hizo hervir la sangre, me dijo:

—Si me recibes así no creo que lleguemos a entrar en casa.

Me acaloré y me costó muchísimo apartarme de él, aunque no llegué muy lejos. Me rodeó por la cintura con una sonrisita traviesa.

—¿Qué haces aquí? —pregunté mirando la mochila que llevaba colgada al hombro.

—Quería verte. —Kyler me besó en la frente—. Tengo una sorpresa para ti.

Me emocioné.

—¿Ah, sí?

—Sí —contestó, y miró por encima de mi cabeza.

Me di media vuelta entre sus brazos y me encontré con mi madre en la puerta, se estaba poniendo la chaqueta. Mi padre estaba justo detrás de ella con las manos cargadas de recipientes. Ya hacía un rato que habíamos metido los regalos y las maletas en el coche. Me decepcioné mucho al verlos tan preparados.

—¿Ya nos vamos?

—Tu madre y yo sí. —Mi padre me guiñó el ojo—. Dejaremos la comida en la iglesia y lo organizaremos todo. Kyler te llevará a casa de los abuelos.

Miré a Kyler alzando las cejas.

—¿De verdad?

Me guiñó el ojo.

—Ayer hablé con tus padres.

La decepción se desvaneció enseguida, pero no pude evitar bromear un poco.

—¿Y si hubiera querido marcharme ahora? Menuda seguridad la tuya.

Kyler sonrió.

—Quieres estar conmigo. No mientas.

Puse los ojos en blanco.

Mamá pasó por nuestro lado, me dio un beso en la mejilla y después le dio otro a Kyler.

—Conduce con cuidado. Las carreteras siguen heladas.

—Entrad —gruñó papá—. Aquí hace muchísimo frío y no llevas chaqueta.

Apenas notaba el frío, y menos estando tan cerca de Kyler. Prometimos llegar sanos y salvos a casa de mis abuelos y entramos.

—Me alegro de que hayas venido —admití mientras Kyler dejaba la mochila en el suelo y se quitaba la chaqueta y la colgaba en el respaldo del sillón.

Se acercó a mí arrastrando los pies y me cogió de la cintura.

—Ya lo sé.

—Eres un creído.

—Tengo razón.

Me puse de puntillas.

—Bueno, tenía que elegir entre tú y mis abuelos, así que...

—Muy bonito —contestó riéndose, y entonces me besó, me besó de una forma que me dejó sin aliento y me hizo olvidar la Nochebuena, cosa que parecía imposible, pero que él conseguía besándome. Me agarré a sus brazos preguntándome cómo habíamos podido vivir tanto tiempo sin hacer aquello.

Kyler se sentó en el sofá, al lado de su mochila, y me sentó sobre su regazo.

—Mi madre quiere saber si pasarás mañana a saludar.

—Puedo pasarme mañana por la noche, si os va bien.

—Cuando quieras. —Me paseó las manos por la espalda y me hizo estremecer—. Tanner me ha llamado esta mañana para preguntarme qué iba a hacer para Fin de Año.

Yo ni siquiera me lo había planteado. Estaba demasiado centrada en el presente.

Kyler me posó una mano en el muslo.

—Le he dicho que tenía que preguntártelo a ti.

—¿Ah, sí? —Fui incapaz de reprimir una sonrisa y ni siquiera intenté esconderla—. ¿Y qué te ha contestado?

Kyler sonrió.

—Me ha dicho, y cito textualmente: «Ya era puta hora, capullo», y después ha añadido que le dijera algo después.

Me reí.

—Tanner es un tío listo.

—Y yo soy un capullo con suerte. —Me cogió de la nuca con una mano y me acercó a él de forma que cuando volvió a hablar, me rozó la boca con los labios—. Eres demasiado buena para mí, nena. Un día de estos te darás cuenta y me mandarás a paseo.

—Eso es imposible. —Lo besé y él me estrechó el muslo—. A menos que hagas alguna estupidez, pero no creo que eso vaya a pasar. Ya has hecho todas las estupideces que te correspondían en la vida.

—Ja. Muy graciosa.

Esbocé una sonrisa traviesa.

—Ya lo sé.

—Claro. —Y entonces me levantó de su regazo y me sentó a su lado en el sofá. Alargó el brazo hacia la mochila—. Antes de que me olvide, he traído los regalos que nos dio mi madre.

—Ah.

Los había olvidado por completo. Hice ademán de abalanzarme a por la mochila.

Kyler sonrió y me dio el paquete con mi nombre. Los dos eran idénticos y tuve mucha curiosidad por saber lo que habría hecho su madre. Di la vuelta al paquete y deslicé los dedos por debajo de la cinta adhesiva del papel de regalo. Después tiré del colorido papel rojo y verde mientras Kyler hacía lo mismo.

Me quedé mirando el reverso negro aterciopelado de un marco de fotos. Le di la vuelta y solté un suspiro tembloroso. Era un marco de fotos con la frase *Esto es para siempre* grabada en lo alto. La foto..., bueno, la foto me hizo saltar las lágrimas.

Era una fotografía de Kyler y yo cuando íbamos a tercero. Nuestra escuela había celebrado lo que llamaban El Día de la Amistad, y ese día los amigos tenían que llevar la misma ropa. Kyler y yo posábamos rodeándonos los hombros con los brazos, sonriendo y con sendas camisetas idénticas que mi madre había estampado para la ocasión, y en las que ponía: «Esto es para siempre». Probablemente a Kyler le encantaría olvidar que alguna vez se había puesto una camiseta como esa, y los chicos se habían metido bastante con él, pero yo fui muy feliz aquel día. Y aunque él había protestado antes de ponérsela, al final lo había hecho. No recordaba que nadie nos hubiera hecho una foto, pero allí estaba, un momento supercursi plasmado para siempre.

Madre mía, me estaba convirtiendo en una llorona. En serio. Necesitaba ayuda.

Suspiré algo temblorosa y miré a Kyler. Él tenía un marco y una foto idéntica a la mía. Estaba callado. Le di un golpecito con el codo.

—Apuesto a que lo habías olvidado.

—No —contestó—. No lo había olvidado. Había visto esta foto un par de veces.

Me sorprendí.

—¿Ah, sí?

Kyler asintió.

—A mamá le encanta sacarla cuando viene la familia. Es gracioso que haya decidido regalarnos esto ahora teniendo en cuenta todo lo que ha pasado. —Me miró—. Es casi como si hubiera sabido que íbamos a acabar juntos, ¿eh?

—Sí. —Sonreí y pasé los dedos por el marco—. Me encanta. En serio. Muchísimo.

—A mí también. —Metió la fotografía en la mochila—. No quiero olvidarlo.

No sabía si de verdad le gustaría la foto o no, pero me prohibí analizarlo como una loca. Recogí el papel de regalo, lo llevé a la cocina y lo tiré a la basura. Cuando volví al salón, Kyler estaba delante del árbol de Navidad. El regalo que le había comprado hacía varias semanas seguía debajo del árbol.

—No puedes abrir tu regalo ahora —le dije.

Se volvió hacia mí con una sonrisa misteriosa en los labios y una mirada intensa en los ojos marrones.

—Hay algo que quiero ahora mismo, y no está debajo del árbol.

El fuego me recorrió las venas y un calor líquido se me instaló en la tripa.

—¿Y qué será?

—Puedo darte una pista.

Ya me había quedado sin aliento.

—Vale.

Kyler se acercó a mí muy despacio y me volvió a posar las manos en las caderas. Me pegó a él y me clavó la cadera. Podía sentirlo por encima de la ropa.

—Ahí tienes la pista.

Me estremecí y se me endurecieron los pezones por debajo del suéter y el sujetador.

—Creo que ya sé lo que quieres.

—¿Ah, sí? —Me rozó la frente y las sienes con los labios. Me relajé y me puse tensa al mismo tiempo—. ¿Y qué es lo que quiero?

Me agarré a sus brazos y sus músculos se flexionaron bajo mis manos.

—¿A mí?

—Bingo —rugió, ¿quién iba a decir que *esa* palabra pudiera sonar sexy?—. Te deseo.

Y esas dos palabras fueron las palabras más seductoras que se puedan pronunciar. Y entonces Kyler me besó y dejé de pensar en palabras y lenguajes, porque solo podía concentrarme en la suavidad y la firmeza de sus labios. Mis sentidos cobraron vida y me ardieron las venas cuando él superó la barrera de mis labios con la lengua.

Dios, qué bien besaba.

Cuando me agarró con fuerza de las caderas me recorrió una punzada de energía sexual. Me levantó sin dejar de besarme y yo le rodeé las caderas con las piernas.

—Buena chica —murmuró con la boca pegada a mis labios. Y después empezó a caminar. Cuando llegó a las escaleras yo ya sabía adónde iba, y estaba completamente de acuerdo.

La puerta de mi habitación estaba entreabierta y Kyler se puso de lado para abrirla. Me dejó de pie al lado de la cama y cerró la puerta.

—Cierra el pestillo —le pedí.

No había nadie más en casa, pero ¿para qué arriesgarse?

Sonrió mientras cerraba el pestillo y después volvió conmigo. Nos miramos a los ojos y me excité. Alargué el brazo, cogí el dobladillo de mi suéter y me lo quité. Lo dejé caer al suelo.

A Kyler le ardieron los ojos.

—Dios. Joder.

Me sonrojé, me mordí el labio inferior y me desabroché el botón de los vaqueros. Él dio un paso adelante y agarró la cintura del pantalón.

—Estoy impaciente —rugió, y lo estaba. Me quitó los vaqueros y los calcetines a toda prisa. De pronto, estar de pie delante de él en braguitas y sujetador era más fácil de lo que jamás había imaginado que podía ser—. Eres preciosa.

Eso ayudaba.

Se quitó la ropa bastante rápido y yo me quedé mirando sus durísimos abdominales. Lo toqué y le metí las manos en los calzoncillos.

—Tú tampoco estás mal...

Me robó las palabras con un beso superintenso. Me desabrochó el sujetador y después se ocupó de mis braguitas. Cuando me tuvo desnuda, nos enroscamos el uno al otro en la cama.

Yo gemí con la boca pegada a sus labios y él me metió la mano entre los muslos para rozar mi abertura húmeda con los dedos. Sus besos eran embriagadores y adictivos. Acompasó las embestidas de la lengua con los movimientos del dedo y yo llegué al límite enseguida, y cuando me posó el pulgar en el clítoris caí por el precipicio.

Mientras yo seguía perdida en la bruma del clímax, Kyler se deslizó en mi interior: piel contra piel. Las sensaciones me recorrieron de pies a cabeza, sentí un placer al que jamás me acostumbraría mientras viviera. Los poderosos músculos de su espalda se contraían bajo mis manos. Se meció contra mí, fue una profunda invasión que me hizo encorvar los dedos de los pies y arquear la espalda.

—Te quiero —dijo, y volvió a besarme. Feroz. Posesivo.

Jadeé.

—Yo también te quiero.

Y entonces fui incapaz de seguir hablando. Un intenso remolino de escalofríos me invadió cuando Kyler empezó a moverse con fuerza y me fue acercando al límite, cada vez más. Se movía rápido y con fuerza, tenía una preciosa expresión tensa en el rostro. Me besó mientras yo le pegaba los tobillos a la espalda, y entonces los dos alcanzamos el clímax a la vez. Nos estremecimos al mismo tiempo y gritamos el nombre del otro al unísono. Fue un momento alucinante que me hizo volar tanto que estaba segura de que jamás volvería a bajar.

Después —mucho después—, nos acurrucamos juntos debajo de las mantas. Él me dibujaba círculos perezosos en la espalda y yo estaba muy feliz escuchando los latidos de su corazón. Todo estaba en silencio y en paz y me hizo pensar en un poema de Navidad.

Me reí, porque era completamente inapropiado.

—¿Qué?

Kyler dejó de mover la mano de golpe.

Me reí y le di un beso en el pecho.

—Estaba pensando en ese poema de Navidad, «El cuento de Nochebuena», y me ha hecho gracia.

—Eres muy rara.

—Ya lo sé. —Levanté la cabeza y le apoyé la barbilla en el pecho—. Pero ¿me quieres?

Kyler sonrió.

—Te quiero tanto como un niño a Papá Noel.

Me reí.

—Eso es mucho.

—Ya lo creo —murmuró apartándome el pelo de la cara—. Aunque debo decir que lo que acabamos de hacer ha sido el mejor regalo de Navidad de mi vida.

Me sonrojé de placer.

—Bueno, si te portas bien, tendrás otro regalo.

Alzó las cejas.

—¿Y si soy malo? —Me quedé sin habla y Kyler debió de notarlo, porque se rio y el sonido de sus carcajadas me resonó por todo el cuerpo—. Me encanta hacia donde va esta conversación.

—Ya imagino.

—Podría hacerme pasar por Papá Noel. Puedes sentarte en mi regazo y decirme lo que quieres por Navidad.

Volví a reírme.

—Me parece que eso solo te beneficiaría a ti.

—De ahí lo de que te sientes sobre mi regazo. Desnuda.

Me incorporé y besé sus labios ligeramente separados. Eso conllevó más besos y más caricias, cosa que hizo que me sentara a horcajadas encima de él y, al poco, los dos nos habíamos quedado sin habla. Nos exploramos como si fuera la primera vez y nos lo tomamos con calma, consiguiendo que la experiencia fuera más tierna e íntima, pero los resultados finales fueron tan embriagadoramente preciosos como la vez anterior.

Mucho después, cuando ya era hora de marchar, se levantó para coger su ropa y yo admiré su precioso trasero. Después, subí la vista por su espalda y me levanté para pasar un dedo por las intrincadas letras de ese tatuaje misterioso que siempre me había fascinado. Kyler me miró por encima del hombro, pero no se apartó.

—¿Qué pone?

Tardó un buen rato en contestar.

—¿De verdad quieres saberlo?

Me tumbé de lado.

—Sí.

Kyler acabó de abrocharse los botones de los vaqueros y se sentó a mi lado. Se agachó y me besó.

—Me lo hice cuando terminamos el instituto, justo antes del primer año de universidad.

—Ya lo sé.

No acababa de empezar a fijarme en Kyler precisamente. Imprimí ese tatuaje en mi memoria el mismo día que lo vi por primera vez.

Esbozó una sonrisa de medio lado.

—O vas a pensar que es una tontería, o vas a llevarte una sorpresa.

—Ahora tengo mucha curiosidad. Dímelo. —Le di un golpecito en el pecho desnudo—. ¿Por favor?

Se me quedó mirando un momento.

—Está escrito en sánscrito. Pone: «Esto es para siempre».

Se me paró el corazón mientras lo miraba.

—¿Y significa lo que creo que significa?

—Sí, significa lo que crees que significa.

Me llevé la mano al pecho y parpadeé para evitar que se me escaparan las lágrimas.

—¿Te lo hiciste después de que nos graduáramos? ¿Tanto tiempo hace?

—Sí. Tuve la sensación de que era algo con lo que debía comprometerme, ¿sabes? Que lo nuestro, no importaba de qué forma, sería para siempre.

Tardé un minuto entero en poder hablar. La sorpresa no definía ni de lejos cómo me sentía en ese momento. Me dieron ganas de echarme a llorar otra vez como un bebé, porque aquello confirmaba todo lo que me había dicho. Lo que había sentido por mí durante todos aquellos años y yo no había sabido, lo que ni siquiera él había entendido. Pero, en el fondo, su corazón debía de haberlo sabido. Se me hinchó tanto el pecho que pensé que me iba a estallar.

Kyler me miró muy concentrado.

—¿Qué estás pensando?

—Estoy pensando..., estoy pensando que es perfecto. —Me incorporé y lo cogí de la cara—. Eres perfecto.

Kyler pegó la frente a la mía.

—Yo no diría tanto.

—Mírate, siendo modesto por una vez en tu vida —bromeé, pero la emoción me había hecho un nudo en la garganta—. ¿Kyler?

Me dio un besito en los labios.

—¿Syd?

—Te quiero. —Guardé silencio un momento y respiré hondo mientras nos mirábamos a los ojos. Vi el mundo entero en sus ojos. Vi nuestro futuro—. Y *esto* es para siempre.

AGRADECIMIENTOS

No pensaba escribir este libro hasta que Patricia Riley me pidió que escribiera algo para la colección Spencer Hill Contemporary. Así que muchas gracias por pedírmelo, porque tu petición tuvo mucho que ver con la creación de Kyler y Syd. Quiero darle las gracias a Kate Kaynak y al maravilloso equipo de Spencer Hill por sus consejos editoriales y su apoyo incondicional. También quiero agradecer a Stacey Morgan que leyera mis primeros borradores. Nadie puede entender lo doloroso que es si no ha visto uno de mis primeros borradores.

Quiero dar las gracias a mis amigos y a mi familia por aguantarme. Por lo visto, me paso el día escribiendo, cosa que me encanta, pero me deja muy poco tiempo para ellos. Se merecen una superfelicitación por permitir que me dedique a mis personajes de ficción.

Y a todas las lectoras quiero decirles que yo escribo porque me encanta hacerlo, pero también quiero daros las gracias a todas y cada una de vosotras, que me permitís hacerlo. No tengo palabras suficientes para daros las gracias.

ECOSISTEMA DIGITAL

NUESTRO PUNTO DE ENCUENTRO

www.edicionesurano.com

2 AMABOOK
Disfruta de tu rincón de lectura
y accede a todas nuestras **novedades**
en modo compra.
www.amabook.com

3 SUSCRIBOOKS
El límite lo pones tú,
lectura sin freno,
en modo suscripción.
www.suscribooks.com

DISFRUTA DE 1 MES
DE LECTURA GRATIS

1 REDES SOCIALES:
Amplio abanico
de redes para que
participes activamente.

4 APPS Y DESCARGAS
Apps que te
permitirán leer e
interactuar con
otros lectores.